D1492441

SLETTEN & PRINSESSEN

Renate Breuer

# SLETTEN & PRINSESSEN

the house of books

# Inhoud

*Liefde is het antwoord,*
*maar terwijl je op het antwoord wacht,*
*stelt seks je een paar leuke vragen.*
WOODY ALLEN

Een kapster met een bikinilijn

Lili spoelt de laatste slok wodka in één keer naar binnen. Ze staat op om het glas in de gootsteen te zetten, pakt haar jas en autosleutels. Handtas. Geld.

Waar stond haar auto geparkeerd?

Ze heeft de routebeschrijving netjes overgeschreven van de website en tuurt in de donkere auto op het blad. Eerst de snelweg op tot aan afrit 22, linksaf, rechtdoor, nog eens links en dan de derde rechts. Bij de t-splitsing remt ze af. Die staat niet op haar papier. Heel even denkt ze dat ze misschien wel weer terug naar huis kan nu. Maar dat zou kinderachtig zijn.

Ze kiest links en slaat dan rechtsaf. Net als ze denkt dat ze toch de andere kant had moeten kiezen, ziet ze een zwak neonlicht. De voordeur ziet er hermetisch gesloten en donker uit. Lili parkeert voor de deur en belt aan. Alles blijft stil. Werkt dat ding? Ze drukt nog eens op de bel.

'Ja, ja, ik kom eraan!'

De deur vliegt open en voor haar staat een rondborstige, hoogblonde dame van een jaar of vijftig met een duizelingwekkend decolleté.

'Beetje ongeduldig?' vraagt ze lief.

Lili glimlacht dapper terug.

'Ik ben Sandra,' zegt de blondine kordaat.

'Kom binnen. Voor vrouwen is alles gratis. Drink waar je zin in hebt. Doe voor de rest wat je wil.'

Moederlijk troont ze Lili mee door een lange donkere gang en Lili volgt gedwee.

Op het einde van de gang gooit ze een volgende deur open en duwt ze Lili een andere ruimte binnen.

Het zou een gewoon café kunnen zijn, op het eerste gezicht. Een fout café, dat wel. Een soort rustieke inrichting met veel hout en karrenwielen aan de muren. Veel nisjes en verdoken tafeltjes in hoekjes. En weinig licht, dat ook. En veel blacklight, dat ook.

Terwijl Sandra achter de bar gaat staan, schuift Lili voorzichtig op een barkruk en kijkt dan om zich heen. Er is niemand!

'Je bent vroeg hoor, kind,' zegt Sandra vrolijk. 'Vóór een uurtje of elf zie je hier bijna niemand, maar daarna beginnen ze binnen te stromen.'

'O,' zegt Lili betrapt en rommelt in haar tas op zoek naar een sigaret.

'Nou, wat wil je drinken? Voor jou is alles gratis.'

'Wodka-tonic, graag.'

Terwijl ze panisch aan haar sigaret trekt en Sandra in de weer is met haar drankje, hoort Lili een stem achter haar.

'Nieuw hier?'

Lili kijkt om en ziet een klein kalend mannetje met een bril. Het mannetje draagt enkel een witte slip zoals ze in geen jaren meer heeft gezien met eronder bruine veterschoenen en sokken. Waar komt die ineens vandaan?

'Dag, ja, nieuw hier.'

Ze doet alsof het de normaalste zaak van de wereld is dat ze aan een bar wordt aangesproken door een min of meer naakte dwerg. Dit is niet het moment om dingen raar te vinden.

'Hoe heet je?'

'Lili, en jij?' Dat was vast niet goed. Ze had een alter ego met een andere naam moeten bedenken.

'Fred. Mag ik naast je zitten?'

'Oké.'

Resoluut plaatst Sandra een wodka-tonic op de bar.

'Proost.'

'Dank je.'

Lili neemt een forse slok van haar drankje terwijl Sandra zich discreet uit de voeten maakt. Daar zit ze dan, naast Fred, die haar nieuwsgierig opneemt van achter zijn brillenglazen.

'Hoe kom jij hier?'

'Goh, een beetje op internet gezocht en...'

'Ik kom hier al vier jaar. Iedere vrijdag,' zegt Freddy trots en gebaart naar Sandra dat hij nog een biertje wil.

'Wat doe je?'

Deze keer laat ze zich niet verrassen en zegt snel: 'Kapster. En jij?'

'Werkloos. Maar ik heb mechanica gestudeerd.'

Sandra brengt een biertje en Lili negeert een stem in haar hoofd die zich afvraagt waar ze mee bezig is. Als dit een gewoon café was, zou ze:

1. Niet in dit café zitten
2. Niet met deze Fred aan het praten zijn
3. Naar huis gaan om te slapen.

Een half uur en drie sigaretten later weet ze meer over zijn leven dan haar lief is. Fred is negenendertig jaar, heeft nog nooit een relatie gehad en woont in bij zijn ouders. Al jaren bezoekt hij iedere vrijdag deze club, wat zijn ouders uiteraard niet mogen weten. Zijn enige ervaring met seks heeft Fred hier opgedaan en erg vaak is dat niet gebeurd. Alle andere keren vermaakt hij zich met kijken.

'Hoezo, kijken?' vraagt Lili die een beetje moedeloos is geworden.

'Gewoon, kijken naar andere mensen die het doen. In een club ben je nooit alleen.'

Lili haalt haar schouders op alsof ze niet echt verrast is, terwijl de stem zich nog eens afvraagt wat ze hier in godsnaam doet.

De deur zwaait open en een grote, gezette man wandelt binnen met twee vrouwen in zijn kielzog. De man draagt alleen een boxershort en de vrouwen, een blonde en een roodharige, zijn verpakt in lingerie met veel kant en tierlantijnen. De man neemt plaats aan de bar tegenover Lili en de vrouwen draperen zich rond hem. Hij grijnst naar haar. Bij wijze van begroeting licht Lili een mondhoek naar boven en weet daarna niet goed waar ze naar moet kijken.

'Schatje, het is elf uur. Ga je mee met mij?' Sandra buigt zich over de bar en plaatst haar wulpse decolleté op de toog.

'Waar gaan we naartoe?'

Lili doet alsof ze niet ziet hoe Sandra en Fred een veelbetekenende blik wisselen en volgt Sandra opnieuw naar de gang.

Deze keer gaan ze halverwege rechts en staan ze in een felverlichte ruimte met muren vol kastjes zoals je in een openbaar zwembad ziet.

'Om elf uur moeten alle klanten in lingerie en mag je niet meer aange-kleed binnen zitten,' zegt Sandra en begint zich uit te kleden.

Sprakeloos staart Lili haar aan terwijl Sandra zich van haar panty, minirok en bloesje ontdoet. In gedachten scant ze zichzelf onder haar kleren. Welke onderbroek heeft ze vandaag aan? Welke beha? Bikinilijn? Hoe dom kun je zijn en niet van tevoren aan deze dingen denken? Intus-sen staat Sandra voor haar in een glanzende paarse body met daaronder zwarte stiletto's.

'Best lastig zo'n eerste keer, toch? Kijk, ik moet terug naar mijn bar. Doe op je gemak. Stop je spullen in een kastje en neem de sleutel mee naar binnen. Die bewaar ik voor je. Ik zie je zo.'

Terwijl Lili Sandra's trillende billen nakijkt, wil ze graag hard weglopen.

Langzaam trekt ze haar kleren uit en overziet de stand van zaken: een zwarte string die ermee door kan, bikinilijn aanvaardbaar, zeker in dat licht daarbinnen, zwarte beha, niet echt sexy maar neutraal, en de schoenen... Die zijn verkeerd. Geen kokette hakjes maar stoere laarzen. Dat kan echt niet. Blote voeten dan maar.

Ze hangt de boel op in het kastje, vermijdt de grote spiegel aan de muur en loopt schoorvoetend terug door de donkere gang. Als een schim neemt ze weer plaats op haar barkruk en doet haar best om koelbloedig te lijken. Ze legt de sleutel op de bar.

Fred kijkt keurend van haar voeten naar boven en weer terug.

'Nou, met kleren aan vond ik je maar een mager scharminkel, maar zonder ziet het er best lekker uit. Hoe oud ben jij eigenlijk?'

'Vijfendertig.'

'Dat zou ik niet gedacht hebben. Dat je al zo oud bent.'

Lili weet niet of hij het als een compliment bedoelt of dat ze juist grof beledigd is.

'Dank je.'

Gulzig drinkt Fred van zijn biertje en kijkt daarna nog gulziger naar haar borsten.

'Zeg Fred. Vertel eens. Hoe gaat het er hier in de praktijk dan aan toe? Ik bedoel, je zit hier. Drinkt een drankje. Ziet iemand die je leuk vindt. En dan?'

Fred begint te vertellen over de wetten van het clubleven en Lili steekt nog een sigaret op. Haar blik wordt gevangen door de dikke man die doordringend naar haar zit te kijken. Terwijl Fred een uiteenzetting doet over afspraken tussen koppels die je moet respecteren, kijken of deelnemen en gangbangs die eerder uitzonderlijk zijn, blijven haar ogen vastgeklonken aan die van de andere man. De vrouwen hangen nog steeds rond zijn vadsige lijf maar daar lijkt hij niet op te letten. Hij staart naar Lili en zij staart terug.

De roodharige vrouw krijgt het in de gaten en gebiologeerd ziet Lili hoe de vrouw langzaam over de behaarde borst van de man begint te wrijven. Haar hand gaat langzaam naar beneden en verdwijnt dan onder de bar. De rode vrouw begint de man te kussen terwijl de blonde een praatje aanknoopt met Sandra. De man blijft Lili strak aankijken terwijl zijn belaagster langzaam afzakt tot ook haar hoofd onder de bar verdwijnt. Af en toe ziet Lili een pluk rood haar boven de bar uitkomen en er verschijnt een brede glimlach op het gezicht van de man. Lili zit stokstijf op haar kruk en kan haar ogen niet van het tafereel houden, wanneer het tot haar doordringt dat Fred nog steeds bezig is met zijn betoog.

'En die heb ik toen lekker gepakt terwijl haar man zat toe te kijken.'

Lili rukt haar blik los.

'Zeg, Fred. Waar zijn die kamers dan?'

'O, die kan ik je wel even laten zien.'

Fred staat al klaar naast zijn kruk en Lili laat zich ook op de grond glijden. Zonder de dikke man nog een blik waardig te keuren, schrijdt ze de bar uit.

Achter de kastjes in de gang blijkt een trap naar boven te zijn en Lili laat zich leiden door Fred, die enthousiast voor haar uit huppelt. Boven moet Lili even wennen aan het donker, maar dan ziet ze opnieuw een gang met aan beide kanten verschillende kamers. Ze steekt haar hoofd door een van de deuropeningen en ziet een grote matras die de hele ruimte vult. Het ruikt er muffig en ze huivert bij de gedachte aan de vermoedelijke hygiënische omstandigheden van het grote bed. De muur die aan de gang grenst, zit vol kijkgaten op verschillende hoogtes, en het hoofd van Fred verschijnt voor een van de gaten.

'Zal ik ook binnenkomen?'

'Nee, nee. Ik keek gewoon even.'

Gehaast komt Lili de kamer weer uit. Fred laat haar de videohoek zien waar je op een bed kunt liggen terwijl er hardcore porno op een videoscherm te zien is, en ook de sm-kamer waar de muren vol kettingen hangen met in het midden een gyneacologenstoel met leren riemen. Lili wordt langzaam misselijk van de weeë geur die overal hangt.

In de laatste kamer die Fred haar laat zien, slaat hij ineens zijn armen om haar heupen en trekt haar tegen zich aan. Zijn hoofd zit ter hoogte van haar borsten en hij ademt zwaar.

'Mag ik je kussen?'

Zwoel loenst hij door zijn brillenglazen en Lili ruikt een bieradem vermengd met een oude zweetgeur.

Ze maakt zich snel los. 'Eh... Nee, bedankt. Gaan we weer naar beneden?'

Vlug loopt ze terug door de gang, Fred kan haar nauwelijks bijhouden op zijn korte beentjes.

'Trouwens,' roept ze over haar schouder, 'eigenlijk moet ik nu dringend naar huis ook. Ik ga mijn sleutel halen.'

In de bar negeert ze de dikke man die op de dansvloer staat in een innige omhelzing met de blonde vrouw terwijl er een Duitse schlager door de boxen schalt. De rode vrouw zit aan de bar en rookt verveeld een sigaret. Sandra spoelt glazen.

'Sandra, mag ik de sleutel?'

'Ga je alweer? De avond moet nog beginnen. Over een uurtje zit het hier stampvol.'

Ze droogt haar handen af en kijkt Lili verwonderd aan.

'Sorry, ik moet dringend weg. Dat was ik vergeten. Bedankt voor alles, misschien kom ik nog wel eens terug.'

Sandra haalt haar schouders op, pakt de sleutel en geeft die aan Lili.

'Daag,' roept Lili en schiet de gang in waar Fred haar staat op te wachten.

'Blijf toch,' zegt hij zacht en probeert haar hand te pakken.

'Nee!' roept Lili. Ze schrikt van het volume van haar stem en voegt er op een normale toon aan toe: 'Ik moet echt gaan.'

Drie minuten later staat ze op straat en zuigt ze haar longen vol frisse nachtlucht.

## 2

## Seks als middel

'Wát heb je gedaan?'

David staart Lili aan terwijl de baby op zijn arm zachte geluidjes maakt en naar zijn oor graait.

'Rustig maar. Ik weet wat ik doe. Misschien moet je eerst het hele verhaal horen.'

Lili probeert zelf ook rustig te blijven terwijl ze zich afvraagt of dit allemaal wel zo'n goed idee is. Niet haar plan, dat staat vast. Ze heeft er lang over nagedacht of ze iemand in vertrouwen moest nemen. Voor zichzelf, als een link met die andere, gewone realiteit, zodat ze die niet uit het oog verliest. En ook voor de veiligheid. Wie weet in wat voor hachelijke situaties ze zich zal moeten begeven? Het leek haar het beste dat er dan iemand op de hoogte zou zijn. Iemand die ze dag en nacht kan bellen. Iemand die haar goed kent.

Nu ze oog in oog met David staat en hij haar aankijkt alsof ze helemaal gek geworden is, weet ze het niet meer zo zeker. Kan een ex zoiets wel aan?

'Kijk, het is een lang verhaal maar eigenlijk is het best eenvoudig,' begint ze voorzichtig. 'Misschien had ik niet zo met de deur in huis moeten vallen.'

'Lili, echt. Je had toch gewoon kunnen bellen om te praten als het slecht met je gaat? Misschien kan ik je helpen om professionele hulp te zoeken.'

Hij legt de kleine Sam voorzichtig op een deken op de grond en aait beschermend over zijn buikje.

'Het gaat helemaal niet slecht met mij en ik heb ook geen hulp nodig. Eigenlijk wil ik er niet eens over praten, maar ik wil het jou vertellen zodat iemand weet waar ik mee bezig ben.'

'Op een vrijdagavond naar een parenclub gaan waar je niks te zoeken hebt en waar een paar losers zitten! Lili, hoe kom je daar nou weer bij? Jij hebt dat toch niet nodig?'

'Dat is maar net hoe je het bekijkt en wie ben jij om te zeggen dat die mensen losers zijn? Mag ik koffie? En waar is Véronique trouwens?'

'Die zit de hele dag bij een vriendin vandaag.'

Terwijl David in de keuken rommelt met de kopjes gaat Lili naast Sam op de grond zitten en geeft een kusje op zijn wang. Sam lacht naar haar.

'Jij vindt mij niet gek, hè Sammie? Jij vindt alles best, toch?'

'Oké, hier is koffie. Ga zitten. Ik luister.'

Lili gaat naast David op de bank zitten.

'Het gaat over liefde. Dat is het eigenlijk.'

'Jij gaat naar de meest liefdeloze plaats die je kunt bedenken en dat gaat dan over liefde?'

'Ja zoiets. Jij kent mij toch. Zo'n club zegt mij niets en seks om de seks ook niet. Dat is juist het probleem.'

'Ik vind dat geen probleem.'

'Jij niet. Maar ik wel.'

Lili slurpt van de hete koffie en denkt na hoe ze dit verhaal logisch kan vertellen. Zo logisch als het in haar hoofd ontstaan is.

'Ik denk dat ik meestal best evenwichtig ben.'

'Daar ben ik ineens niet meer zo zeker van.'

'Dank je. Wat in ieder geval zeker is, is dat ik hopeloos ben in de liefde.'

'Ik vind jou helemaal niet hopeloos. Je bent gewoon de juiste persoon nog niet tegengekomen.'

'Het probleem is niet dat de juiste persoon niet langskomt. Ik ben het probleem. Blijkbaar vergis ik me steeds weer tusen seks en liefde. En daar ga ik iets aan doen want ik heb er genoeg van. Dus nu ga ik dat verschil leren en ik begin met de seks. Voilà! Dat is het eigenlijk. En waar kan ik dat beter dan op een plaats waar je je niet eens kunt vergissen? Hoe minder leuk ik die kerels vind, hoe beter. Dat is dan lekker duidelijk.'

'Leuk theorietje,' mompelt David. 'Niks voor jou. Zo zit jij niet in elkaar.'

'Zie het als een missie. Met de liefde als doel en seks als middel.'

'Komt het door die Steven?'

'Het komt door alle Stevens van de wereld. Maar die zoeken het verder zelf maar uit. Ik ga nu eerst mezelf redden.'

# 3

Club revisited

'Nog leuke dingen te doen dit weekend?'

Lili heeft net de laatste volle vuilniszak op de binnenplaats gezet en schrikt van de vraag van haar collega. Het is weer vrijdag en zodra ze klaar zijn met opruimen in de brasserie begint haar weekend. Haar dubbelleven.

Driftig stort ze zich op de vuile koffiemachine en begint te stomen en te spoelen. Zonder Micky aan te kijken zegt ze: 'Niks bijzonders. Jij?'

'Ik heb een date straks. Hij heeft gebeld gisteravond. Had al weken niets gehoord dus ik dacht dat het alweer voorbij was. Weet je, tegenwoordig hebben sommige mannen niet eens meer de beleefdheid om je te zeggen dat het voorbij is. Zit jij thuis te wachten en je weet van niks!' Micky moet er zelf om lachen.

Lili veegt met een doekje over de bar en begint de stoelen op de tafels te zetten.

'Hoezo, wachten? Je kunt zelf toch ook iets ondernemen dan?'

'Eropuit gaan en andere mannen ontmoeten? Daar moet je dan wel zin in hebben. Nee, als ik verliefd ben zweet ik het uit tot het over is. Niks andere mannen.'

'En hij?'

'Ik geloof niet dat hij veel thuis zal zitten.'

Micky klinkt een beetje kribbig en Lili besluit geen kritische vragen meer te stellen.

'Wat gaan jullie doen vanavond?'

'Weet ik niet. Hij had nog een afspraak en daarna ging hij bellen.'

'O.'

'Luister, ik weet dat je dat dom vindt. Gaan zitten wachten tot hij belt en niet weten wanneer dat zal zijn. Maar niet iedereen is zoals jij.'

'Hoezo? Hoe ben ik dan?' vraagt Lili.

'Onafhankelijk. Jij zou hem laten sudderen en misschien is dat verstandiger, maar zo zit ik niet in elkaar.'

Lili is gestopt met de stoelen en kijkt verbaasd naar Micky, die het laatste restje afwas doet alsof haar leven ervan afhangt.

'Rustig maar. Ik ben helemaal niet zo onafhankelijk als jij denkt en ik hoop echt dat hij belt.'

Ze loopt naar Micky en geeft haar een zoen op de wang. 'Echt waar.'

Buiten is het koud en mistig. Lili trekt haar muts over haar oren en maakt het slot van haar fiets los. Zou ze nog iets koken thuis? Geen zin in. Over de natte straten trapt ze naar de snackbar om de hoek.

'Zeg het maar.' De man van de snackbar kijkt haar vragend aan.

'Een broodje falafel met humus. Om mee te nemen.'

Terwijl de man haar broodje klaarmaakt, kijkt Lili naar de tv die aan de muur hangt. Buikdanseressen kronkelen over het scherm en de schelle muziek wordt weerkaatst door de tegels op de muren.

'Falafel humus. Vijf euro.'

Ze geeft hem het geld en hij raakt haar hand net iets te uitdrukkelijk en te lang aan terwijl hij in haar ogen kijkt.

'Smakelijk.'

Rond tien uur schenkt ze zichzelf een glas witte wijn in en laat het bad vollopen. Ze zucht hardop wanneer ze zich in de veilige warmte laat zakken.

Onafhankelijk? Was het maar waar.

Deze keer is ze beter voorbereid. Mooi setje aan, zwart. Hakken. Op internet heeft ze een nieuwe club uitgezocht die er op de foto's een stuk stijlvoller uitzag dan de rustieke karrenwielen van de week ervoor.

In de auto zet ze Damien Rice op en rijdt veel te hard over de snelweg. Ze vindt de weg feilloos en komt bij een donkere boerderij met een grote parkeerplaats aan de achterkant. Die staat stampvol en Lili ziet dikke Range Rovers geparkeerd staan naast roestige vijfdehands autootjes. Ze parkeert naast een opzichtige Porsche en loopt naar de voordeur. Diep ademhalen en dan aanbellen.

Een klein luikje in de deur gaat open en ze ziet een donker oog naar haar staren. De deur gaat open en een magere man van een jaar of veertig kijkt haar chagrijnig aan.

'Ja?'

'Zijn jullie open vanavond?'

'Vijfentwintig euro voor een vrouw alleen. De rest is gratis. Autosleutels?'

Lili overhandigt hem het geld en haar sleutels en met een hoofdbeweging wijst de man haar de weg. In de hal ziet ze een zijkamer met de bekende kastjes en ze trekt haar kleren uit. Deze keer kijkt ze wel in de spiegel en wenst zichzelf in stilte succes. Weer in de hal ziet ze een koppel hand in hand een grote trap oplopen en hoort ze muziek. Ze loopt achter het koppel aan naar boven. Daar ziet ze een bar, donkere zithoeken met veel kussens en een dansvloer met verlichte tegels. Barry White klinkt door de luidsprekers.

Ze begint aan de bar.

'Wodka-tonic graag.'

In de zithoeken ziet ze donkere schimmen van groepjes mensen. In alle hoeken van de ruimte hangen tv-schermen met porno. Ze ziet standjes die er erg ingewikkeld uitzien en soms ook een beetje pijnlijk. Verderop aan de bar zit een bejaarde man in een leren string. Hij knikt haar bemoedigend toe.

Ze knikt terug en roept iets te hard: 'Hallo!'

De man komt naast haar zitten en stelt zich voor. 'Hallo, ik ben Bob. Ik heb jou hier nog nooit gezien.'

'Hoi, Susan. Met twee s-en. Nee, eerste keer. Hier dan.'

Bob is weduwnaar en komt hier al jaren. Voor de gezelligheid.

'Kun je dan niet gewoon naar het buurtcafé gaan?' vraagt Lili terwijl ze van haar rietje slurpt.

'Ja, dat doe ik ook. Maar in dat buurtcafé ben ik een weduwnaar met wie de mensen medelijden hebben. Hier ben ik Bob en maak plezier. Dansen?'

Samen gaan ze naar de verlichte tegels en terwijl Lili ontdekt hoe dat gaat, dansen in haar ondergoed, ziet ze zichzelf in de grote spiegel aan de muur. Is zij dat?

Een half uur later staat ze nog steeds op de dansvloer en is Bob al lang terug naar zijn barkruk. Af en toe ziet ze uit haar ooghoeken een man aan de kant staan kijken, maar Lili doet alsof ze het niet ziet.

Buiten adem gaat ze weer bij Bob zitten, die met een jongen aan het praten is. Als bij een wild dier schieten de ogen van de jongen van links naar rechts en hij gaat er weer als een haas vandoor.

Lili kijkt Bob vragend aan.

'Dat is Kevin. Hij is de zoon van de eigenaars en heeft net een paar jaar in een jeugdinstelling gezeten. Vanavond mag hij hier voor het eerst binnen. Zijn ouders hopen dat hij er rustiger van wordt.'

Lili's ogen worden groot van verbazing. 'Naar de seksclub in het kader van de opvoeding?'

'Zoiets,' grinnikt Bob. 'Het klinkt erger dan het is.'

Voor ze iets kan zeggen, staat Kevin weer voor haar neus. Veel te dicht-bij om comfortabel te zijn. 'Jij bent wel een lekker wijf,' roept hij en grijpt naar haar borsten. Maar Lili is hem te snel af en pakt zijn polsen stevig vast. 'Eerst netjes vragen.'

'Mag ik je tieten voelen?'

'Liever niet.'

Kevin gaat teleurgesteld naast haar zitten. 'Hier mag dat toch? Ik heb zin om te neuken.'

'Dat had ik al begrepen. Maar misschien moet je het toch een klein beetje rustiger aanpakken. Eerst even praten en kijken of iemand anders jou ook leuk vindt. Of zo.'

'Ik heb zin om te neuken.'

Lili geeft het op en Kevin stormt weer weg. Op zoek naar andere bor-sten.

Wanneer Lili onderweg is naar het toilet, staat ze boven aan de trap ineens oog in oog met de man uit de snackbar die haar een paar uur eerder een broodje falafel verkocht. Ze staren elkaar een paar seconden aan zonder iets te zeggen. Dan draait de man zich abrupt om en stormt de trap af. Zo gaat dat dus als je hier bekenden tegenkomt. Dat had ze zich al afgevraagd.

Weer terug aan de bar staat er een man met zwart haar en een duistere blik naast Bob. Een mooie man. Voorzichtig komt ze dichterbij. Mooie mannen zijn gevaarlijk.

'Dag, Susan met twee s-en, geloof ik? Bob is zo vrij geweest om je alvast voor te stellen.'

Lili maakt een grimas naar Bob en knikt dan naar de mooie man.

'Stefan, aangenaam.'

Hij pakt haar hand en drukt er een kus op terwijl hij ondertussen in haar ogen blijft kijken. Typisch, denkt ze. Charmeur.

'Ik ga even rondlopen,' zegt ze, meer tegen Bob dan tegen Stefan de Charmeur, en maakt zich weer uit de voeten.

Beneden aan de grote trap is een gang naar de sauna en het zwembad. Ze vermoedt dat daar ook de andere ruimtes zijn.

Het is druk in de kronkelgang en Lili schuifelt verlegen langs de donkere gedaantes tegen de muren. Vage contouren tekenen zich eenzaam tegen de wanden af – mannen. Ze is de enige vrouw die zich hier alleen begeeft.

Sommige mannen staan door de ronde gaten in de muren te kijken en Lili zoekt een gat waar nog niemand staat. In de ruimte erachter ziet ze opnieuw een kamerbrede matras, maar deze keer eentje met heel veel mensen erop. Het duurt een paar seconden voor de verschillende taferelen tot haar doordringen en ze kijkt ernaar zonder te begrijpen wat ze precies ziet. Een grote vrouw ligt op haar rug te kreunen terwijl een behaarde man druk bezig is met zijn hoofd tussen haar benen. Ze ziet kluwens van ledematen in groepjes door elkaar bewegen en raakt de tel kwijt als ze probeert te zien uit hoeveel mensen zo'n kluwen bestaat. Eén vrouw ligt alleen, op haar rug, en beweegt mechanisch met haar linkerhand tussen haar benen. Ze kijkt verdrietig naar het plafond en Lili weet niet of ze ooit eerder zoveel eenzaamheid heeft gezien. Op dat moment voelt ze zacht een hand over haar billen gaan en ademt er iemand in haar hals.

'Vind je het lekker om hiernaar te kijken?' zegt een stem zacht in haar oor.

Zonder om te kijken duwt ze de hand weg . 'Nee.'

Ze maakt haar blik los van de eenzame vrouw en loopt verder door de gang. Op het einde komt ze Kevin weer tegen, die schichtig heen en weer rent en dan Lili in zijn vizier krijgt. Opnieuw komt hij veel te dicht bij haar staan.

'Zin om te neuken?'

Lili ruikt een verschrikkelijke vislucht die van zijn gezicht lijkt te komen en duwt Kevin een stukje van zich af. 'Vraag maar iemand anders.' Dit wordt toch moeilijker dan ze dacht.

Wanneer ze haar rondje heeft gemaakt, komt Lili onder aan de trap de mooie Stefan tegen met zijn arm rond een vrouw die minstens twintig jaar ouder is dan hijzelf. In het voorbijgaan knipoogt Stefan naar Lili. De vrouw houdt hem stevig vast rond zijn middel en stuurt hem vastberaden in de richting van de kamers.

Een beetje aangeslagen gaat Lili weer aan de bar zitten naast een man met een hangsnor en geföhnd haar die zich voorstelt als Ronny. Zijn vriend, eveneens met een grote snor en bovendien nog een nektapijt, komt aan de andere kant zitten. Hij heet Johnny. Ronny en Johnny bieden Lili nog iets te drinken aan en doen hun best een conversatie te beginnen die haar weinig kan interesseren. Terwijl Ronny en Johnny wanhopig nieuwe gespreksonderwerpen aandragen, waarbij ze elkaar steeds in de rede vallen en aanvullen, luistert Lili maar met een half oor en bedenkt dat Ronny en Johnny op zich goede namen zijn om een succesvol komisch duo te vormen.

'Kunnen jullie ook zingen en dansen?' vraagt ze midden in een verhaal over de jaarlijkse kermis in hun geboortedorp.

Ronny en Johnny kijken elkaar even niet begrijpend aan en dan ontstaat er een hevige discussie tussen hen waarbij Johnny beweert dat hij een betere stem heeft, terwijl Ronny zichzelf een goede danser vindt en zijn vriend eerder een houten Klaas.

Lili gelooft het wel en gaat weer naast Bob zitten.

'Alles goed, meisje?'

'Ik wil een glas water.'

'Regel ik voor je.'

In één teug drinkt ze haar glas water leeg en denkt na. Over de schouder van Bob ziet ze Ronny en Johnny nog steeds druk discussiëren. Die verdomde David had vast gelijk. Leuk theorietje, maar misschien toch niets voor haar. Toen ze beneden door de schimmige gangen liep, voelde ze van alles behalve één ding: opwinding. Toch een vereiste als je hier bent voor de seks. Ze overweegt even of ze zich helemaal lam zal drinken, misschien dat het dan wel lukt. Maar hoe moet ze dan thuiskomen? Eerst in de auto haar roes uitslapen op de parkeerplaats van een seksclub? Stel je voor dat iemand haar daar ziet op klaarlichte dag. David zou zich rot lachen.

Naast haar is een blonde man verschenen die er min of meer normaal uitziet, en Lili grijpt haar kans. 'Dansen?'

Hij loopt achter haar aan en Lili begint wild rond te springen op een nummer van Faithless. De blonde man moet om haar lachen en blijft op veilige afstand. Wanneer het nummer is afgelopen, trekt Lili de man mee naar een lege zithoek. Ze duwt hem op de kussens en gaat naast hem zitten.

'Hoe heet...' begint hij maar Lili onderbreekt hem.

'Sst. Mijn naam is niet van belang. En die van jou trouwens ook niet. Ben je hier alleen?'

'Ja... mijn vrouw en ik...'

'Dat hoef ik ook niet te weten. Haal je nog een drankje voor ons? Wodka-tonic, graag.'

Hij loopt naar de bar en Lili staart naar het tv-scherm boven haar. Ze ziet een grootgeschapen, zwarte man een vrouw vanachter bestijgen. De vrouw rolt met haar ogen.

De Man Zonder Naam komt terug met de drankjes en samen kijken ze naar het televisiescherm boven hun hoofd en lachen om de acrobatische standjes die de revue passeren. MZN aait ondertussen haar bovenarm.

'Kijk, technisch gezien kan een vrouw zo helemaal niet klaarkomen. Dat weet je hopelijk toch?'

Als antwoord begraaft MZN zijn neus in haar haren.

'Klopt het dat er beneden geen enkele plaats is waar je je kunt afzonderen?'

'Dat klopt, maar ik weet daar wel iets op,' zegt MZN. 'Ik woon hier vlakbij.'

'Sorry, dat kan ik niet doen. Echt niet.'

'Dan weet ik nog wel iets anders.' Hij staat op en trekt Lili overeind.

Lili volgt MZN naar beneden. Doelbewust loopt MZN door de kronkelgang met Lili aan zijn hand en trekt haar een kleine ruimte binnen waar een deur in zit. Die had ze eerder niet opgemerkt. Hij doet de deur op slot.

Lili kijkt naar de muur vol gaten en ziet daar de eerste hoofden al verschijnen.

'Ogen dicht,' fluistert MZN en duwt haar achterover in de dikke matras. Lili sluit haar ogen.

Langzaam aait hij haar hele lichaam. Lili houdt haar ogen dicht. Eén blik op de gatenmuur en alles is om zeep. MZN trekt haar hoge hakken uit en kust haar voeten. Dan werkt hij zich langzaam naar boven. Hij laat zijn tong over haar buik gaan en Lili ontspant langzaam. In één beweging trekt hij haar string uit en neemt een condoom uit een bakje dat aan de muur hangt. Heel even doet Lili haar ogen open om te zien wat hij doet. Te laat! In een flits ziet ze door een van de gaten een mannelijk geslacht met een hand eromheen.

'Gatver!' Ze komt meteen overeind en staart naar het ding dat nu precies op ooghoogte zit.

MZN lacht. 'Ik zei toch, ogen dicht!'

Hij legt haar weer op de matras en zegt zacht: 'En deze keer dichthouden.'

Rustig trekt hij nu haar beha uit. Lili houdt haar ogen dicht en denkt aan de gaten, de blikken, de piemel die door een van de gaten vlak bij haar hoofd zit. Stop met denken!

Hij likt aan haar tepels en zijn hand beweegt tussen haar benen. Daarna gaat hij op haar liggen en wil zijn lippen op de hare drukken.

'Nee,' zegt ze gedecideerd. 'Niet kussen.'

'Geen probleem.'

'Mag ik me omdraaien?'
'Graag.'
Lili draait zich om en MZN pakt haar heupen vast.

## 4

Van foute mannen & nieuwe lingerie

Tien minuten te laat komt Lili de volgende ochtend binnengestormd in een bistro aan het marktplein waar ze heeft afgesproken met Lisa.

'Sorry, ik ben te laat. Zit je hier al lang?'

Ze kijkt naar de asbak waar vier uitgedrukte peuken in liggen. Het koffiekopje op tafel is ook al leeg en haar vriendin zit aan haar vijfde sigaret te lurken.

'Nee, ben hier net. Heb voor ons allebei spek met eieren besteld. Goed voor jou?'

'Ja, lekker.'

'Je ziet er moe uit. Uit geweest?'

'Nee, niet echt. Film op tv gekeken en te laat gaan slapen. Jij nog iets gedaan?'

Het kwam er makkelijker uit dan ze had verwacht en Lili voelt zich een beetje schuldig omdat ze niets over haar missie zegt.

'Nee. Ook niet. Sinds het uit is met James kom ik echt nergens meer. Dus zit ik alleen thuis, rook te veel, bel iedereen die ik ken en drink elke avond een fles wijn. Alleen.'

'O dat. Ja, vervelend. Je zou echt wat meer buiten moeten komen.'

De eieren worden op tafel gezet en Lili stort zich erop alsof ze dagen geen eten heeft gezien. Na een paar happen kijkt ze op naar haar vriendin die haar bord nog niet heeft aangeraakt en met tranen in haar ogen naar Lili zit te kijken.

'Wat?' zegt Lili met volle mond. 'Heb ik iets verkeerds gezegd?'

'Nee, maar je snapt het denk ik niet helemaal,' stamelt Lisa. Er rolt een traan over haar wang naar beneden.

'Ik hou van hem. En hij heeft nu misschien iemand anders, maar dat komt omdat hij nog niet weet dat hij ook van mij houdt. Snap je? Hij heeft wat tijd nodig maar vroeg of laat komt hij er wel achter. Dat weet ik zeker.'

Lili kauwt op een stuk brood en spoelt dat weg met een slok hete koffie.

'Lieve schat, luister even naar mij. Dat is heel mooi wat jij allemaal voelt en zo, maar weet je wel zeker dat James ooit terugkomt? En dan: wat als dat niet zo is en jij zit je jonge leven te vergooien op die uitgewoonde sofa van je? En wat als je gelijk hebt en hij komt terug, over een jaar of tien. Ga jij dan al die tijd op die sofa blijven zitten of ga je ook dan soms ook iets leuks doen zonder hem?'

De tranen rollen nu over de wangen van Lisa en haar lange bruine haren plakken tegen haar gezicht. Lili weet dat dat haar schuld is.

'Ik zeg dit niet om je pijn te doen. Ik zeg het omdat die gast met heel andere dingen bezig is. Niet met jou. Laat hem en doe iets wat je zelf leuk vindt. Voor mijn part koop je elke dag nieuwe schoenen, ga op kookcursus of yoga. Weet ik veel. Doe iets!'

Lisa onderdrukt een snik en snuit lang en hard haar neus.

'Wat is er met jou aan de hand. Waarom ben je zo hard ineens?'

'Ik ben niet hard, ik ben eerlijk. Je bent slim, lief, mooi, grappig. Je hebt zo'n kerel helemaal niet nodig. Er zijn ook andere mannen. Mannen die normaal doen.'

'Maar jij hebt het toch ook moeilijk gehad, toen met Steven?'

'En daarom weet ik nu dat het alleen maar tijdverlies is.'

'Maar ik hóu van hem,' snikt Lisa. 'En waar zijn die andere mannen dan? Die ben ik nooit tegengekomen.'

Lisa is nu echt overstuur en huilt voluit. De andere klanten in de bistro beginnen naar hun tafel te kijken. Lili zucht.

'Dat weet ik ook niet. Sorry, ik wil je niet verdrietig maken. Gaan we zo een beetje shoppen? Ik heb dringend nieuwe lingerie nodig.'

Lisa droogt haar tranen en Lili vraagt zich af wat Lisa ervan zou vinden als ze zou vertellen waarvoor ze die lingerie nodig heeft. Gisteravond? O ja, toen ben ik naar een seksclub geweest en heb ik me laten nemen door iemand wiens naam ik niet ken.

Lisa zou denken dat ze haar verstand verloren had en onmiddellijk haar psychiater bellen voor raad. Niet doen dus.

Ze vraagt de rekening.

Wanneer ze 's avonds thuiskomt, belt ze David die vraagt hoe haar missie evolueert.

'Ik ben gisteren dus naar zo'n andere club geweest. Heb het gedaan. Was niet wonderbaarlijk maar best oké, en nu ben ik officieel bezig met mijn dubbelleven en haat mijn beste vriendin mij.'

David wil alle details horen. Hoe gaat dat in zijn werk? (Gewoon.) Is dat van hallo en laten we het doen? (Nee.) Hoe gaat het dan? (Anders.) Hoe neem je afscheid daarna? (Nou, dàààg.) Spreek je nog eens af? (Nee!) Ga je terug in de hoop hem weer te zien? (Nee!) Was het lekker? (Gaat best.) Mis je geen echte band? (Is anders, ja.) Is het intiem? (Niet echt. Het is seks.) Ga je onder de douche voor het slapengaan? (Ja!!!) Doe je het veilig? (Ja!!!!!) Denk je de volgende dag aan hem? (Niet echt. Je weet niet eens wie het is. Je hebt wel een soort binnenpretje of zo.)

Na een half uur is Davids nieuwsgierigheid bevredigd en kunnen ze verder met de rest.

'Wat is dat met die vriendin?'

Lili doet haar verhaal over Lisa en dat ze zo ongeduldig wordt wanneer ze steeds naar dezelfde verhalen moet luisteren over een of andere man die die week nog geen sms heeft gestuurd en vooral dat ze boos is dat ze zelf geen haar beter is, was, is. Dat ze daar vooral boos om is en daarom geen geduld heeft met meer van die verhalen.

'Goed, dus je bent begonnen met je missie en nu bots je op een paar praktische problemen. Die los je ook wel op. Het is trouwens zeven uur en Sam moet zo eten. Ik hoor je snel. Dag Li.'

Beduusd zit Lili met de telefoon in haar hand wanneer David al heeft opgehangen. Het is zaterdagavond en ze is helemaal vergeten de rest van haar weekend vol te plannen.

## 5

## Maria & Johan

De nacht dat Lili werd geboren was haar vader zoek. Op zich was dat best bijzonder, want haar moeder was al een maand over tijd en moest de volgende ochtend sowieso naar het ziekenhuis. De dokter vond namelijk dat het lang genoeg had geduurd en wilde koste wat kost dit koppige kind ter wereld brengen. Uit zichzelf kwam het anders misschien wel nooit. Haar moeder was hier niet zo enthousiast over, want bij Lili's oudere broer had ze ook al een spuit moeten krijgen om het kind, dat drie weken te laat was, uit haar te forceren, en dat was haar slecht bevallen. Het leek een aannemelijk voorstel en aanvankelijk had ze niet geprotesteerd. Tot ze de spuit daadwerkelijk kreeg en haar middenrif zich begon samen te trekken. Met bruut geweld werd Arthur naar buiten geperst omdat hij op zijn veilige schuilplaats geen kant meer op kon, en ondertussen doorstond zijn moeder helse pijnen. Ze brulde en tierde tegen de dokter die haar verzekerde dat alles goed zou komen, en zij zwoer hem dat ze hem zou haten voor de rest van haar leven. Terwijl Arthur tegen wil en dank naar buiten gedwongen werd en zijn moeder dacht dat ze al duizend doden was gestorven terwijl er nog geen einde aan kwam, stond zijn vader met afgrijzen toe te kijken. Achteraf verklaarde hij dat hij nooit meer zo'n slachting hoopte bij te wonen en Arthurs moeder deed er het zwijgen toe.

Ondanks de meer dan duizend doden was ze zo trots als een pauw op haar splinternieuwe zoon en ze was er zeker van dat ze het hele gebeuren opnieuw zou kunnen doorstaan om nog eens zo'n wonder mee te maken. Dat was echter zonder haar man gerekend, die het wel welletjes vond en geen enkele drang voelde om nog eens zo'n afgrijselijke gebeurtenis mee te maken. Hoe dan ook was hij misschien wel trots op dat kleine mormel, maar wat hij er verder mee moest doen, was hem een raadsel. Het huilde, kakte zijn luiers vol en sliep op onmogelijke momenten terwijl het wakker werd als hij graag wilde slapen. Vaderliefde was een abstract begrip voor hem en hij vond vooral dat zijn vrouw een saai zoogdier was geworden en verlangde naar de tijd toen ze het mooiste meisje van het dorp was, dat hij aanbad.

Want zo was het gegaan. Maria was het meisje op wie iedere jongen in het dorp zijn zinnen had gezet, en Johan had haar gekregen. Niet zonder slag of stoot, want er waren veel kapers op de kust geweest. Al jaren hield hij haar in de gaten, maar zij had hem nog nooit opgemerkt. Maria was mooi, maar ook erg schuchter en besefte nauwelijks dat al die jonge kereltjes met uitslag op hun gezicht haar vol ontzag nastaarden op straat. Ze ging naar school, studeerde middelmatig en hielp mee in het kroostrijk gezin waarvan zij de oudste dochter was. Altijd was er wel een kleintje ziek of kwamen haar ouders handen te kort in hun winkel. Maria had wel wat anders aan haar hoofd dan jongens. Er moest worden gekookt, afgewassen, luiers verschoond en monden gevoed.

Naast de vele broertjes en zusjes waren er ook nog twee ongetrouwde tantes die bij het gezin inwoonden, en die tantes waren het enige wat Maria thuis tegenstond. De tantes maakten haar altijd bang met boosaardige citaten uit de bijbel en wanneer een van beiden ergens ging logeren, moest Maria de lege plaats in het grote ledikant innemen en de andere tante gezelschap houden. Om een of andere duistere reden konden die twee namelijk nooit alleen zijn, en Maria vermoedde dat dit een ziekelijke oorsprong had die ze niet verder wenste te overdenken.

In ieder geval, als het zover was, was zij als oudste meisje altijd degene die de verloren zuster moest vervangen en onder de zelfgehaakte bedsprei kroop naast een van de boze toverkollen, die er in nachtjapon en met losse grijze plukken haar zo mogelijk nog angstaanjagender uitzagen dan overdag. Hoe ze ook smeekte en bad om in haar eigen bed te mogen slapen, haar ouders vonden dit een kleine opoffering en wilden van geen excuses horen.

Wanneer ze dan toch in dat grote ledikant lag dat haar aan een doodskist deed denken, maakte ze stiekem in het midden van het bed een rolletje van de deken, in de hoop dat de desbetreffende tante des doods haar niet per ongeluk zou kunnen aanraken in haar slaap. Verder dacht ze aan weidse velden en schapenwolkjes om zichzelf te kalmeren, zodat ze vroeg of laat toch de slaap zou kunnen vatten. De volgende ochtend kon ze dan opgelucht terug verhuizen naar de kamer die ze deelde met twee andere zussen.

Zo groeide de kleine Maria op tot een adembenemend mooi meisje, zonder dat ze dat zelf in de gaten had. Op feestjes stond ze nooit aan de kant te wachten tot een jongen haar ten dans vroeg, want ze stonden in de rij voor haar. Maria besefte niet dat dit voor sommige meisjes wel anders was. De keren dat haar taken het toestonden om te gaan dansen, leek het haar niet meer dan normaal dat ze dat ook deed die avond. Want ze danste graag.

Wanneer ze niet kon gaan omdat haar geestelijk gehandicapte broertje tegen een gloeiendhete kachel was gevallen en verzorging nodig had, liet ze met liefde die hele dansavond achterwege.

Toen ze eenmaal naar de middelbare school ging en elke dag vijftien kilometer moest fietsen door weer en wind, was de rock 'n roll-tijd aangebroken en droomde Maria van een petticoat. Ze had er gezien op de tv's die haar vader verkocht in zijn elektriciteitswinkel en nog nooit zoiets moois gezien. Geen haar op haar hoofd dacht eraan erom te vragen bij haar ouders, die zoveel monden moesten voeden. Maar op een dag zei haar moeder: 'Maria, jij en ik gaan samen naar de stad.'

In een gespecialiseerde winkel werden Maria's maten opgenomen en werd er een jurk mét petticoat voor haar besteld. Maria was in de zevende hemel en dankte god voor zoveel goedheid. Twee weken later waren de jurk en petticoat klaar en trok Maria naar een dansfestijn in het dorp. Onderweg hoorde ze mensen achter haar rug fluisteren dat ze het wel heel hoog in de bol had gekregen, maar Maria was te trots om zich dat aan te trekken. Zonder dat ze het zelf besefte, maakte deze nieuwste mode ook een onwisbare indruk op de jongens van het dorp en was haar reputatie definitief gevestigd.

Johan was een van de onhandige pubers die 's avonds wakker lag en manieren bedacht om indruk op Maria te maken. Hij speelde saxofoon in de plaatselijke harmonie en omdat zijn uiterlijk niet al te veel meezat, besloot hij hier zijn troef van te maken. Avond na avond studeerde hij tot zijn lippen bloedden, en tegen de tijd dat ook hij vijftien jaar was, speelde hij beter saxofoon dan zijn eigen leraar.

Hij richtte een jazzband op met een paar vrienden en toen hij overtuigd was dat ze goed genoeg waren, organiseerde hij een concert en nodigde Maria uit. Maria kwam, mét petticoat, en vanaf die dag hadden ze af en aan verkering. Hoewel Maria zich soms wel eens afvroeg of het leven geen spannender dingen te bieden had, wist Johan haar steeds opnieuw aan zich te binden. Daar ging hij erg ver in, want toen Maria het voor de zoveelste keer uitmaakte, omdat ze bedacht had dat er misschien toch een andere toekomst voor haar in het verschiet lag, haalde Johan zijn zakmes tevoorschijn en verklaarde: 'Als je me nu in de steek laat, maak ik mezelf van kant.'

Dat was te veel voor Maria, die erg van het leven hield, en met enig schuldgevoel verklaarde ze dat ze Johan niet in de steek zou laten.

De zaken namen een finale wending toen de moeder van Maria vroegtijdig stierf aan een gebroken hart omdat haar geesteszieke zoon van een trap was gevallen en dat niet overleefde. Nauwelijks achttien jaar en de wereld werd onder haar voeten weggemaaid toen eerst haar lieve broer en daarna haar moeder en grootste houvast, verdwenen waren.

Nadat Maria als oudste dochter een jaar lang alle verantwoordelijkheden van het gezin op haar schouders had genomen, hertrouwde haar vader met een kleine maar pittige hoofdonderwijzeres die drieënveertig jaar oud en nog maagd was. Maria kon deze situatie niet aan, en terwijl de nieuwe vrouw des huizes haar positie probeerde te verwerven, wist Maria niet wat haar nieuwe rol in dit gegeven was. Nadat ze een jaar over de andere kinderen had gemoederd en haar vader had getroost, werd ze van de ene dag op de andere dag geacht weer kind te zijn en te luisteren naar een vreemde vrouw die haar moeder niet was. Ze miste die moeder nog steeds en duldde niet dat dit kranige vrouwtje de teugels wilde overnemen. Haar vader steunde haar niet, want hij had gekozen voor een uitweg uit het grote verdriet dat zijn geliefde vrouw had achtergelaten, en Maria had dit maar te accepteren.

Omdat de jaren zestig nog maar net waren ingeluid, waren haar opties beperkt. Ze had een schoolvriendje dat zijn botte zakmes tevoorschijn haalde zodra ze betere mogelijkheden aan de horizon vermoedde, en dat was het. Toen ze na een uit de hand gelopen ruzie met haar vader aanklopte bij de ouders van Johan, werd ze binnengelaten onder één voorwaarde: ze zou moeten trouwen met hun zoon.

En zo geschiedde.

Johan voelde zich de koning van de wereld en stond niet stil bij de noodlottige oorzaak van zijn geluk. Maria was vastbesloten er het beste van te maken. Twee jaar na de pijnlijke geboorte van haar eerste zoon wilde Maria graag opnieuw zwanger worden, maar Johan verzette zich. Hij vond één kind al meer dan genoeg, maar Maria, die droomde van een groot gezin, verlangde zo erg naar een nieuw leven dat ze schijnzwanger werd. Haar lichaam veranderde en iedere ochtend rende ze naar de wc om over te geven. Hoewel dit niet was wat Johan wilde en zij zich het huwelijk ook anders had voorgesteld, was ze in de wolken en nam zich voor dat ze sterk zou zijn. Ook zonder de steun van haar man, die meer werkte dan ooit en nog een studie in de avonduren was begonnen.

Johan en zij groeiden steeds meer uit elkaar, maar Maria bleef positief en hoopte dat de dingen vanzelf hun plaats zouden vinden en dat alles dan goed zou komen.

Uiteindelijk bleek haar zwangerschap ingebeeld, en achteraf dacht ze dat het rond deze tijd geweest moest zijn dat Johan begon vreemd te gaan. Ze vermoedde wel dat er iets scheelde, maar weet dit een hele tijd aan de studie en het feit dat Johan hard aan het werk was. Toen ze nog eens twee jaar later echt zwanger werd, dreef dit hen nog verder uit elkaar, en terwijl Johan meer en meer van huis was, beloofde Maria de baby in haar buik dat ze het desnoods wel zonder hem zouden doen. De droom die ze als klein meisje had van een gelukkig gezin en een liefhebbende man, spatte uiteen, maar bij haar kinderen vond ze de onvoorwaardelijke liefde waar ze naar op zoek was geweest sinds de dag dat haar moeder stierf.

De geboorte van Lili liet nog langer op zich wachten dan die van Arthur, en toen Maria vier weken over tijd was, wilde de dokter dat ze werd opgenomen. Dat koppige kind moest eruit. De nacht voor ze zou worden opgenomen, begonnen de weeën vanzelf en Maria, die erg had opgezien tegen een nieuwe ruggenprik en de helse pijnen die daarmee gepaard gingen, was opgelucht. Ze was overtuigd dat Lili had geweten wat hen bij de dokter te wachten stond en daarom had besloten dan toch maar zelf ter wereld te komen.

Omdat Johan nachtdienst had, belde ze eerst naar de vroedvrouw en toen meteen naar het werk van Johan. Die was daar niet.

Een collega kamde het hele bedrijf uit maar Johan was nergens te vinden, en ook de volgende ochtend bleef hij spoorloos. Lili was al een dag oud toen hij zijn dochter voor het eerst zag en zoveel liefde als ze van haar moeder kreeg, Johan zou nooit veel meer aandacht aan haar besteden dan strikt noodzakelijk. De paar keer dat Lili durfde te vragen waar hij was bij haar geboorte, werd hij boos en zei dat ze hem met rust moest laten.

Lili was bang voor haar vader omdat, met de jaren, de schuchtere jongen met acne en een saxofoon plaats had gemaakt voor een humeurige man die extreem autoritair was tegen zijn kinderen. Hij vond dat Maria die kinderen veel te veel verwende en wilde hen tucht en orde bijbrengen. Daarbij vergat hij met ze te spelen of interesse te tonen voor de dingen waar ze mee bezig waren. Enkel als ze stout waren trad hij op, en al gauw werd het een kunst om te zorgen dat hij hen niet opmerkte, zodat ze een paar rake klappen konden ontlopen.

Omdat Lili meestal in haar eigen fantasiewereld vertoefde, was het vooral haar opstandige broer die het moest ontgelden. Terwijl Arthur de confrontatie met zijn vader steeds opnieuw aanging, beleefde Lili de wildste avonturen in haar droomwereld en werd ze de ene dag bijna gekidnapt onderweg naar school om de volgende te ontsnappen aan boze dieven in het Grote Bos. Ook leed ze aan ingebeelde ziektes en kon het gebeuren dat ze een hele week deed alsof ze niks meer kon horen, of dagen aan een stuk mank liep omdat ze overtuigd was dat haar ene been veel korter was dan het andere. Deze ziektes gingen volledig aan Johan voorbij, en Maria wachtte meestal rustig af tot de ernstige kwalen waaraan haar dochter leed, vanzelf weer overgingen. Als er eentje langer dan gewoonlijk aanhield, ging ze met Lili naar de dokter, die dan bijvoorbeeld haar benen opmat en Lili verzekerde dat die echt even lang waren, waarna ze weer vrolijk naar buiten huppelde.

Maar soms lukte het ook Lili niet om Johan te ontlopen. Zoals de keer dat ze iets brutaals had gezegd en haar vader achter haar aan zat om haar een fikse tik te geven. Ook daar was ze bang voor, want hij sloeg altijd tegen haar hoofd zodat haar hersens suisden en haar oren gloeiden. Daarna kon ze minstens een half uur niet meer rustig nadenken, en zodra er zo'n oplawaai dreigde, liep ze als de snelste. Meestal probeerde ze zich dan op te sluiten in haar slaapkamer, maar deze ene keer stond ze in de gang bij de voordeur en versperde haar vader haar de weg in de deuropening. Er was geen andere uitweg dan het toilet op de gang. Dus schoot ze daar binnen en draaide snel de deur op slot.

Lili was zeven jaar, maar nog even koppig als voor haar geboorte, en een uur later zat ze nog steeds op het koude toilet. Haar vader had de hele tijd op de deur staan bonken en gebruld dat ze onmiddellijk naar buiten moest komen. Lili dacht er niet aan en negeerde het gebrul. Ze voelde de slag tegen haar hoofd al die haar duizelig zou maken en probeerde aan andere dingen te denken die veel leuker waren, al kon ze zich moeilijk concentreren omdat haar vader zo'n herrie maakte.

Toen ze alle tegels op het toilet al minstens vijftien keer geteld had, kwam haar moeder op het tumult af en ook Arthur voegde zich bij zijn ouders. Met z'n drieën probeerden ze Lili over te halen om uit haar kleine gevangenis te komen, maar Lili gaf alleen antwoord op de vragen van haar moeder en broer en reageerde niet op de bevelen van haar vader. De deur bleef op slot.

Toen ze het na de zoveelste telling van de tegels erg koud kreeg en begreep dat ze niet de rest van haar leven in eenzame opsluiting kon blijven zitten, begon ze via haar moeder te onderhandelen door de gesloten deur. Ze wilde haar straf niet ontlopen, maar Maria moest Johan doen beloven dat hij niet zou slaan. Maria beloofde haar dat zij daar persoonlijk voor zou zorgen, maar Lili vertrouwde het toch nog niet. Ze wilde het hem zelf horen zeggen.

Johan werd woest en riep dat hij zich niet zou laten commanderen door een snotaap van zeven jaar. Lili vertelde haar moeder nog eens dat ze niet geslagen wilde worden en Maria probeerde opnieuw haar man te overhalen, die uiteindelijk capituleerde en nors bromde dat hij haar niet zou aanraken. Lili liet het hem voor de zekerheid nog eens herhalen.

Toen ze uiteindelijk verkleumd en bang de deur opendeed, sloeg Johan zo hard tegen haar hoofd dat ze stond te wankelen op haar benen. Maria was woest op haar man, en terwijl het hoofd van Lili nog gloeide van de dreun, rolden er hete tranen over haar wangen. Johan riep dat ze onmiddellijk moest stoppen met huilen, of wilde ze nog meer klappen? Maar Lili kon niet stoppen. Niet om de pijn aan haar hoofd, maar wel om het immense verraad van zijn belofte die niets waard bleek te zijn.

Vernederd tot in de puntjes van haar tenen, voelde ze een samengebalde vuist waar normaal haar hart hoorde te zitten, die haar de adem benam. Opnieuw riep Johan dat het onmiddellijk gedaan moest zijn met dat gejank en zijn arm ging al omhoog om opnieuw uit te halen. Lili slikte zo vaak ze kon achter elkaar en stopte met huilen, ook al dacht ze dat ze vast en zeker zou stikken in de tranen die nu nergens meer naartoe konden.

Sinds die dag vertrouwde Lili haar vader nooit meer en werd ze nog behendiger om uit zijn aandachtsveld te blijven. Ook leerde ze om op ieder moment haar emoties te controleren. Na een tijd werd ze er zo goed in om haar tranen te bedwingen dat ze vaak niet eens meer kon huilen als Johan zelfs niet in de buurt was. Vergeefs probeerde Maria haar kinderen te beschermen tegen de agressieve uitvallen van haar man, die zei dat het allemaal de schuld was van haar en haar losbandige ideeën.

De jaren gingen voorbij en terwijl Johan steeds uithuiziger werd, vormden Maria en haar kinderen samen een hecht gezin. Als Johan er wel was, dronk hij vaak te veel, en wanneer Lili zag dat hij niet meer helemaal nuchter was, sloop ze naar haar kamer en luisterde daar naar de ruzies beneden. Heel soms zocht Johan toenadering en wasten ze samen zijn auto of hielp hij Lili om een kapotte fietsband te plakken. Op die momenten was Lili beleefd en vriendelijk, maar ze bleef altijd op haar hoede, en dat zou nooit meer veranderen.

Toen Lili en haar broer pubers werden, gingen de zaken thuis nog slechter, en wanneer ze later terugdacht aan die tijd, dacht ze vooral aan de vele ruzies en de voortdurende spanningen. Soms werd de stilte in huis zo ondraaglijk dat zij en haar broer opgelucht ademhaalden als de boel ontplofte en er weer eens werd geroepen en getierd. Het gebeurde dat ze weken aan een stuk bij haar beste vriendin ging logeren omdat ze zich thuis niet kon concentreren op haar studieboeken.

Op een dag pakte Lili definitief haar boeltje om nooit meer terug te keren zolang haar ouders nog getrouwd waren. Terwijl ze die dag in de woonkamer zat te lezen, ontstond in de keuken alweer een ruzie tussen haar ouders. Haar moeder had op dat moment al plannen om weg te gaan maar had de grote stap nog niet durven zetten. Johan kleineerde haar vaak en zei dat ze het nooit zou redden zonder hem. Dat hij haar financieel kapot zou maken en zou zorgen dat ze met hangende pootjes terug zou moeten komen.

Lili maakte zich onzichtbaar op de sofa terwijl er steeds harder werd geroepen en Johan buiten zinnen raakte. Hoewel de kinderen al vaak genoeg zijn handen hadden voelen wapperen, had hij zijn vrouw nog nooit geslagen, maar het leek er die dag op dat het daar ook nog van ging komen. Toen Maria naar de woonkamer wilde lopen, stormde Johan achter haar aan met een geheven arm en Lili zat stokstijf toe te kijken terwijl haar ouders niet eens zagen dat ze daar zat. Op het moment dat Maria riep dat hij dan maar moest slaan, glipte Lili langs hen heen, pakte haar fiets en reed zo hard ze kon naar haar vriendin. De volgende dag ging ze haar spullen halen toen Johan op zijn werk was en kuste haar moeder gedag.

Vanaf toen logeerde ze bij haar vriendin tot Maria een huis had gevonden en de scheiding definitief had ingezet. In de tussentijd sliep Maria in de kamer van haar dochter met een stoel onder de deurklink. Johan bracht de avonden door in het café of een bordeel buiten het dorp en bonkte 's nachts stomdronken op de slaapkamerdeur.

Achteraf hoorden ze de verhalen van de vriendinnen die Johan tijdens zijn huwelijk had gehad. De vrouw waar hij jarenlang iedere zondag was terwijl zijn vrouw en kinderen dachten dat hij de hele dag ging fietsen. Hiervoor had hij speciaal een blinkende racefiets gekocht en een wielrennersoutfit. Ook waren er de bezoekjes aan bordelen en seksclubs. Affaires in het buitenland tijdens zakenreizen, liaisons met vriendinnen van Maria, en zelfs een vermeende poging tot een verhouding op het werk met een meisje van Lili's leeftijd.

Later bleek ook dat Johan een tijd zijn gezin in de steek had willen laten voor de zondagvrouw en dat hij erg goed opschoot met haar kinderen. Dat was dezelfde tijd dat hij Arthur nog steeds sloeg en Lili soms bang met een glas tegen de muur naar de ruzies van haar ouders luisterde omdat ze dacht dat haar vader Maria iets zou aandoen.

De echtscheiding werd een lelijk verhaal, waarbij Johan met de hulp van een gehaaide advocaat zijn belofte nakwam en Maria financieel zo uitkleedde dat ze vaak geen boodschappen kon betalen. 's Avonds belde hij dronken op om haar uit te schelden voor hoer en soms had hij niet eens in de gaten dat hij niet Maria maar Lili aan de lijn had. Lili zweeg over die telefoontjes en ook over die van de man van een van zijn minnaressen die wekenlang bleef bellen om Maria te spreken. Ze wilde dat iedereen haar moeder met rust liet en luisterde naar de bedrogen man die Lili vertelde dat hij haar haatte om haar achternaam en om wie haar vader was.

Lili was zestien en besloot dat ze nooit zou trouwen.

## 6

### De getrouwde man

Het regent buiten zonder ophouden en de klanten die binnenkomen in de brasserie ontdoen zich van natte jassen en druipende paraplu's. De ramen beslaan ervan.

Micky en Lili krijgen de warme koffies niet aangesleept en de afwas in de keuken stapelt zich op.

Het is al voorbij halfvier wanneer Lili eindelijk even aan een tafeltje zit om servetten te vouwen. De deur gaat open en een niet onknappe man in pak komt binnen, zet zijn paraplu in de bak en gaat aan het tafeltje naast haar zitten. Lili vouwt verder en hij bestudeert de kaart.

Net als ze wil opstaan om zijn bestelling op te nemen, legt hij de kaart weer weg en vraagt een cappuccino. Lili brengt een cappuccino en de man rekent af.

Hij vraagt of ze hier al lang werkt. Lili legt uit dat ze hier pas twee maanden is en daarvoor in een videotheek werkte.

De volgende dag is hij er weer en ook de dag erna. En die daarna. Elke dag komt hij net na de drukte van de middag. Lili weet intussen dat hij getrouwd is en twee kinderen heeft. Hij stelt haar veel vragen en Lili vertelt hem van welke boeken en films ze houdt en dat ze graag op reis gaat. Micky houdt hen nauwlettend in de gaten.

Ondertussen gaat Lili verder met haar missie en trekt ze elke week naar een andere club. Er zijn avonden dat ze alleen iets drinkt, en soms danst ze uren aan een stuk. Een paar keer heeft ze seks.

Zo is er de avond dat ze een jonge Fransman inwijdt in het clubgebeuren en een andere keer laat ze zich op de dansvloer kussen door een jongen met een tongpiercing. Gewoon om eens te zien hoe dat voelt (grappig). Later leidt de jongen haar rond in de club waar zij nieuw is. Ze komen uit bij een menigte en terwijl de jongen verder wil lopen, wringt Lili zich naar voren. In het midden komt ze uit bij een vrouw die op een gyneacologenstoel ligt met haar benen wijd in de beugels. Zeker dertig mannen staan om haar heen terwijl ze haar een voor een penetreren en de rest toekijkt. Lili staat aan de grond genageld en kijkt toe alsof ze naar een documentaire op tv zit te kijken. De vrouw op de stoel houdt haar ogen stijf dicht, haar gezicht in een grimas.

Sommige mannen kijken toe en wachten netjes op hun beurt. Anderen trekken zich af terwijl ze in de rij staan.

Die avond gaat Lili vroeg naar huis, en de vrijdag daarna blijft ze thuis.

Na drie weken doorbreekt de getrouwde man in de brasserie de ban. Hij vraagt Lili of ze niet eens met hem wil afspreken. Na het werk.

Lili schrikt, en over zijn schouder ziet ze Micky bekken trekken achter zijn rug.

'Hoe bedoel je, afspreken?'

'Nou gewoon, iets gaan drinken samen. Denk er eens over na.'

Voor ze iets kan zeggen, is hij verdwenen, en Lili denkt aan zijn vrouw en kinderen en aan wat zij daarvan zullen vinden.

'Zie je wel dat hij iets van plan was. Of dacht je echt dat hij hier elke dag zit om een beetje met jou over reizen te praten?' Micky kijkt Lili strak aan.

'Weet ik veel,' zegt Lili. 'Trouwens, waarschijnlijk komt hij nu nooit meer terug.'

Maar de volgende dag is hij er weer en geeft haar een briefje waar zijn naam op staat, Thomas, en een telefoonnummer.

Lili leest het en zegt: 'Dank je, Thomas. En wat moet ik hiermee doen?'

'Mij laten weten wanneer je volgende week kunt.'

'En waar spreken we dan af?'

Ze is benieuwd, want een getrouwde man gaat vast niet graag met haar naar een café in de stad.

Hij twijfelt geen seconde over zijn antwoord. 'Bij mij thuis.'

'O.'

Zodra hij weer weg is, staat Micky naast haar.

'Bij hem thuis? Gezellig samen met zijn vrouw of zo?'

'Luister Micky, ik zie wel. Als hij er geen probleem van maakt, waarom zou ik dat dan doen? Ik heb toch geen vrouw en kinderen?'

'Nee, jij bent lekker naïef. Echt, hier komen problemen van.'

'Weet je wat? Ik ga gewoon iets drinken daar omdat ik nieuwsgierig ben wat hij van plan is. Dat wil nog niet zeggen dat ik dan ergens anders op in ga dan een drankje. Trouwens, ik wil helemaal geen relatie met iemand, getrouwd of niet.'

Micky schudt haar hoofd. 'Ik weet niet wat dat is met jou, de laatste tijd.'

Een week later staat Lili op de stoep van een groot herenhuis en leest op de deur dat Thomas apotheker is. Ze belt aan. Via de intercom wordt ze binnengelaten en ze loopt de trap op naar het appartement boven de apotheek. Thomas leidt haar op zijn gemak rond door grote kamers vol dure designmeubels. Op de kast ziet Lili foto's van de familie op skireis en op verre stranden. Hij maakt een fles wijn open en samen zakken ze in de zachte kussens van de grote fauteuil.

Terwijl ze een slokje neemt van de koele chardonnay, legt Thomas een hand op haar arm en zegt dat hij blij is dat ze gekomen is. Zacht duwt ze zijn hand weg en begint luchtig te praten over haar dag.

Wanneer ze klaar is met de dag die niets bijzonders inhield, zegt Lili: 'En nu ga jij mij vertellen waarom je wilde afspreken en waarom ik hier zit en waar je vrouw is en wat zij daar eigenlijk van vindt.'

Thomas is even van zijn stuk gebracht maar herstelt zich snel. 'Je bent er toch op in gegaan?'

'Vooral om eens te kijken of je dat echt zou doen, mij hier uitnodigen. Ik was nieuwsgierig.'

'Dan weet je nu dat ik het echt zou doen, en mijn vrouw is aan het werk. Ze weet niet dat jij hier bent.'

'En de kinderen?'

'Die liggen in bed.'

'Wat als ze wakker worden en er zit hier een vreemde vrouw wijn te drinken met papa terwijl mama er niet is?'

'Ze worden niet wakker.'

Lili lacht. 'Jij hebt ook geen gebrek aan zelfvertrouwen.'

'Inderdaad. Zal ik je de slaapkamer laten zien?'

'Ik denk het niet. Thomas, het was heel lief dat je me hebt uitgenodigd, en hopelijk heb ik je geen verkeerd idee gegeven door erop in te gaan, maar ik denk dat het beter is dat ik nu maar weer ga.'

Ze zet haar glas op tafel en staat op.

'Blijf nog even. Ik praat graag met je.'

'Maar daarvoor heb je me niet gevraagd, denk ik.'

'Je hoeft nog niet meteen weg te gaan.'

Lili gaat weer zitten.

De volgende dag is Thomas weer in de brasserie en drinkt zijn koffie. Wanneer hij vertrokken is, krijgt ze een sms: Je zag er stralend uit vandaag. Kus.

In de weken die volgen blijft ze berichtjes ontvangen, elke dag, maar niet 's avonds en niet in het weekend. Langzaam verandert de toon van de sms'jes, tot ze vol insinuaties staan. Lili gaat er niet op in maar protesteert ook niet.

Op een maandagochtend meldt Thomas zich opnieuw:

Vanavond om 21 u bij jou thuis? Adres? X

Lili antwoordt niet meteen, en 's middags komt Thomas geen koffie drinken.

Om drie uur stuurt ze een bericht terug: Wisselstraat 68.

Ze krijgt geen antwoord meer.

Na het werk neemt ze een douche en kijkt soaps op tv. Ze heeft geen idee of Thomas nu gaat komen of niet, maar twee minuten over negen gaat de bel. Ze duwt op de knop van de intercom en kijkt naar de ravage in haar appartement – te laat. In de spiegel – ook te laat – en in de slaapkamer. Overal kleren en schoenen. Een korte klop op de deur.

Alsof het de gewoonste zaak van de wereld is, kust hij haar op de mond en loopt naar de woonkamer alsof hij hier al jaren komt. Lili loopt een beetje verbaasd achter hem aan. Binnen gaat hij op een stoel zitten. Lili blijft in de deuropening staan.

'Wat doe je met mij?' zegt hij uiteindelijk.

'Wat doe ik?'

'Niets. Dat is het juist. Je weet al lang wat er gaande is, en je doet niets.'

'Wat is er aan de hand dan?'

'Ik denk de hele tijd aan je.'

'Aan mij of dat het niet gelukt is de vorige keer?'

'Aan jou.'

En nu oppassen.

Thomas staat op en kust haar. Verloren.

Terwijl ze aan elkaars kleren trekken, stommelen ze door de gang naar de slaapkamer. Thomas smijt het dekbed open en in het midden van het bed ligt haar warmwaterkruik met het blote mannenlijf erop. Die kreeg ze ooit als grap van David cadeau voor koude, eenzame nachten.

'Oei. Sorry.'

Thomas gromt iets terwijl hij zich over haar heen buigt en Lili kegelt het ding in een hoek van de kamer.

Na het vrijen heeft Thomas haast om weer naar huis te gaan. Hij geeft haar een vluchtige kus en zegt: 'Ik bel je nog. Volgende week. Beloofd.'

Lili sluit de deur achter hem en kijkt naar het late nieuws.

'Dus...' zegt David de volgende dag wanneer Lili met hem in het park zit, 'nu heb je een clubleven én een getrouwde man?'

'Ja, zoiets.'

'En hoe staat het met het leerproces?'

'Nou, het zijn allemaal duidelijke situaties, dus dat is al goed, lijkt me.'

'Maar die seks, is dat goeie seks dan?'

'Euh, wel oké, ja. Maar echt goed? Eigenlijk niet. Toch niet in die clubs.'

Lili kijkt naar een bejaard paartje dat gearmd voorbij loopt en denkt na.

'Aan die clubs twijfel ik wel een beetje. Dat is misschien wel pure seks en zo, maar ik kan niet echt mee. Ik doe wel mee, maar niet zoals de anderen daar.'

'Hoe bedoel je?'

'Dat al die andere mensen daar zijn voor het plezier en omdat ze dat opwindend vinden, en dat ik toch een soort vreemde eend in de bijt ben. Ik ben op een missie en dat is gewoon anders. Weet je, ik denk dat die clubs misschien iets te expliciet voor mij zijn. Ik doe wel mee, maar eigenlijk zweef ik boven heel dat gedoe, anders trek ik het niet.'

'Werkt het dan wel?'

'Dat weet ik ook niet. Misschien moet ik eens wat andere dingen proberen.'

'Zoals een getrouwde man?'

'Bijvoorbeeld.'

Lili besluit dat ze nog een laatste keer naar een club zal gaan. Ze kiest de club van de Fransman en hoopt dat ze hem daar niet tegen het lijf zal lopen. Het is er druk en ze gaat op een plaatsje zitten waar ze een goed overzicht heeft. Binnen een paar minuten wordt haar goed overzicht ontnomen door drie uit de kluiten gewassen kerels die als een muur om haar heen komen staan en haar aanstaren zonder iets te zeggen. Lili kijkt geïrriteerd terug.

'Wil je nog iets drinken?' vraagt de grootste van de drie.

'Nee, dank je. Ik heb nog.'

Meteen kijkt ze weer de andere kant op in de hoop dat die logge lijven dan vanzelf zullen verdwijnen. Maar deze mannen zijn niet subtiel aangelegd en bovendien vastberaden.

'Wat doet een mooi meisje als jij hier?'

De grootste weer. Zijn vriendjes luisteren aandachtig mee.

Lili denkt even na over de gebruikelijke antwoorden die ze hierop geeft en zegt dan: 'Ik ben op een missie.'

'Hoezo, een missie?'

'Een missie om te leren over seks. Zonder liefde.'

De man kijkt haar niet begrijpend aan.

Lili gaat verder: 'Ik kom hier om te zien hoe het is om gewoon seks te hebben met iemand die ik niet ken en die ik daarna nooit meer zal zien. Dat is het eigenlijk.'

Nu verschijnt er een brede lach op zijn gezicht. 'Wil je seks?'

'Niet met jou. En ik zou het fijn vinden als jullie niet zo dicht bij me zouden staan.'

Op dat moment verschijnt er een arm tussen twee van de kolossen die haar wegtrekt. Een vrouw houdt Lili stevig vast en sleurt haar mee naar een van de zithoeken.

'Sorry,' zegt ze. 'Maar ik dacht dat ik jou daar even weg moest halen. Het is niet altijd gemakkelijk om hier als vrouw alleen te komen. Al die kerels die zich op je storten.'

Lili wordt voorgesteld aan verschillende koppels die bij de vrouw horen. Ze rookt een sigaret en drinkt nog iets. Op de dansvloer staat een jongen naar haar te kijken. Er loopt een beetje kwijl uit zijn mondhoek en hij krabt aan zijn afhangende onderbroek.

'Dat is Niels,' fluistert de vrouw. 'Hij is mentaal gehandicapt en komt hier elk weekend. Iedereen laat hem wat doen.'

De koppels blijken elkaar al jaren te kennen en één echtpaar staat voor het hele weekend met een camper op de parkeerplaats.

'Een gezellig weekendje uit!'

Een half uurtje later wil Lili naar huis. Terwijl ze de trap oploopt naar de kleedkamer, komt de vrouw achter haar aan. 'Ga je alweer?'

'Ja, ben niet zo in de stemming vanavond.'

'Wacht nog even. Ik wilde je net aan mijn man voorstellen.'

'Waar is hij dan?'

Ze heeft het gevoel dat ze de vrouw niet zomaar kan afschepen nu ze haar net van die drie dombo's heeft verlost. De vrouw troont haar een groot vertrek binnen waar een oudere man op de rand van een immens bed zit.

'Dit is Louis.'

Ze gaat ook op het bed zitten en trekt Lili tussen hen in.

'Dag Louis.'

De vrouw neemt haar hand en zegt nog eens: 'Ik wilde je aan mijn man voorstellen.'

Dan pakt ze het gezicht van Lili in haar handen en drukt voorzichtig haar lippen op die van Lili. Lili bekijkt het tafereel van boven af en ziet zichzelf kussen met de vrouw, terwijl de man over haar been begint te strijken. Ze beseft nu dat de vrouw haar niet zozeer wilde redden maar voornamelijk op zoek was naar een leuk speeltje voor Louis. Terwijl ze haar ogen sluit, voelt Lili hun handen over haar lichaam gaan en beeldt zich in dat ze in het gras ligt en naar de wolken in de lucht kijkt. De wind op haar gezicht.

Iemand trekt aan haar slipje en Lili doet haar ogen weer open.

Om het bed staat intussen een kring van mannen die zichzelf betasten. De mentaal gehandicapte jongen staat er ook tussen en zijn lijf schokt terwijl hij zich snel aftrekt.

Genoeg.

Lili duwt de handen weg en stormt naar de gang, de kleedkamer. Weg hier.

Terwijl ze haar broek dichtritst en naar haar schoenen grijpt, staat er ineens een man naast haar die ze heel de avond nog niet heeft gezien.

'Ga mee met mij.'

'Ik ga met niemand mee.'

Ze duwt hem weg en wil de trap af gaan.

Hij houdt haar tegen. 'Blijf toch hier.'

'Ben je doof? Nee!' Ze duwt de man tegen de muur en gaat de trap af.

In de auto wordt ze weer rustig.

Geen clubs meer.

## 7

## De gigolo

Thomas komt geen koffie meer drinken in de brasserie, maar Lili ziet hem elke week, soms twee keer, bij haar thuis. Ze leert snel dat de rol van maîtresse vooral een afwachtende rol is. Wanneer Thomas haar wil zien, stuurt hij haar een sms. Meestal vraagt hij dan alleen maar hoe het met haar gaat, maar ze weet dan al dat hij die avond wil langskomen. Ze speelt het spelletje mee en als ze die avond vrij is, laat ze hem komen. In het begin probeert ze haar plannen op hem af te stemmen, maar ze heeft ook snel door dat ze dat beter niet kan doen. Meer dan eens krijgt ze op het laatste moment een bericht dat het toch niet lukt omdat een situatie thuis voorrang heeft. Vrouw, kinderen, werk. Iets.

Soms gaan ze ergens naartoe. Dan komt hij haar ophalen en rijden ze naar een afgelegen plaats buiten de stad waar ze iets gaan drinken. Daarna gaan ze naar haar appartement en vrijen ze. De tijd die ze met elkaar doorbrengen wordt steeds korter, tot hij meestal nog nauwelijks een uurtje bij haar kan zijn. Net genoeg om in bed te belanden en daarna haastig afscheid te nemen. Tegen zijn vrouw zegt Thomas dan dat hij gaat joggen, en langer dan een uur kan dat volgens haar niet duren. Dus stormt hij regelmatig in zijn sportkleren het appartement van Lili binnen, en even later zwetend en wel weer naar buiten.

Lili krijgt het er steeds moeilijker mee omdat ze merkt dat ze meer voor Thomas voelt dan haar lief is en ze weet dat het tijd is om iets te ondernemen. Wanneer ze op een avond alleen thuis is, logt ze in op internet. Ze tikt 'gigolo' in op Google en kijkt naar verschillende sites. Er blijkt een verborgen wereld schuil te gaan achter dat woordje 'gigolo' en een paar avonden vermaakt ze zich met haar nieuw onderzoek, vergelijkt sites, prijzen en foto's. Wanneer Thomas haar op een avond weer eens af-sms't, kiest ze een vage foto die haar wel aanstaat en belt naar een gsm-nummer dat erbij staat. Haar hart klopt in haar keel, maar de telefoon wordt niet opgenomen. Niet voorbereid om een bericht in te spreken stamelt ze: 'Hallo... ik bel in verband met de site op internet... Als je wil, kun je mij bereiken op dit nummer.'

Een week later wordt Lili gebeld door een onbekend nummer.

'Lili.'

Aan de andere kant van de lijn klinkt een norse stem: 'U had mij gebeld?'

Lili heeft geen flauw idee wie ze aan de lijn heeft en zegt: 'En u bent?'

'Simon,' klinkt het. 'U had gebeld in verband met een site maar ik weet niet waar het over gaat.'

Lili krijgt het warm en kijkt naar Micky, die naast haar in de brasserie staat.

'O, dat. Ja, dat was voor een afspraak.' Ze probeert zo normaal mogelijk te klinken.

'Wat voor afspraak? Waar heeft u het over?'

Lili denkt snel na en piept dan: 'Ik geloof dat het een misverstand is. Sorry. Goedemiddag.'

'Wat was dat?' vraagt Micky.

'Volgens mij een verkeerd nummer.'

'Maar jij had het toch over een afspraak?'

'Ja, ik dacht even dat het iemand anders was, maar blijkbaar niet.'

Ze pakt een paar vuile borden op en loopt ermee naar de keuken, maar Micky loopt achter haar aan.

'Trouwens, die getrouwde man, die is hier al een hele tijd niet geweest. Is je dat niet opgevallen?'

'Ach ja, die heeft het druk waarschijnlijk. Hij zal wel weer eens binnenvallen als hij tijd heeft.'

Even later krijgt ze een bericht van Thomas: Mis je. Tijd vanavond?

Lili wist het bericht.

's Avonds surft ze naar een andere gigolosite. Ze kijkt naar de foto's, maar de meeste mannen staan haar niet aan. Plastic, zonnebankbruin, onecht. Ze ziet een foto waarop opnieuw weinig te zien is, behalve een grotendeels in het donker verscholen figuur. Hier kan ze tenminste haar fantasie nog bij gebruiken. Ze belt naar het nummer dat onder de foto staat.

'Hallo?'

'Hoi, ik ben Lili. Ik bel omdat ik je nummer heb gevonden op internet.'

'En je wil een afspraak?' De stem klinkt bedeesd maar komt tenminste ter zake.

'Ja. En ik heb dit nog nooit gedaan, dus je moet me eerst uitleggen hoe het in zijn werk gaat.'

'We maken een afspraak en ik kom langs. Ik blijf voor één uur. Als je wil dat ik langer blijf, kost het extra.'

Ze maken een afspraak.

Zodra ze hebben opgehangen, gaat Lili naar bed. Ze mist Thomas en dat wil ze niet. Ze is moe. Voor ze in slaap valt, krijgt ze weer een bericht van hem: Waar ben je? Kreeg geen antwoord. Mis je nog steeds. X

Lili trekt het dekbed over haar hoofd.

Op de avond van haar afspraak is ze zenuwachtig. Ruimt op, doucht, denkt na wat ze aan moet. Zegt tegen zichzelf dat dat stom is. Zij betaalt. Wat maakt het uit wat ze aanheeft?

De telefoon gaat.

'Heb je plannen voor vanavond? Ik moet naar een feestje en ik denk dat James er ook zal zijn. Ga je mee?'

'Sorry, Lisa. Vanavond niet. Ik ben moe. Ik denk dat ik vroeg ga slapen.'

'Doe niet zo flauw. Jij moet ook af en toe eens buiten komen. Toe.'

'Nee, echt. Veel plezier. En doe voorzichtig met die James van je. Ik zie je snel.'

'Oké, dan niet. Dag Li.'

'Dag Li.'

Een paar minuten later gaat de bel. Lili drukt op de knop van de intercom en probeert kalm te blijven terwijl ze de lift naar boven hoort komen. Wanneer ze de deur opendoet, staat er een jongen voor haar, een leren rugzak in zijn hand. Hij klonk al bedeesd aan de telefoon, maar ziet er nu nog veel bedeesder uit. En jong. Ze schat hem hooguit begin twintig en hij lijkt in de verste verte niet op de foto op de site. Is dit een gigolo?

Verlegen kijkt hij haar aan. 'Ben jij Lili?'

'Ja, kom binnen.'

Lili heeft zichzelf een glas wijn ingeschonken tegen de zenuwen en vraagt of hij ook iets wil drinken.

'Water graag.'

Hij gaat op het puntje van de sofa zitten, zet zijn rugzak voor zijn voeten en kijkt naar de muur. Lili geeft hem een glas water en zegt: 'Het is mijn eerste keer. Betaal ik nu of straks?'

'Nu graag.'

Ze pakt 150 euro uit haar portemonnee en geeft ze hem.

Hij kijkt naar het geld in zijn hand en zegt voorzichtig: 'Het is 175. Sorry.'

'O,' zegt Lili. 'Dat stond niet op de website en ik heb geen 175 in huis. Dat is vervelend.'

Moet ze hier nu gaan onderhandelen over de prijs? Ze had zich een enigszins ander voorspel voorgesteld.

'Staat dat op de site? Dat klopt dan niet.'

'Ja, als je wil, kijken we het na.'

Ze staat op en loopt naar haar computer. De jongen blijft op de sofa zitten, drinkt zijn water en probeert haar niet tegen te houden. Lili start haar computer op en surft naar de site.

'Kijk,' zegt ze. 'Hier staat het.'

Hij staat op en kijkt over haar schouder mee.

'Inderdaad. Dan is het voor jou 150, want zo staat het daar. Maar eigenlijk is de prijs veranderd. Ik dacht dat het was aangepast.'

'150, oké dan?' zegt ze laconiek. 'Wat gaan we nu doen?'

'Als je wil, gaan we naar je slaapkamer en geef ik je een massage.'

In de slaapkamer kleden ze zich uit zonder dat er iets gezegd wordt en houden ze hun ondergoed aan. Lili gaat op haar buik op het bed liggen. De jongen pakt een flesje massageolie uit zijn tas en smeert haar rug in. Hij masseert haar rug en benen uitgebreid, maar zijn handen zijn voorzichtig. Te voorzichtig. Lili houdt haar ogen gesloten en denkt aan Thomas. Dat helpt niet echt.

Ondertussen doet de jongen ernstig waar hij voor betaald wordt en Lili vraagt zich af hoeveel van die vrouwen hij zo op een week moet plezieren en wat die vrouwen allemaal van hem verlangen.

Wanneer het voorbij is, ruimt hij zelf het condoom op. Even verlegen als hij binnenkwam, kleedt hij zich weer aan en neemt afscheid. Lili is blij als de deur achter hem dichtvalt en ze weer alleen is.

's Ochtends wordt ze wakkergebeld door Lisa, in tranen.

'Li, wat is er?'

Lange uithalen in haar oor en dan: 'Sorry Li, bel ik je wakker?'

'Ja, ik slaap nog, maar het geeft niet. Wat is er?'

'Hij was er dus. Met iemand anders. En ik heb me heel goed gedragen. Niks laten merken. Met iedereen gepraat, gedanst, gedronken. En de hele avond stonden ze daar met z'n tweeën. Voor mijn neus. Aan het flirten en zoenen. Ik ben naar huis gegaan en ik heb uren gehuild. En toen ik vanmorgen wakker werd, ben ik verder gegaan. Met huilen.'

Meteen barst ze weer in tranen uit en Lili doet haar gordijnen open en kijkt uit het raam naar de vogels die voorbijvliegen. Ze loopt naar de keuken om koffie te zetten.

'Weet je wat? Vergeet heel die James. Je leven is niet voorbij. Echt niet.'

'Iedereen zegt dat, maar zo voelt het niet. Misschien overleef ik dit wel niet.'

'Doe normaal. Dit is toch niet de eerste keer dat je dit meemaakt? Ben je de vorige keren ook doodgegaan? Nee toch? Het doet zeer en dat gaat over. Wil je afspreken vanavond? Dan gaan we iets leuks doen.'

'Dat kan ik niet. Ik kan nu niks leuks doen want niks ís leuk. Niks zal ooit nog leuk zijn.'

Het gesnotter houdt niet op.

'Pak een douche en bel me straks. Goed?'

'Hoe moet dat nu? Hoe moet ik de dag door?'

'Gewoon, zoals altijd. Opstaan, douchen, eten, dingen doen en dan weer naar bed. Zoals altijd.'

Een luid gesnik en Lili luistert hoe Lisa lang en hard haar neus snuit.

'Ik bel je straks dan.'

'Dat is goed. Dag Li.'

'Dag Li.'

Zodra ze de telefoon heeft neergelegd, rinkelt die opnieuw.

'Lisa?'

'Nee, David hier. Ik wilde even horen of alles oké is met jou. Jij had toch gisteren die man op bestelling?'

'Ja, dat was gisteren. Was jij daaraan aan het denken dan?'

'Ik was eigenlijk best een beetje bezorgd, ja. Ik bedoel, je laat zo'n gast in je huis en wie weet of die wel te vertrouwen is. Voor hetzelfde geld laat je een maniak binnen.'

'Dat is lief.'

Lili voelt haar stem breken en begint snel over iets anders. 'Hoe gaat het met jou trouwens? Alles goed thuis?'

'Ja, alles goed hier, maar jij. Hoe was het?'

'Moet dit nu echt?' Ze wil dat hij stopt met vragen stellen.

'Nee, het moet niet, maar je bent onze afspraak toch niet vergeten? Dit ben ik: je redder in nood. Zeg me op z'n minst hoe je je voelt.'

Lili staat te knoeien met een pak koffie dat niet open wil en heeft met een mes in haar vinger gesneden.

'Niet zo goed, geloof ik.'

De tranen lopen ineens over haar wangen en ze gaat op de keukenvloer zitten.

'Zie je wel. Ik wist het! Je hebt een gek in huis gehaald. Wat is er gebeurd?'

'Niks. Er is niks gebeurd. Hij kwam, ik heb betaald. We hadden seks. En hij ging weer weg.'

De tranen blijven stromen.

'Wat is er dan aan de hand?'

'Ik weet soms niet meer zo goed waar ik mee bezig ben.'

'Stop er dan gewoon mee.'

'Ik weet het niet. Ik vind het leven soms zo ontzettend banaal.'

'Pak je boeltje en kom naar ons. Speel wat met Sammie en blijf eten.'

'Jij bent lief, maar ik denk dat ik beter even alleen ben.'

Ze staat weer op en zoekt een pleister voor haar vinger.

'Het gaat wel weer over.'

Ze hangen op en Lili gaat aan haar computer zitten om haar mail te checken.

Hey,

Gewoon eens om te horen hoe het met jou gaat en om te zeggen dat ik 's morgens alleen nog uit bed kom voor die kop koffie en die sigaret. Niets anders.

Steven

# 8

Steven

Het was snel gegaan. Tussen de dag dat ze reageerde op de advertentie in de krant en de dag dat ze op het vliegtuig naar India stapte, zaten precies vijf weken. Vijf weken waarin ze van hot naar her rende om paspoorten, inentingen, huisoppassen en formaliteiten te regelen. Vrienden en familie bezocht om afscheid te nemen. Ze zou minstens drie maanden wegblijven, misschien langer.

Veel informatie had ze niet. Ze ging naar een klein dorp ergens aan de kust. Een school voor weeskinderen uit de grond helpen stampen met andere vrijwilligers van wie ze niemand kende. Een positieve daad voor de mensheid stellen. Maar in de eerste plaats misschien een positieve daad voor zichzelf. Als ze heel eerlijk was, ging ze vooral om weg te zijn van alles en iedereen. Hoe verder hoe beter.

David en Lili waren een paar jaar eerder uit elkaar gegaan. Het was haar beslissing en ze ging ervan uit dat het ook haar schuld was. Hoe graag Lili ook had gewild dat ze gelukkig was, ze was het niet. Natuurlijk waren er tijden geweest dat het goed ging, maar steeds weer kwam dat moment dat ze alles stuk probeerde te maken zonder dat ze wist waarom. En hoe harder David dan probeerde om haar te snappen, hoe minder Lili gesnapt wilde worden. Na zo'n uitbarsting van vermeend onbegrip volgde er steeds weer een periode van rust, tot ze op een ochtend bij het wakker worden Het Licht zag.

Het was een heel gewone dag en er was niets bijzonders aan de hand op het moment dat ze haar ogen opendeed. Maar voor ze ook maar aan iets anders kon denken, wist ze wat er moest gebeuren en daar bestond geen twijfel over. Ze liet het bad vollopen en toen ze onderuit zakte in het hete water, kwam David de badkamer binnen en klom aan de andere kant in de badkuip. Terwijl hij haar voeten waste, vertelde Lili hem dat ze bij hem weg zou gaan. Niet omdat ze niet van hem hield, dat deed ze wel. En ook niet omdat hij niet van haar hield, dat deed hij wel. Ze moest weg omdat ze dan niet meer van hem kon verlangen dat hij alles goed zou maken wat fout zat. Ze moest weg omdat hij dat niet kon, al vloog hij voor haar naar de maan en terug. Of Mars.

David zei dat hij dat er best voor over had, maar Lili had hem het zwijgen opgelegd. Het zou niks oplossen, want ze moest zelf naar de maan en terug. Of Mars. En dat was precies wat ze ging doen.

David stelde voor om het samen te doen, maar ook dat had Lili afgewezen. Niet dat het idee haar niet aanstond, integendeel. Alleen was een absoluut riskante onderneming en ze deed het al in haar broek als ze er alleen maar aan dacht. Maar Het Licht was heel duidelijk geweest. Niemand anders ging dit voor haar oplossen dan zijzelf.

Huilend namen ze afscheid, maar na twee jaar hoorden ze elkaar nog steeds een paar keer per dag en zagen ze elkaar meerdere keren per week. Toen Lili merkte dat ze nog steeds niet echt vertrokken was, nam ze een drastisch besluit. Ze ging niet naar de maan en ook niet naar Mars. Ze ging naar India. Op de vlucht? Misschien. Ze zou wel zien.

Toen ze aankwam in Bombay, zocht Lili haar weg uit de drukke luchthaven. Eindelijk buiten werd haar adem afgesneden door de hitte, de stank en de drukte van auto's, tuktuks, claxons en al die mensen. Zoveel mensen.

Terwijl ze op zoek ging naar iemand met een bordje waar haar naam op stond – dat was de afspraak – begon een pezig oud mannetje met een tulband op zijn hoofd aan haar koffer te trekken. Er ontstond een slapstickgevecht om de koffer dat zij verloor. Weg was het mannetje en weg was haar koffer. Een paar seconden verloor ze de twee uit het oog, maar Lili zette de achtervolging in en wierp zich als een furie op het mannetje en begon aan haar koffer te trekken

Hij keek haar verbaasd aan. '*You take the bus to town?*'

'*No!*'

Hij haalde zijn schouders op en liet de koffer weer los.

Lili liep weer terug naar de ingang. Waar was dat verdomde bordje en waarom maakten die mensen zo'n herrie? Vijf minuten later stoof er een jongen met kort zwart haar in haar richting. Een verfrommeld blad papier in zijn hand. 'Ben jij Lili?'

'Ja.'

Triomfantelijk hield hij het papier in de lucht: LILI. 'Sorry, ik ben te laat. Het verkeer was dodelijk. Sta je hier al lang?'

'Nou ja, eventjes. Het geeft niet. Hoe heet jij?'

'Steven.'

Hij stak zijn hand uit.

'Hoi.'

Steven trok haar mee in een taxi en ze ondernamen een helse rit naar het hotel in het centrum van Bombay. De volgende dag zouden ze verder reizen met de trein.

Onderweg praatte Steven onophoudelijk, over Bombay (apocalyptisch), India (alle extremen verenigd in één land), het project waar hij al twee maanden mee bezig was (nobel maar vooral moeizaam), de andere vrijwilligers (hopeloze wereldverbeteraars maar verder best aardig). Ondertussen keek Lili uit het raam naar de film die daar voorbijtrok en zei niks. Ze reden door een wijk die eruitzag als een gigantische vuilnisbelt, behalve dat deze vuilnisbelt massaal bewoond werd. Op tv had ze al arme delen van de wereld gezien waar mensen onder een golfplaten dakje woonden of zelfs in een kartonnen doos. Hier zag ze mensen die nergens in woonden. Een deken op de pechstrook van de weg en daarop een baby, nog wat kinderen en een paar kapotte plastic zakken met spulletjes. Geen dak, geen muren, geen kartonnen doos. Niets.

Ze vroeg zich af waar de ouders met die baby naartoe moesten als het zou gaan regenen. Hoe ze die vuile deken dan zouden drooghouden. In de berm van de weg zag ze een klein jongetje van een jaar of twee zijn broekje naar beneden trekken en neerhurken. Een fluogele straal diarree kletterde op het asfalt terwijl het jongetje haar blik ving en ze elkaar even aankeken. Lili voelde zich misselijk worden.

Ondertussen praatte Steven eindeloos verder. Hij leek geen oog te hebben voor de ellende waar ze voorbij reden. Hoe vaak had hij dit al gezien?

In het hotel bracht ze de koffer naar haar kamer en nam ze snel een douche. Steven wachtte beneden. Door straten die krioelden van de mensen, koeien, brommertjes en auto's loodste hij haar naar een restaurantje. Haar armen plakten vast aan de vieze plastic tafels en Steven bestelde voor haar. Hij vertelde dat het eten lekker was, al gingen de curry's je na een tijdje wel de keel uithangen en moest je flink oppassen voor diarree. Hij bestelde ook een yoghurtdrankje, dat Lili lekker vond.

Tijdens het eten bestudeerde Lili de jongen tegenover haar die nog steeds onophoudelijk praatte over alles wat haar te wachten stond. Ze schatte hem ergens achter in de twintig en hij deed haar denken aan een stripfiguur. Ze besloot dat ze hem mocht.

Uitgeput viel ze die avond om in haar krakende hotelkamerbed met besmeurde lakens.

De volgende dag stonden ze al vroeg op het perron van het treinstation waar Lili opnieuw overweldigd werd door de overvloed aan mensen en lawaai. Steven baande zich luid roepend en vloekend een weg door de drommen die elkaar van het perron stonden te duwen. De trein zat tjokvol maar Steven wist een bankje te bemachtigen waar ze net naast elkaar pasten. Haar koffer tussen hun benen.

Terwijl ze zich constant schrap moesten zetten om niet van het bankje te worden geduwd door Indiërs met een scala aan grote voorwerpen die op de bomvolle trein vervoerd dienden te worden, begon Lili Steven uit te horen over zijn leven buiten het project.

Zoals ze had verwacht was hij altijd onderweg omdat stilstaan hem gek zou maken. Hij had een relatie maar was nooit langer dan drie maanden aan een stuk thuis. Zijn vriendin had een vaste baan en hij zat overal. Ze ontmoetten elkaar in alle uithoeken van de wereld en tussen het reizen door woonde Steven bij haar. Dat hielden ze al vier jaar vol en hij vond het een ideale situatie. Lili vroeg zich af of zijn vriendin daar ook zo over dacht.

In de weken die volgden werden ze onafscheidelijk. Steven maakte haar wegwijs in het dorp en de school en samen met de andere vrijwilligers deelden ze hetzelfde huis.

Lili stortte zich op het project en de keren dat ze mails van thuis beantwoordde werden steeds sporadischer. Soms duurde het dagen voor ze er zelfs maar toe kwam om ze te lezen. Ze wilde enkel in het hier en nu leven en berichten van thuis maakten dat soms moeilijk. Ze wilde weten wat het betekende om alleen in het leven te staan.

Op een vrije avond zat ze samen met Steven op het strand en keken ze naar de sterren. Op miraculeuze wijze had Steven ergens wijn vandaan gehaald en om de beurt dronken ze uit de fles terwijl hij haar de namen van de sterren noemde die hij kende. Lili herhaalde de namen hardop, maar Steven wist er meer dan zij kon onthouden.

Ze ging achterover in het zand liggen en sloot haar ogen.

'Als jij een voetbalploeg was, met welke kleuren zou je dan spelen?'

'Hoezo?' Lili snapte de vraag niet.

'Gewoon. Als jij een voetbalploeg was, welke kleuren zouden je shirts dan hebben?'

Lili dacht even na. 'Roze en grijs.'

'Mmm. Dat is interessant.'

'Hoezo dan?'

'Als jij een voetbalploeg zou zijn, dan was ik je grootste supporter.'

'Waar heb jij het nu allemaal over?' Lili deed haar ogen weer open en keek naar Steven die naar de zee staarde.

'Ik zou je grootste en desnoods enige supporter zijn. Daar heb ik het over. Ik zou fan van je zijn als jij een voetbalploeg was.'

'Maar ik ben helemaal geen voetbalploeg.'

'Dat weet ik. Maar ik ben toch fan van jou.'

Lili werd ongemakkelijk. Ze zou toch niet zijn weggelopen van alle ingewikkelde toestanden thuis om hier opnieuw in een ingewikkelde toestand te belanden?

'We gaan elkaar toch niet ineens op een voetstuk plaatsen of zo? Dat lijkt me helemaal niet gezond.'

'Wil je eens stoppen met je instantanalyse? Ik zeg gewoon dat ik fan ben van jou. Dat is alles.'

Steven stond op en pakte de lege wijnfles. 'Kom we lopen terug.'

Zwijgend liepen ze terug naar het huis.

Aan het ontbijt ontweek Steven haar.

'Goedemorgen,' zei Lili luid en duidelijk terwijl ze tegenover hem ging zitten aan de keukentafel.

Steven bromde iets maar zijn ogen bleven gericht op zijn bord. De dagen erna bleef hij uit haar buurt en Lili voelde zich steeds ongemakkelijker. Ze miste hem.

Toen ze op een avond thuiskwam, hoorde ze al van ver luide muziek uit het huis komen en zat er een uitgelaten gezelschap voor de deur.

'Kom erbij, *sweety*. En pak een biertje in de keuken.'

Laura spreidde haar dikke armen en keek Lili stralend aan. 'Eric is morgen jarig en wij gaan dat vanavond vieren!'

Lili ging naar de keuken, waar Steven alleen aan tafel zat.

'Zit je niet buiten bij de rest? Het is feest blijkbaar.'

'Weet ik. Ik kom zo wel.'

Lili pakte een biertje uit de ijskast en ging tegenover hem zitten. 'Zeg Steven, ik heb zitten denken maar ik vind heel dit gedoe maar niks. Wat is er eigenlijk aan de hand?'

'Dat weet je toch.'

'Dat je fan bent van de voetbalploeg die ik niet ben en dat het lijkt alsof ik een vriend kwijt ben en ik weet niet eens waarom. Ik mis je.'

Steven gaf geen antwoord meer en Lili ging buiten zitten. Ze dronk van haar biertje en toen Steven even later buiten kwam, kwam hij naast haar zitten. Er werd veel gedronken en op het moment dat Steven zijn hoofd in haar schoot legde, leek niemand daar echt op te letten. Lili streelde zijn haar en uit het niets werd ze ineens overspoeld door een warme golf die door haar hele lichaam trok. Lili stopte met strelen en probeerde deel te nemen aan het gesprek alsof er niets aan de hand was, maar de golf bleef komen en Lili vroeg zich af of niemand iets aan haar zag.

Toen iedereen ging slapen, liepen Steven en Lili samen naar het strand. Zonder iets te zeggen, gingen ze in een hangmat onder de palmbomen liggen. Lili had veel vragen, maar die zou ze vanavond niet stellen. Steven kuste haar en begon haar bloesje los te knopen.

'Zouden we niet beter gaan slapen? Het is laat.'

Hij ging verder maar Lili was uit het moment. Ze wilde naar het huis en naar bed. Het ging haar allemaal te snel.

'Trouwens,' zei Lili, 'we hebben niet eens een condoom bij ons en ik doe het niet zonder.'

Het werd al licht en Lili knoopte haar bloesje weer dicht.

De volgende dagen heerste er opnieuw een vreemde sfeer tussen Steven en Lili en ze probeerde niets te laten merken aan de andere huisbewoners. Eén keer kwam Laura iets vragen maar Lili maakte zich er vanaf met een vaag verhaal, en daarna vroeg Laura niets meer.

Op een donderavond bleven Steven en Lili alleen achter in het huis terwijl de anderen met de auto naar de dichtsbijzijnde stad gingen voor boodschappen. Lili schreef op een briefje wat ze nodig had en gaf dat aan Laura.

Toen iedereen weg was, ging Lili tegenover Steven aan tafel zitten, die zat te prutsen aan de kapotte broodrooster.

'Kijk,' zei ze. 'Je hoeft je niet druk te maken. Ik weet dat je een vriendin hebt en dat jullie gelukkig zijn samen. Ik verwacht niets van je. Maar kunnen we alsjeblieft weer vrienden zijn? Ik mis dat.'

Steven keek niet op en ging onverstoorbaar verder met prutsen.

'Hallo?'

'Ja, ik heb je gehoord. Je snapt er alleen niets van.'

'Zeg dan iets.'

'Dat is het helemaal niet. Dat ik thuis een vriendin heb en zo gelukkig zijn we nou ook weer niet. Eigenlijk hebben we allebei ons eigen leven. We zien elkaar nauwelijks. Ik denk zelfs dat we het alleen volhouden omdat ik er toch nooit ben.'

Zijn woorden klonken kwaad en Lili werd er een beetje zenuwachtig van.

'Het probleem is niet mijn vriendin. Het probleem is dat ik van je hou en dat jij mij niet serieus neemt. Ik wil helemaal niet gewoon vrienden zijn.'

Eindelijk keek hij haar aan. Lili zat doodstil op haar stoel en wist niet wat ze moest zeggen.

'Dat bedoel ik,' zei Steven. 'Ik wil bij jou zijn. En ik wil ook helemaal geen condoom gebruiken. Ik wil de liefde met je bedrijven zoals het hoort en ik wil een kind van je wanneer ik met je vrij. Wat ben jij voor een berekend mens dat je aan condooms zit te denken? Ik wilde geen seks met je. Ik wilde liefde.'

Hij klonk nog steeds boos en Lili stond op.

'Ik geloof dat ik even naar mijn kamer ga.'

'Doe dat maar.'

Steven ging weer verder met zijn broodrooster en Lili ging naar boven.

Op haar kamer ging ze op bed liggen en keek naar het plafond. Liefde, kinderen, waar had hij het over? Ze probeerde alles op een rijtje te zetten maar dat lukte moeilijk. Het enige wat ze kon bedenken was dat Steven iets in haar had aangewakkerd waar ze nu al weken tegen vocht omdat ze dacht dat ze dat moest doen. Ze had gedacht dat het vanzelf weer voorbij zou gaan. Dat het zonde zou zijn van de vriendschap. Dat.

Na een uur werd er op haar deur geklopt en kwam Steven binnen. Hij ging naast haar op het bed liggen en de volgende ochtend verhuisde Steven zijn spullen naar haar kamer. Overdag werkten ze samen. 's Avonds trokken ze zich samen terug op hun kamer of op het strand. Steven had het nooit meer over zijn vriendin en Lili vroeg er niet meer naar. Ze was verliefd en gelukkig in de kleine biotoop die op dit moment haar hele wereld was. Hier en nu was alles zoals het moest zijn.

De feestdagen naderden en het was van tevoren afgesproken dat Lili die feestdagen thuis bij haar familie zou doorbrengen. Haar ticket was al geboekt. Steven zou blijven.

In januari zou ze weer terugkeren, maar de weken dat ze weg zou zijn leken haar een onoverbrugbare eeuwigheid. Bij het afscheid moest Laura Steven en Lili onder zachte dwang uit elkaar halen omdat de auto die haar naar de trein zou brengen stond te wachten.

'Over twee weken ben je alweer terug. En je gaat je familie en je vrienden weer zien. Het zal fijn zijn.'

Met tranen in haar ogen zwaaide Lili door de achterruit tot ze alleen nog stipjes in de verte zag.

Ze zou nooit meer terugkeren.

Zodra Steven uit het zicht was, begon het. Lili voelde zich kotsmisselijk. Toen ze op het treinstation iets te eten wilde kopen, begon ze te kokhalzen. Ze kocht een flesje water maar ook dat ging er niet in. In een trance onderging ze de reis naar huis. Van de trein in een taxi. Door de helse drukte van Bombay, zoals drie maanden daarvoor met Steven. Naar het vliegveld. Inchecken. Wachten. Boarden. De hele reis naar huis at ze niets, en voor het eerst sinds ze rookte, had ze er geen enkele moeite mee dat ze geen sigaret mocht opsteken tijdens de vlucht.

Op de luchthaven stonden haar moeder en broer haar op te wachten. Lili voelde zich gelaten en kon niet wachten tot ze thuis zou zijn, en alleen. De volgende ochtend ging ze zodra ze wakker was naar een apotheek waar ze nog nooit eerder was geweest.

'Een predictor, alstublieft.'

Ze betaalde en liep weer naar huis. Daar las ze de bijsluiter toen de telefoon ging. Steven.

Lili voelde zich betrapt maar was blij om hem te horen. Hij klonk ver weg.

'Hoe gaat het, schatje? Ik mis je verschrikkelijk. Het is hier dodelijk saai zonder jou en ik ben de hele dag chagrijnig. Laura wordt gek van mij. Wat ben je aan het doen?'

Ze twijfelde even of ze iets zou zeggen. 'Niet schrikken. Ik kom net van de apotheker. Met een predictor.'

'Wat?'

'Een predictor!'

Lili voelde zich een beetje belachelijk dat ze dit zo hard moest roepen omdat ze een slechte verbinding hadden.

'Hoezo? Je was toch ongesteld, een paar weken geleden? En we zijn toch voorzichtig geweest?'

'Weet ik. Maar vanaf het moment dat ik was vertrokken, voelde ik me zo misselijk en ik wilde gewoon zeker zijn.'

Het was stil aan de andere kant.

'Hallo, ben je daar nog?'

'Ja, ik ben er. Doe die test. Ik blijf wel hangen.'

'Wordt dat niet veel te duur voor je?'

'Doe niet belachelijk. Doe de test. Ik wacht.'

Onhandig friemelde Lili aan de verpakking die ze niet openkreeg. Ze wist niet waar ze het ondertussen over moest hebben en Steven zweeg ook. Ze haalde het staafje uit de verpakking en nam de telefoon mee naar het toilet, plaste over het staafje en legde het op de wastafel. Wachten.

'En hoe is het daar verder dan?' probeerde ze normaal te doen.

'Oké. Op school gaat alles wel goed. Hoeveel minuten duurt dit?'

'Drie, denk ik.'

'En hoe weet je de uitslag?'

'Als er een roze stip verschijnt, ben je zwanger.'

'Zie je al iets?'

'Ik kijk pas als de drie minuten voorbij zijn.'

Het was weer stil en Lili telde seconden.

Toen ze zeker wist dat de tijd verstreken was, pakte ze het staafje op.

'Ik ga nu kijken.'

'En?'

'Een grote roze stip.'

'Shit!'

Lili wilde iets zeggen, maar de vuist in haar borstkas benam haar de adem.

'Shit!' zei Steven nog eens.


Hij liet een paar dagen niets van zich horen en belde haar toen opnieuw. Hij klonk anders. Afstandelijk.

'Luister Lili, ik heb eens goed nagedacht. Dit is geen goed idee. Het is niet dat we een relatie hebben samen.'

Lili wilde zeggen dat ze van hem hield. Dat ze wel iets zouden bedenken. En dat ze hem zo miste. Maar opnieuw was er die vuist en geen lucht om woorden te vormen.

'Ik heb een relatie met iemand anders. Dat wist je ook. En ik kan dit nu niet hebben. We zullen hier sneller klaar zijn dan verwacht en binnen twee weken kom ik onverwacht ook al naar huis.'

Nog steeds zei Lili geen woord.

'Ik heb de laatste dagen veel over ons nagedacht en ik denk dat het verder thuis waarschijnlijk toch niets zou worden tussen ons, snap je? Dat wist jij toch ook wel?'

Lili voelde zich steenkoud worden vanbinnen.

'Heb je trouwens al nagedacht wat je ermee wil doen?'

'Daar ben ik mee bezig.'

'Denk er ook over na dat een kind misschien wel een vader nodig heeft en als je besluit om het kind te houden, die vader altijd afwezig zal zijn.'

'Ik zal eraan denken.'

'En vergeet ook niet dat het voor een alleenstaande moeder best lastig is. Ook om nieuwe mensen te leren kennen en zo. Je weet wat ik bedoel. Nieuwe relaties te beginnen.'

'Ik moet ophangen. Ik denk dat ik moet overgeven.'

Lili hing op en rende naar het toilet. Terwijl haar ontbijt in de pot belandde, stroomden de tranen over haar wangen.

'Sorry. Sorry,' hoorde ze zichzelf zeggen. Ze wist niet zeker tegen wie.

David was de eerste aan wie ze het vertelde. Daarna huilde Lili meer dan een uur, haar gezicht nat van tranen en snot. David zat naast haar met een doos Kleenex en gaf doorlopend nieuwe doekjes aan die Lili een voor een volsnotterde.

'Ik voel me zo'n stom, naïef wicht. Wat dacht ik dan eigenlijk?'

'Die gast heeft je van alles wijsgemaakt waar hij nu op terugkomt. Daar kun jij niks aan doen. Weet je al wat je gaat doen?'

'Nee. Ik moet nadenken en dat lukt niet. Ik ben moe.'

'Weet je wat ik doe? Ik stop je in bed en je gaat eens goed en lang slapen. En morgen denk je verder na. Het komt niet op een dag meer of minder aan.'

'Ik ben zo moe.'

'Dat weet ik.'

Hij hielp haar met uitkleden en wachtte tot ze in bed lag. Toen gaf hij een zoen op haar voorhoofd en sliep Lili aan één stuk tot de volgende ochtend.

Zodra ze wakker werd, pakte ze de gouden gids en begon te zoeken. Ze draaide het nummer dat ze vond.

'Ik wil graag een afspraak maken.'

'Ja, en waarvoor is het precies?'

'Eh, het is voor... Ik ben ongewenst zwanger.'

'Voor een abortus?'

Lili zweeg even.

'Is het voor een abortus, mevrouw?'

'Ja.'

'Tijdens de feestdagen zijn we gesloten. We kunnen pas begin januari een afspraak maken.'

Begin januari. Dat was nog een eeuwigheid.

'5 januari is er plaats. Ik moet er sowieso bij zeggen dat tussen de eerste afspraak en de ingreep minstens een week moet zitten, zodat u geen overhaaste beslissingen neemt.'

'Ja, dat begrijp ik.'

'5 januari dan? Ik schrijf u op voor tien uur 's morgens.'

Lili spelde haar naam en hing op.

Ze liep naar de keuken en deed de ijskast open. Na één blik op de inhoud deed ze de ijskast weer dicht en rende naar de wc.


Op kerstavond nam Lili de trein naar haar moeder, die de deur opengooide zodra Lili op de bel drukte.

'Dag lieverd. Eindelijk ben je daar. Kom, ik sta in de keuken.'

Maria schonk twee glazen witte wijn in en zette er een voor Lili neer.

'Ik hoef niet, mam. Ik ga zo wel een theetje zetten.'

'Sinds wanneer lust jij geen wijn meer?'

'Ik ben niet zo lekker de laatste dagen.'

'Dan drink ik deze ook wel op. Proost.'

'Gezondheid, mammie.'

Zo goed als ze kon doorstond Lili de feestdagen zonder iets te laten merken. Meer dan eens vroeg haar moeder haar wat er eigenlijk aan de hand was en of ze geen enge ziekte had meegenomen uit India. Lili deed haar best om Maria gerust te stellen. Nog nooit had ze geheimen gehad voor haar moeder. Waarom zei ze nu niets? Ze wist het niet, maar kreeg het niet over haar lippen. Later misschien. Als ze het zelf allemaal begreep.

Op tweede kerstdag was haar broer er ook met zijn gezin en dat maakte het iets gemakkelijker voor Lili. De drie kinderen van Arthur braken het huis af en haar moeder had haar handen vol om de schade te beperken. Lili had zich nog nooit zo alleen gevoeld met zoveel mensen in één huis.

Toen ze de dag na Kerstmis weer naar huis ging, moest ze haar moeder beloven naar de dokter te gaan om te laten checken of ze geen geheimzinnig virus had opgelopen. Ze beloofde het. In de trein huilde ze de hele weg naar huis.

Op oudejaarsavond keek ze tv tot ze omviel van de slaap. Nog vijf dagen.

Op nieuwjaarsdag werd ze wakkergebeld door Steven.

'Ik ben gisteren thuisgekomen. Hoe gaat het?'

'Nou, niet zo goed. Ik voel me ziek, verdrietig en alleen.'

'Lili, ik moet je zien.'

Lili trok aan een losse naad van haar pyjama. 'Ik weet niet of dat zo'n goed idee is.'

'Ik moet met je praten.'

'Waarover? Je bent toch duidelijk geweest?' Ze probeerde rustig te klinken.

'Ik heb het verteld thuis.'

'O.'

'Ze is erg overstuur en ik ook eigenlijk.'

'O.'

'Ze vindt dat ik mijn verantwoordelijkheid moet nemen en je moet helpen.'

'En wat vind je zelf?'

'Ik vind het verschrikkelijk. Ik kan haar zomaar niet in de steek laten en... Ik weet het niet. Ik heb al twee nachten niet geslapen. De vlucht en dan vannacht drama thuis. Ze was razend. Ze heeft me zelfs geslagen. Ik kan haar niet alleen laten.'

'Waarom bel je mij dan?'

'Omdat ze vindt dat ik de dingen moet afhandelen.'

Afhandelen. Dus dat was wat er moest gebeuren. Ze moest worden afgehandeld.

'Weet je wat? Ik handel het zelf wel af.'

'Lili, doe niet zo. Wat moet ik dan doen?'

'Dat weet ik niet.'

'Ik geef echt om je maar ik kan niet zomaar weglopen en met jou verder. Dat snap je toch?'

Lili voelde zich alweer moe. 'Ik snap alles, maar wat denken jullie dan? Dat je naar mij komt om alles netjes af te handelen en dat dan alles opgelost is?'

'Heb je een beslissing genomen?'

'Op 5 januari heb ik een afspraak in de abortuskliniek.'

'Ik ga mee.'

Op 5 januari kwam Steven Lili thuis ophalen en gingen ze samen naar de kliniek. Het was stil in de wachtkamer, die propvol zat. Lili keek rond en zag een jongen die ze kende van vroeger. Ze zeiden elkaar geen gedag. Naast hem zat een piepjong meisje in tranen en de jongen hield haar hand vast.

Toen haar naam werd afgeroepen, stond Lili op en liep naar de deur waar de receptioniste op haar wachtte.

'Gaat uw partner niet mee naar binnen?'

'Jawel,' zei Steven.

Ze gingen naar binnen, waar een maatschappelijk werkster op hen wachtte en er volgde een gesprek waar Lili ongemakkelijk van werd. Of ze voorbehoedsmiddelen gebruikte en welke dan? En of ze al had nagedacht hoe ze in de toekomst ging zorgen dat ze hier niet meer moest komen, en of ze daar samen over hadden gesproken voor ze zwanger werd? Lili voelde zich als een stout kind en kreeg het warm.

'Niet echt, nee.'

De maatschappelijk werkster keek streng over de rand van haar bril en zei: 'Dat zou je de volgende keer beter doen. Je kunt het beste nu al beslissen welk middel je wil gebruiken. Wij kunnen daar ook advies in geven als jullie dat wensen.'

Lili boog haar hoofd. Alsof ze niet wist wat er allemaal bestond. Alsof ze daar nooit aan zou denken. Steven zei niets.

'Er is nog één ding dat erg belangrijk is,' zei de dame. 'Je mag je op ieder moment bedenken. We maken nu een afspraak voor volgende week, maar als je tijdens die week van gedachten verandert, dan bel je gewoon om dat te zeggen. Zelfs al kom je op je afspraak, dan kun je nog steeds terug.'

Er werd een afspraak gemaakt voor een week later en daarna moest Lili alleen naar de dokter. Steven werd teruggestuurd naar de wachtzaal.

De dokter was een grote grijze man die bemoedigend naar haar glimlachte. Ze moest op een bed gaan liggen en hij smeerde haar buik in met gel voor een echo.

Toen hij bezig was met de echo keek Lili automatisch naar de monitor naast het bed. Dat had ze vaak op televisie gezien. Maar de monitor stond weggedraaid zodat alleen de dokter het scherm kon zien. Ze wilde net vragen of hij dat ding niet kon draaien toen ze besefte dat hij de monitor bewust weg had gedraaid zodat zij niet kon meekijken. Zij die van plan was dit nieuw leven te laten wegmaaien. Om het haar niet nodeloos moeilijk te maken met het beeld van een kikkervisje dat een mens zou worden als zij niet anders had beslist. Om te voorkomen dat het beeld van dat kikkervisje voor altijd op haar netvlies zou branden.

De dokter deed zijn onderzoek alsof er niets aan de hand was en na het onderzoek gaf hij haar een pilletje mee. 'Als je volgende week terugkomt, neem je 's morgens deze pil. Dat ontspant de spieren en maakt het minder pijnlijk. Als je twijfelt, mag je die pil niet nemen want als je 'm toch neemt is er geen weg terug omdat je dan waarschijnlijk sowieso een miskraam zal krijgen.'

Lili nam de pil aan.

'Tot volgende week dan.'

De dokter gaf haar een hand en kneep er geruststellend in.

Er ging nog een week voorbij, waarin Lili elke ochtend wakker werd en zich precies één seconde blanco voelde. Eén seconde voor de realiteit en de misselijkheid toesloegen. Dat vond ze het ergste: wakker worden. Even denken dat alles was zoals altijd en dan het dak dat boven haar hoofd instortte. Het besef dat in haar bewustzijn drong en alles anders maakte. Het besef wat er in haar lichaam gebeurde en wat zij had besloten. Het besef dat de meeste vrouwen gelukkig waren als dit hen overkwam en dat zij alleen maar verward, alleen en misselijk was. Op sommige momenten had ze het gevoel dat ze contact had met het leven in haar buik en hoorde ze zichzelf hardop 'sorry' zeggen. Het was alsof het kikkervisje wist wat ze van plan was en haar smeekte om genade.

Lili probeerde in gedachten uit te leggen wat er aan de hand was. Ze vertelde zichzelf dat een ziel gewoon ergens anders terechtkomt als het bij haar niet lukte en dat het niet uitmaakte. De waarheid was dat ze dat niet zeker wist.

Sorry.

Ze hoorde steeds weer de dingen die Steven had gezegd: Shit. Geen vader. Moeilijk voor een vrouw alleen. Afhandelen.

Ze wilde dat de week voorbijging.

De week ging voorbij.

Steven zou meegaan. Dat moest van zijn vriendin.

's Ochtends stond Lili in de badkamer met de pil die ze van de dokter kreeg. Ze keek er even naar, slikte toen de pil door met een slok water en poetste haar tanden.

Toen ze naakt voor de kast stond om kleren te pakken, voelde ze iets langs haar benen lopen. Zonder enige aankondiging had haar sluitspier het opgegeven en Lili rende terug naar de badkamer om zich opnieuw te wassen. Later zou de dokter zich verontschuldigen dat hij haar daar niet voor had gewaarschuwd, dat dat zou gebeuren.

Steven kwam haar ophalen en zwijgend reden ze naar de kliniek.

De verpleegster bracht haar naar een kamertje, waar ze op het bed ging zitten. Lili moest zich uitkleden en mocht alleen haar onderbroek, t-shirt en sokken aanhouden. Ze zat er al zeker een half uur toen ze dringend moest plassen. Voorzichtig deed ze de deur naar de gang open en stak haar hoofd naar buiten. Een andere verpleegster kwam langs en keek haar vragend aan.

'Ik moet naar de wc.'

'Tweede deur rechts. Ga maar even.'

De verpleegster liep weer door en Lili ging in haar onderbroek de gang op.

Ze opende de deur en zag een Chinese vrouw voorovergebogen op de wc zitten.

'Sorry,' zei ze. 'De deur was niet op slot.'

Voor ze de deur weer kon sluiten, keek de vrouw op. Haar gezicht nat van de tranen. Ze kermde zacht.

Op de koude gang wachtte Lili tot de vrouw naar buiten kwam en ging toen het toilet binnen. Op het porselein zaten een paar spatten helder-rood bloed.

Nog een half uur later werd Lili uit haar kamertje gehaald en naar de dokter gebracht. Hij maakte opnieuw een echo en deze keer probeerde Lili niet meer op de monitor te kijken. Daarna legde hij haar uit wat hij ging doen en pakte de verpleegster haar hand vast.

'Knijp zo hard als je kunt.'

Lili sloot haar ogen en hoorde metaalgerinkel.

'Rustig,' zei de dokter. 'Je gaat het even voelen, maar het duurt niet lang.'

Dan gewroet in haar buik en een vlijmscherpe pijn. Lili kneep zo hard als ze kon in de hand van de verpleegster. Het hielp niet. De pijn bleef duren en het voelde alsof de dokter haar binnenste uit haar lijf probeerde te trekken. Lili hoorde zichzelf roepen zonder dat ze wist dat zij het was.

'Goed zo. Het is bijna voorbij.'

Ze hield haar ogen gesloten. Ze wilde niet zien wat hij aan het doen was. Ze wilde dit beeld niet meenemen. Ze wilde dat het stopte en ze was bang dat de dokter alles stuk zou maken. Het kikkervisje en ook haar. Op het moment dat ze dacht dat ze flauw zou vallen, stopte het. Lili deed haar ogen weer open en voelde de tranen over haar wangen rollen.

De verpleegster streek over haar arm. 'Het is voorbij.'

Lili keek haar sprakeloos aan. Felle krampen in haar buik.

'Het bloeden duurt een tijdje. We maken zo een afspraak voor de controle.'

De verpleegster hielp haar overeind en gaf haar een groot maandverband.

De dokter kneep nog eens in haar arm en glimlachte naar haar.

Aan de arm van de verpleegster strompelde Lili terug naar het kamertje en liet zich op het bed zakken.

'Neem je tijd. Je hoeft pas weg als je denkt dat het gaat. Zal ik je partner roepen?'

Lili lag in elkaar gedoken op het bed.

'Of wil je alleen zijn?'

'Nee.'

Met twee handen hield Lili haar buik vast en wreef haar voeten over elkaar. Dat deed ze als kind altijd als ze pijn had. Ze lag met haar gezicht naar de muur.

De deur ging open en ze voelde twee armen om zich heen.

'Ik hou van jou.'

Lili zei niets terug.


Steven bracht haar naar huis en naar bed. Hij ging naast haar liggen en Lili sliep.

Toen ze weer wakker werd, moest hij gaan want zijn vriendin wachtte op hem. Lili liet hem uit en toen ze daarna in de woonkamer kwam, zag ze geld op tafel liggen.

De helft van de kosten van de kliniek.

Ze ging weer in bed liggen. Vandaag wilde ze niet meer nadenken want ze had rust nodig. Rust in haar hoofd.

## 9

## Lili op safari

Lili wordt wakker nog voor de wekker gaat en kijkt naar het plafond, terwijl ze de stand van zaken overloopt:

Clubgebeuren: geprobeerd en klaar mee
Getrouwde man: idem
Gigolo: idem

Conclusie: ...

Ze heeft een pauze nodig. Hoe neem je een pauze?
  Lili gaat op reis.
  Op internet begint ze te surfen naar alle mogelijke reisbestemmingen. Daarna belt ze haar baas en legt uit dat ze even vrij moet nemen van de brasserie.
  'Hoe lang is even dan?'
  'Een maand of zo.'
  'Een hele maand? En wanneer vertrek je?'
  'Binnen tien dagen. Sorry dat ik het nu pas weet, maar het is erg belangrijk. Dat ik nu vrij kan nemen.'
  'Je beseft toch dat je mij voor een voldongen feit stelt? Ik moet dan binnen die tijd een vervanger vinden en die moet nog worden ingewerkt, want anders zit Micky met de gebakken peren.'
  'Het spijt me. Ik kan er echt niets aan doen. Omstandigheden.'

Tien dagen later zit Lili in een vliegtuig naar Nairobi.
  Tijdens de vlucht leest ze in haar reisgids over de stad die genoemd is naar koude wateren en waar zoveel overvallen gebeuren dat je 's avonds op veel plaatsen beter niet buiten komt wegens té gevaarlijk. Dat belooft. Alles is goed om haar zinnen te verzetten en gevaar voor eigen leven lijkt haar hier uitermate geschikt voor.

Na de lange vlucht loopt ze verdwaasd rond op de luchthaven van Nairobi. Haar rugzak rolt als laatste van de band en zodra ze één stap buiten zet, wordt ze belaagd door taxichauffeurs en verkopers. De lucht zindert en voor het eerst ademt Lili Afrikaanse lucht in, die anders is dan alle lucht die ze ooit eerder inademde. Ze kan het niet meteen omschrijven, maar het heeft niet alleen te maken met de geur, maar vooral met de intensiteit en vibraties die bezit nemen van haar hele lijf.

Het is precies wat ze wilde. Iets wat sterker is dan zijzelf en wat haar overdondert zodat ze zich alleen nog daarop moet focussen. Overweldigd worden door nieuwe impulsen. Terwijl de taxichauffeurs om haar rugzak vechten, loopt ze resoluut naar een man die op de achtergrond blijft wachten en niet concurreert met zijn collega's.

'*Can you take me into town?*'

'*Yes miss, let me take your bag.*'

Ze onderhandelen over de prijs en dan is ze vertrokken. Tevreden leunt Lili achterover op de achterbank. Alles komt goed. Onderweg vertelt de chauffeur dat het goedkope hotel waar ze reserveerde in een slechte buurt ligt en dat ze daar niet zomaar over straat kan lopen als blanke. Ook niet overdag.

Hij legt haar uit dat ze honderd meter verder, net aan de andere kant van Moi Avenue, wel veilig zal zijn en dat één straat in Nairobi het verschil tussen leven en dood kan betekenen. Lili protesteert niet en laat hem naar een hostel rijden op Moi Avenue.

In het hostel is het een drukte van jewelste, want blijkbaar is het behalve een hostel ook een reisbureau waar je safari's kunt boeken. Omstandig wordt er onderhandeld, overlegd, ruzie gemaakt en gesjacherd en Lili wacht geduldig tot ze eindelijk aan de beurt is. Na veel gedoe sleept ze een kampeersafari van drie dagen plus drie nachten gratis in Nairobi voor 150 dollar in de wacht. Dat kan veel slechter.

Alfred van de receptie troont haar mee naar een *dormroom* waarin drie stapelbedden staan. Lili gooit haar rugzak in een hoek van de kamer en gaat meteen op een van de bedden liggen. Ze is doodop. Wanneer ze weer wakker wordt verkent ze het gebouw en ontdekt een dakterras, van waar ze het gekrioel op straat gadeslaat.

Op het dak ontmoet ze Marc uit Canada, een jonge hippie in een verkeerde tijdzone en al jaren op reis. Geen vaste verblijfplaats. Ze delen een biertje en daarna gaan ze samen eten. Onderweg worden ze belaagd door kleine kinderen die hun hand vastnemen en niet meer loslaten. Lili wil hen muntjes geven maar weet niet hoe ze dat moet doen omdat er zoveel kinderen zijn en de groep die rond hen zwermt steeds groter wordt. Marc ziet haar twijfelen.

'Niet doen. Voor je het weet staan er honderd. Daar is geen beginnen aan.'

Lili loopt door en probeert zich van de kinderen los te maken. Een meisje dat niet ouder dan drie jaar kan zijn, klemt zich vast aan haar broekzak en laat zich meesleuren. Lili trekt voorzichtig het kleine handje los en het meisje geeft op en rent naar andere *wazungu*, 'witte mensen', die net de hoek om komen lopen. Een man kotst de stoep onder en Lili moet aan de kant springen om haar voeten schoon te houden.

Wanneer ze 's avonds naar haar stapelbed gaat, is haar enige kamergenoot de Masaï bewaker die zich zwijgend oprolt in zijn rode doek die overdag zijn tenue is en 's avonds blijkbaar zijn deken. Gebiologeerd kijkt Lili toe totdat zelfs het puntje van zijn neus verdwenen is en ze enkel nog een rode bal ziet liggen die licht ademt. De man spreekt enkel Masaï en ze hebben geen woord gewisseld.

Drie dagen later is ze onderweg naar Masai Mara met het safaribusje dat ze deelt met Marc en Mike uit Schotland. Marc praat te veel en weet alles beter, dat is zo met beroepsreizigers. Mike komt net uit Oeganda, waar hij gorilla's heeft gezien voor 250 dollar per uur. Lili wordt ingewijd in de wereld van de safari en begint onderweg meteen de wilde dieren op te lijsten die ze al op haar conto kan schrijven: één giraffe, cheeta's, veel impala's die dienen als loslopend snackje voor leeuwen en andere roofdieren, en één wildebeest. Vooral de laatste steelt haar hart vanwege zijn norse karakterkop.

Ze kamperen in tenten en Lili praat bij het avondeten met een Canadese vrouw die met een Masaï getrouwd is. Ze deelt haar tent met Marc, die 's nachts ziek wordt en om de haverklap naar de wc moet rennen om te kotsen en zijn diarree de vrije loop te laten. Ondertussen probeert ze zelf de slaap te vatten op een natte matras die haar slaapzak langzaam maar zeker doordrenkt.

De volgende dag scoren ze alles (olifanten, zebra's, zonnende leeuwen, nijlpaarden die iedereen uitlachen, krokodillen en baboens), behalve een neushoorn en een luipaard. Ze gaan naar een Masaïdorp, waar ze tot hun enkels in de koeienstront staan en de dorpelingen snel de plaatselijke markt opengooien. Lili loopt weg van het commerciële gebeuren en komt terecht in een van de lemen hutjes waar ze zelfgebrouwen bier krijgt voorgeschoteld door een dronken man met bloeddoorlopen ogen. Het is warm en donker in het hutje vol rook en Lili voelt zich een beetje claustrofobisch. Het bier is sterk en iedereen trekt aan haar lijf terwijl de vliegen om haar gezicht zwermen. Ze bedenkt dat deze andere wereld elke dag plaatsvindt terwijl zij cappuccino's stoomt in de brasserie. Ieder zijn eigen realiteit.

's Avonds voelt Marc zich een stuk beter wanneer hij lokale wiet heeft gescoord aan het kampvuur en die nacht is het Lili die ervaart hoe het voelt om over het donkere kampeerterrein naar het toilet te spurten met een zaklamp terwijl ze de hyena's om zich heen hoort huilen.

Ze ontmoet een vrouw uit Gent die ook accidenteel met een Masaï trouwde en nu occasioneel zijn vrouw is. Lili vraagt zich af wat die westerse vrouwen hier komen zoeken bij een man met wie ze niet eens kunnen praten en die de helft jonger is dan zijzelf. Een echte man die je niet alleen figuurlijk maar ook letterlijk niet begrijpt? Het stelt de zaken op zijn minst duidelijk.

Terug in Nairobi, als tussenstop naar volgende oorden, amuseert Lili zich met de namen van de *matutu's*, busjes die als openbaar vervoer dienen en uitgerust zijn met spacy neonlichtjes: 'God will save us', 'Ghetto', 'Jesus lives!' et cetera.

In het hostel ontmoet ze Helmut uit Duitsland, die een uur in de wind stinkt, en Sean en Julie, die al weken op een of ander visum wachten. Lili is al verveeld door de reisverhalen van de andere backpackers omdat ze allemaal hetzelfde zijn. Ze maakt plannen om weer weg te komen uit Nairobi en bombardeert Lamu tot haar doel: een klein eilandje voor de kust waar de tijd stil is blijven staan. Geen auto's, enkel ezels. Marc besluit om hetzelfde traject af te leggen.

Lili telt haar geld en merkt dat ze in een paar dagen haar halve budget heeft uitgegeven. Vanaf nu gaat ze keihard onderhandelen! Met een smoel alsof ze hier al jaren woont en slechts een paar biljetten in haar broekzak, trekt ze naar de beruchte River Road Area waar je bustickets kunt kopen. Intussen is iedereen die ze heeft ontmoet al beroofd in Nairobi, en ze is vastbesloten dat het haar niet zal overkomen.

Onderweg ziet ze een jongen die zwaar gehandicapt is en onhandig vooruit ploetert met twee krukken. Een gehaaste zakenman wil passeren en breekt er bijna zijn nek over. De jongen begint furieus te schelden en haalt naar hem uit met een van zijn krukken. Verward snelt de zakenman verder terwijl de jongen naar Lili knipoogt. Zij knipoogt terug.

De rest van de middag doet ze haar was en leest een boek op het dakterras terwijl ze de stad overschouwt. Onder haar ogen ontstaat er een opstand op straat die door de politie met traangas uit elkaar wordt gedreven. Ze ziet kleine figuurtjes naar alle kanten wegduiken in steegjes en huizen.

's Avonds gaat ze eten met Marc en de stinkende Helmut. In het restaurant vertelt Helmut over de vriendelijke Afrikaanse vrouwen, en terwijl zij en Marc al lang doorhebben dat de vriendelijke vrouwen in het restaurant hoertjes zijn op zoek naar klanten, glundert Helmut omdat hij in korte tijd zoveel nieuwe vriendinnen heeft gemaakt.

De busrit naar Mombassa verloopt snel en gevaarlijk en Mombassa is een verademing na Nairobi. Ze worden nu alleen nog maar aangeklampt voor wiet of geldwissels. Ze ontmoeten Julius, wiens naam in Masaï lulkoek betekent, en later ook Justus, die dokter wil worden en hen het nummer van zijn broer in Lamu geeft. 's Avonds heeft Lili alweer diarree van de verse mango's en de volgende ochtend reizen ze meteen verder naar Lamu.

De eerste vijf uren van de rit verlopen zonder noemenswaardige problemen, maar dan slaat een venijnige rugpijn toe, wordt Lili ongesteld en moet ze dringend plassen. Naast haar zit een vrouw met een kip die aan het stikken is in een doos en Lili voelt een diepe band met het arme beest. Marc en zij krijgen voor het eerst woorden omdat hij constant aan het woord is en de hele tijd zegt wat ze moet doen (vertrouw niemand, pas op je geld, let beter op je rugzak). Lili zegt dat ze groot genoeg is en krijgt het gevoel dat ze met een vervelend vriendje op vakantie is in plaats van alleen, zoals haar bedoeling was.

Op de veerboot naar het eiland krijgt ze iets meer lucht, maar blijft het een harde dobber om zen te blijven terwijl er nu andere kippen tussen haar benen een gevecht beslechten. Lili vraagt zich licht wanhopig af of de boot niet zal zinken met al die mensen, goederen en beesten opgestapeld op elkaar. Ze moet nog wennen aan het gebrek aan territorium of zelfs enige vorm van privacy waar de Kenianen geen enkel probleem mee lijken te hebben, en ze moet even denken aan de bomvolle treinen in India. Het lijkt eeuwen geleden.

Bij aankomst op het eiland krijgen Marc en Lili meteen lessen in corruptie voor beginners. Ze zijn nog maar net van de veerboot op de kade geklommen wanneer een man met een glazig oog, een paar gouden tanden en een litteken op zijn wang die zich voorstelt als Nasi, hen op sleeptouw neemt voordat ze zelfs maar om zich heen kunnen kijken. Hij schermt hen handig af van alle andere mensen die op de kade staan te wachten en troont hen snel mee naar een onooglijk pensionnetje waar hij de vrouw die voor de deur zit afbekt en aan de kant duwt. Wanneer het gaat over de prijs krijgt hij woorden met de vrouw, maar omdat Lili's kennis van het Swahili niet verder gaat dan 'Hakuna Matata', verstaat ze er niets van. Ze begrijpt alleen dat Nasi blijkbaar een groter deel van de opbrengst wil dan gebruikelijk is.

Als in een cartoon ziet de slechterik van het dorp er ook zo uit, met zijn slechte oog dat niemand recht aankijkt. Hij probeert Lili en Marc nog andere adresjes aan te smeren maar zij bedanken beleefd en gaan een kaneelthee drinken op het dorpsplein. Daar haalt iedereen opgelucht adem dat ze zijn ontsnapt aan Nasi, en na enig onderhandelen hebben ze een deal met Sunshine om een heel huis te huren voor een schappelijke prijs.

Het huis dat ze huren ligt rond een open binnenplaats waar zich ook de keuken bevindt. Daaromheen liggen kamers, terrassen op verschillende niveaus, de douche en het toilet. Overal zijn bloemen en Ngema, de huisbediende, wacht hen op met een brede lach op zijn gezicht. Lili is in het paradijs beland.

Ze houdt van eilanden waar de rest van de wereld niet bestaat. Kleine straatjes met een paar winkeltjes en cafés waar je thee kunt drinken en waar iedereen binnen een dag je naam kent, één auto van de gouverneur die er nooit is en verder enkel ezeltjes en kinderen die 'Jambo!' roepen en je hand komen schudden.

Maar het duurt niet lang voor ze weer begint te kibbelen met Marc. Zijn betweterij en paranoia beginnen haar de keel uit te hangen. Terwijl zij vrolijk theetjes drinkt en the Bao-game speelt met de mensen uit het dorp, zit hij steeds op haar huid om haar te waarschuwen voor mensen met slechte bedoelingen. Wanneer ze na een paar dagen samen naar het strand lopen, beweert Marc dat haar lichtvoetigheid te maken heeft met vrouwelijke hormonen en heeft Lili er genoeg van. Volgens Marc is Lili naïef tegen iedereen in het algemeen en Afrikanen in het bijzonder. Lili vindt het van de pot gerukt om naar Afrika te reizen om daar Afrikanen te gaan lopen vermijden. Hoe hooghartig kun je zijn?

Ze loopt weg en vindt een omgekeerde boot op de kade waar ze op gaat zitten om af te koelen. Naast haar zitten een jonge man en een vrouw op een andere omgekeerde boot. Amina maakt rasta's bij toeristen en beschildert handen en voeten met henna om aan de kost te komen. Ze heeft een dochtertje van één jaar dat ziek is en naar de dokter moet. Rastababy, die lijkt op een jonge Bob Marley, heeft een *dhow*, een boot waarop hij toeristen rondvaart. Ze kauwen op *miraa*, een plantje dat je oppept zoals veel koffie dat doet.

Lili kauwt mee en gaat kebab met hen eten.

De volgende ochtend loopt ze opnieuw Rastababy tegen het lijf, die vandaag Abud heet. Ze drinken thee en hij vertelt over zijn eiland, de mensen en zijn boot.

's Avonds gaat ze bier drinken met Abud en Amina in het plaatselijk politiekantoortje, dat na zes uur wordt omgebouwd tot café. Dat is handig, want wanneer een van de klanten zijn biertje niet kan betalen, wordt hij meteen in de cel naast het kantoor gestopt en kijkt hij verdrietig door de tralies naar de mensen die op het terras dansen en zingen.

Ze betalen zijn schuld en de jongen wordt weer vrijgelaten. Amina heeft haar *bui bui*, een soort burka, vanavond vervangen door de kortste minirok die Lili ooit zag, met duizelingwekkende hakken eronder. Er wordt enkel muziek van Bob Marley gedraaid, die hier immens populair is. In het dorp dragen de jongeren allemaal een t-shirt van Bob Marley of Osama bin Laden, die zeker zo populair is als Bob.

Na het dansen gaan ze nog naar de bioscoop, waar enkel Indiase films van tien jaar oud draaien en waar alle dorpsbewoners vrolijk meezingen met de mierzoete Bollywoodliedjes, ook al verstaan ze er niets van. Er wordt gegeten, gedronken, miraa gekauwd en op de grond gespuugd, gezoend, ruzie gemaakt en gedanst in de bioscoop en intussen heeft Lili naast Abud en Amina nog een klein leger nieuwe vrienden in haar kielzog. Ze betaalt drie dollar voor een hele rij stoelen en de film is al halverwege wanneer ze naar hun plaatsen stommelen. Abud slaat de grote man die Lili het zicht op het scherm belemmert op zijn hoofd en de man zakt onderuit zodat ze iets kan zien.

Voordat de film is afgelopen, sluipen Abud en Lili weer naar buiten en lopen naar de boten op de kade. Abud leert Lili hoe je een sigaret moet delen. Hij inhaleert, blaast de rook uit in haar mond en dan doet zij het omgekeerde bij hem. Ze zoenen een beetje en Lili gaat daarna alleen naar het huis.

Ze heeft Marc de hele dag nog niet gezien en wanneer ze bij het huis aankomt is de grote houten deur aan de binnenkant vergrendeld. Ze bonst net zo lang op de deur tot Ngema met een slaperig hoofd komt opendoen.

'*Sorry to wake you up,*' zegt Lili terwijl ze de binnenplaats op stapt. '*Did you close the door from the inside by accident?*'

'*No, it must have been Marc.*'

Lili gaat de eetkamer binnen, waar Marc voor zich uit zit te staren. Een fles whisky op tafel. Een vol glas ernaast.

'*Hi.*'

Lili gaat tegenover hem zitten, maar Marc lijkt haar niet op te merken.

'Waar zat je?'

Hij heeft haar dus toch zien binnenkomen.

'Overal een beetje. Je weet wel.'

Lili heeft geen zin weer een tirade over zich heen te krijgen over hoe naïef en onvoorzichtig ze is.

'Met die Rastababy?'

Hoe wist hij dat nou? Werd ze nu ook al geschaduwd? 'Ja. Onder anderen. Gaat het een beetje met jou?'

'Ik was aan het denken.'

'Over?' Lili staat op en pakt een glas. Misschien gaat het gesprek beter als ze ook een whisky drinkt.

'Over hoe verrot de wereld in elkaar zit en over hoe onbetrouwbaar mensen zijn.'

'Tja. Wat doe je daaraan?'

Marc vertelt haar over zijn vader die hem als baby uit de wieg haalde om hem te slaan. En zijn broer. Hoe hun moeder niet opgewassen was tegen zijn agressie en haar ogen sloot. Hoe ze als kinderen vaak midden in de nacht werden wakker gemaakt om te vluchten voor criminele vriendjes van zijn vader. Hoe de familie als opgejaagd wild verhuisde van hot naar her en de kinderen nooit langer dan een paar maanden op dezelfde school zaten, vaak lange tijd helemaal niet op school zaten en de hele dag thuis naar tv keken. Hoe hij zijn moeder haat om haar zwakheid. Nog meer dan zijn vader, die tenminste dingen dééd.

Ja, denkt Lili. Kinderen in elkaar slaan. Maar ze zwijgt en neemt nog een slok van haar whisky. Er was nog een nacht geweest dat de kogels Marc om de oren vlogen terwijl hij in bed lag en daarna waren de kinderen thuis weggehaald en naar verschillende pleeggezinnen gebracht. Hij had zijn ouders nooit meer teruggezien en wist niet of ze nu nog in leven waren.

Toen ze binnenkwam, had Lili hem willen vragen waarom hij haar had buitengesloten vanavond, maar dat lijkt nu niet meer gepast. Na het verhaal over de ouders volgt het verhaal over zijn vriendin die hij een paar weken geleden heeft achtergelaten in Parijs. Hij is bij haar weggegaan omdat ze een abortus had gepleegd waar hij niets van wist. Hij had het kind gewild maar niemand had hem iets gevraagd.

'Dat kan ik haar nooit vergeven.'

'Heb je nooit gevraagd waarom ze het gedaan heeft?'

'Het was toch al te laat. Wat maakte het uit?'

'Nou, dat weet ik niet. Misschien zou je haar reden wel begrijpen en misschien had je jullie relatie kunnen redden.'

'Wat weet jij daar nou van? Ze had maar moeten praten voor haar beslissing. Het rotwijf!'

Dan stelt Lili de vraag waar ze meteen spijt van heeft. 'Ben je wel eens bang dat als je ooit kinderen zou hebben, je bepaalde dingen zou herhalen die je vader heeft gedaan?'

Bruusk staat Marc op en zijn stoel valt met veel kabaal achterover op de tegels.

Lili verstijft op haar stoel.

'Waarom bemoei jij je niet met je eigen zaken?!' Marcs ogen puilen uit zijn hoofd en Lili wordt bang.

'Sorry,' zegt ze. 'Zo bedoelde ik het niet. Ik had dat niet mogen vragen.'

Voor ze is uitgesproken, is Marc al op zijn kamer en slaat de deur met een harde klap dicht. Ze hoort dat de deur op slot gaat en bedenkt dat al haar geld en haar paspoort in die kamer liggen omdat dat de enige kamer is die op slot kan en Marc daarop stond.

Nu zit ze op haar stoel en kijkt naar de gesloten deur.

Wanneer ze de volgende ochtend wakker wordt, is Marc al vertrokken en is de deur van zijn kamer opnieuw op slot. Een uur later komt hij binnen met een levende kip die hij op de markt op het dorpsplein heeft gekocht. Lili heeft eerder gezien dat de verkopers de kippen ter plaatse slachten en kopers ze dan dood meenemen naar huis. Maar blijkbaar is Marc van plan om dit karwei zelf te klaren. Hij brengt het beest naar de keuken en smijt het in de gootsteen. De kip spartelt maar kan geen kant op omdat haar poten aan elkaar zijn gebonden.

Lili loopt ook naar de keuken.

'Marc, ik wil je even spreken.'

'Ik jou niet,' gromt hij en hij kijkt niet op.

'Luister, ik ben hier voor mijn lol en jij ook, neem ik aan. Kunnen we dit gewoon even uitpraten? Het spijt me dat ik je gisteren heb gekwetst, dat was niet mijn bedoeling, maar...'

'Jullie wijven moeten altijd je neus in zaken steken waar je niets mee te maken hebt.'

Marc pakt een broodmes en neemt de kip beet.

'Je gaat dat arme beest toch niet daarmee de keel oversnijden? Dat mes is veel te bot!'

'Ga je me nu ook nog zeggen hoe ik een kip moet afmaken?' Dreigend staat hij tegenover haar met het broodmes in zijn hand.

'Weet je wat? Het lijkt me beter dat ik ga. Jij kunt hier blijven en ik zal ergens anders gaan slapen want ik heb hier geen zin in. Ik ben verdorie op vakantie.'

'Jij gaat helemaal nergens naartoe! Wij zijn samen op reis. Wij hebben samen dit huis gehuurd en jij blijft hier!'

Marc doet een stap in haar richting, het broodmes nog steeds in zijn hand. Lili doet een stap naar achter.

'Dat dacht ik niet. Ik ben alleen op reis. We kennen elkaar nauwelijks!'

Ondertussen vraagt ze zich af hoe ze de afgesloten kamer in moet om haar geld en paspoort te pakken.

'Jij blijft hier. Einde verhaal.'

Hij pakt de kip opnieuw beet en begint in de kippennek te zagen met het broodmes. Het botte mes verwondt het dier maar raakt niet door de taaie nek en het arme beest gaat hevig tekeer. Kokhalzend draait Lili zich om en loopt naar binnen.

Terwijl het op de binnenplaats een lawaai van jewelste is van Marc in gevecht met een half levende kip, propt Lili gehaast haar spullen in haar rugzak. Ze kijkt om zich heen of ze niets vergeet en ontdekt in een hoek van de kamer Ngema. Die staat bang naar haar te kijken met in zijn handen de schone lakens om haar bed op te maken.

Fluisterend vraagt Lili of hij een sleutel van de andere kamer heeft en bibberend haalt Ngema die uit zijn broekzak.

Lili bedenkt zich geen moment en stormt de kamer van Marc binnen. De la waarin ze haar geld en paspoort heeft gelegd is leeg. Verwilderd kijkt ze rond en stort zich op de rugzak van Marc. Ze vindt niets. Bezeten trekt ze alles overhoop wat ze tegenkomt en in de kussensloop vindt ze uiteindelijk een plastic zakje waar alles in zit. Ze propt het zakje in haar broekzak en gaat terug naar haar eigen kamer waar ze haar rugzak pakt.

Ngema staat nog steeds op dezelfde plaats in haar kamer en de herrie in de keuken wordt steeds luider. Ze hoort Marc vloeken.

'Sorry,' zegt ze tegen Ngema en geeft hem een kus op de wang.

In de keuken staat Marc met zijn rug naar haar gekeerd terwijl hij met zijn blote handen aan de nek van de kip staat te rukken. Zo stil mogelijk loopt Lili achter hem door over de binnenplaats en pas op straat haalt ze weer adem. In een stevige pas loopt ze met haar rugzak door de kleine straatjes naar de kade. Daar loopt ze Abud tegen het lijf, die haar verbaasd aankijkt.

'Ga jij al weg?'

Abud, die vandaag Majamba heet, en Lili gaan kaneelthee drinken en Lili doet haar verhaal. Majamba kijkt verdrietig en zegt dat hij haar zal helpen om een goedkope kamer te vinden waar ze kan gaan slapen, omdat een groot deel van haar geld al in de huur van het huis zit waar ze nu niet meer heen kan. Ondertussen komt ook Sunshine bij hen zitten en vertelt dat hij gealarmeerd werd door Ngema. Dat hij naar het huis is gegaan waar Marc aan het roepen en tieren was en dat hij erg agressief was tegen iedereen die met hem probeerde te praten. Dat het zo uit de hand liep dat hij de politie erbij heeft gehaald. Ze drinken samen nog meer thee en Sunshine zegt dat hij zou willen dat Marc vertrekt en dat Lili blijft. Ondertussen doet de tamtam zijn werk en komen van alle kanten mensen aanlopen die iets hebben opgevangen. Iedereen is bezorgd en verdrietig en daar komen veel thee en geroep aan te pas.

De discussie loopt steeds hoger op en de gebeurtenissen nemen binnen de kortste keren gigantische proporties aan, die nog maar weinig met de werkelijkheid te maken hebben. Binnen de kortste keren komen er mensen aangesneld om te kijken of Lili eigenlijk nog wel leeft, omdat Mohammed heeft gezegd dat Saïd hem vertelde dat Marc haar wilde vermoorden met een vlijmscherp slagersmes dat hij het eiland heeft opgesmokkeld. Lili probeert de zaken recht te zetten maar wordt nauwelijks meer gehoord in het tumult.

Samen met Majamba gaat ze naar een pension en hij onderhandelt een prijsje voor haar. Daarna neemt Majamba haar mee naar een feestje op het strand met een kampvuur, drums, dansen en palmwijn die Lili niet door haar keel krijgt. Later trakteert ze Majamba en zijn vrienden op *bocaboca*, een lokaal gerecht, en geniet van de afwezigheid van Marc die daar ongetwijfeld over zou beginnen zeuren.

Lili ontmoet Swaleh (de veertigste en laatste profeet uit de koran), Happy Flower, Midnight, Omari en de grote, zwijgzame Bekka. Voor ze gaat slapen zit ze met Majamba op de omgekeerde boot en delen ze nog een sigaret. Hij kust lekker.

Een paar dagen later loopt Lili op de markt en net als ze passeert, wordt er aan een van de kramen een kip geslacht. Een paar spatten bloed belanden op haar arm en met een beetje spuug veegt ze die af en loopt weer door. Een paar meter verder staat ze opeens oog in oog met Marc.

'Hallo.'

Marc loopt verder zonder iets te zeggen. Lili haalt haar schouders op en besluit Majamba te zoeken via de lokale tamtam. Ze spreekt een van de spelende kinderen aan, geeft hem een muntje en vraagt naar Majamba. Het jongetje spurt weg aan een moordvaart en binnen vijf minuten komt Majamba aangelopen. Het werkt zeker zo efficiënt als een gsm of internet.

Ze kopen bananen en tomaten en gaan een sapje drinken in haar favoriete café, de Hapa Hapa. Amina heeft ze niet meer gezien sinds ze haar al twee keer geld heeft gegeven om met haar dochter naar de dokter te gaan. Het geld bleek steeds op en het kind heeft volgens Majamba nog steeds geen dokter gezien.

Majamba is stil vandaag en Lili vraagt wat er scheelt. Hij vertelt dat hij te weinig zaken doet omdat er niet genoeg toeristen zijn en dat hij erover denkt zijn dhow te verkopen aan een Amerikaan. Lili zegt dat hij daar goed over na moet denken.

Ze nodigt hem uit om 's avonds met haar te gaan eten. Zij zal betalen. Majamba is beledigd en zegt dat hij Amina niet is. Dat hij zijn problemen met haar wil delen maar geen geld vraagt. Lili legt uit dat ze het niet erg vindt, dat ze het niet doet omdat hij iets gevraagd heeft. Majamba moet weg om met de Amerikaan te praten.

De volgende dag zit Lili op de dhow van Majamba met zijn crew en de Amerikaan. Majamba laat zien hoe zijn boot vaart en Lili kijkt hoe hij en Abuddi, zijn matroos van veertien jaar, lenig in de mast klimmen. De Amerikaan is zwijgzaam en nors en Lili ergert zich aan hem.

's Avonds gaan ze samen naar het voetbal kijken in de bioscoop en terwijl Abuddi en Lili luid supporteren, zit Bekka groot en zwijgzaam naast hen en slaapt Majamba dwars door het lawaai heen. Na het voetbal wordt er een nieuwe Bollywoodfilm vertoond waarin iedereen dood gaat behalve het koppel dat een onmogelijke liefde beleeft die dan toch mogelijk wordt nadat alle anderen een gewelddadige dood sterven. In de zaal wordt luid geroepen en geapplaudisseerd op de goede afloop. Majamba wil na de film meteen naar huis en hij draagt Bekka op om Lili veilig naar haar kamer te brengen. Majamba kust haar en roept haar na dat hij haar kinderen wil schenken. Lili werpt hem een kushandje toe. Zwijgzaam pakt Bekka haar hand en leidt haar door de steegjes zonder een woord te zeggen. Aan de deur laat hij haar hand weer los.

'*Goodnight.*'

'*Goodnight Bekka.*'

Meteen is hij weer verdwenen in de nacht.

De dag voor haar vertrek gaat Lili Amina opzoeken en deze keer gaat ze zelf mee naar de dokter met haar en de baby. Ze betaalt een derde keer en daarna gaan ze op bezoek bij de buurvrouw die net bevallen is. De kleine baby van nog geen dag oud heeft een gezichtje vol hennatekeningen en ligt vredig te slapen.

Lili heeft Majamba de laatste dagen nauwelijks gezien en Amina zegt dat dat komt omdat hij verdrietig is dat ze weggaat. Lili gebruikt een paar keer vergeefs de tamtam, maar wanneer ze haar koffer aan het pakken is, staat Majamba plots in de deuropening van haar kamer.

Ze praten over de dhow en de kinderen van zijn zus voor wie hij moet zorgen omdat hun vader met de noorderzon is vertrokken en Lili zegt dat ze zich zorgen om hem maakt.

'*No worries.* Ik ben sterk en maak mee wat God wil dat ik meemaak.' Hij knijpt in haar neus en geeft haar een zoen.

'En jij lacht te weinig vandaag.'

Lili lacht en geeft hem haar horloge, het zakmes dat hij zo mooi vindt en het beetje geld dat ze over heeft. Zelf houdt ze net genoeg om de terugreis via Mombassa naar Nairobi te kunnen betalen. Bij het pakketje dat ze in een plastic zakje heeft gestopt, zit ook een brief. Die vindt hij later wel. Majamba moet naar huis, want de kinderen wachten op hem. Voor hij vertrekt zegt hij dat hij haar morgen zal uitzwaaien. Dat het anders zal zijn als ze ooit terugkomt. Dat hij zichzelf nu moet beschermen en zijn verantwoordelijkheden opnemen. En dat ze verder niks mag zeggen.

Na vier uur warrige slaap en dromen over Majamba staat Lili in het donker op de kade te wachten op de veerboot. Majamba is nergens te bespeuren. De boot wordt weer overvol geladen en de veermannen roepen naar Lili dat ze aan boord moet komen. Lili twijfelt. Wanneer de motor aanslaat, gooit ze snel haar rugzak op de boot en springt er zelf achteraan. Net op dat moment hoort ze haar naam en verschijnt een slaperige Majamba in een sarong en met Bekka aan zijn zijde. Hij geeft haar een sleutelhanger en Lili valt bijna uit de boot wanneer ze zich over de rand buigt om hem een zoen te geven. De mensen op de boot beginnen te joelen en Majamba kijkt verlegen om zich heen.

'Bekka gaat met je mee naar de overkant en zal je op de bus zetten.'

Bekka neemt een aanloop en springt op de boot. Blij en triest tegelijk zwaait Lili als een gek naar Majamba, die steeds kleiner wordt op de kade. Bekka houdt zwijgzaam haar andere hand vast.

In Mombassa wil Lili bananen kopen voor op de bus naar Nairobi. Ze is intussen gewend dat alle mensen op straat haar iets proberen te verkopen dus zodra ze een grote tros bananen uit haar ooghoek op de stoep ziet liggen, loopt ze naar de man die erbij staat en vraagt wat het kost.

'Niets,' zegt de man beledigd. 'Dit zijn mijn bananen en ik wacht op de bus!'

Lili moet lachen en de man schiet ook in de lach.

Ze gaat terug naar Nairobi zonder bananen.

## 10

Een geschenk uit de hemel

Lili zit opgerold op een stoel met een kop warme thee. Ze heeft het constant koud sinds ze terug is uit Afrika.

De telefoon gaat.

'Liefie! Waar was je nou? Ik bel je al weken en jij bent gewoon van de aardbodem verdwenen!'

'Wolf! Dat is lang geleden!'

'Het is godgeklaagd. Ik wilde je steeds bellen maar het lukte gewoon niet. Weet je nog dat ik je vertelde dat ik een werkelijk geweldige vent had ontmoet in Parijs en dat ik hem ging opzoeken?'

'Eh, ja. Dat was een half jaar geleden of zo. En toen heb ik nooit meer iets van je gehoord. Ik heb je gebeld, gemaild.'

'Ik weet het. Er is zoveel gebeurd! Ik ging dus naar Parijs en die kerel, Martin, nou, dat was het dus hélemaal. Ik ben meteen gebleven.'

'Hoe bedoel je? Zat jij een half jaar in Parijs dan?'

'Vijf maanden. Het was fantastisch. Echt, hij was mijn soulmate, mijn alles. Totdat hij me een maandje geleden aan de deur heeft gezet. Hop! Kleren op de stoep en *au revoir*.'

'Zonder meer?'

'Jep. Grote liefde en dan: dààg. Nou ja, ik moet je echt zien om het allemaal haarfijn uit te leggen. Kun je morgen?'

Wolf is Lili's oudste vriend en ze kennen elkaar al van de middelbare school. Soms zien of horen ze elkaar maanden niet, maar Lili weet dat Wolf vroeg of laat altijd weer komt opdagen. Tot hij opnieuw verdwijnt.

Dag Lili,
Ik hoor dat je het tegenwoordig ook met negertjes doet? Nog zwanger geraakt de laatste tijd?
Steven

Lili denkt aan de nachten dat ze wakker lag en nadacht tot ze er gek van werd. Aan de tranen en de kilte vanbinnen toen ze Steven de laatste keer belde en vroeg of ze een keer konden praten omdat ze het allemaal niet kon plaatsen. Hij had gezegd dat ze hem met rust moest laten, voor altijd. Dat het alleen seks was geweest tussen hen en verder niets.

Een uur later stapt Lili alleen een café binnen waar ze nog nooit eerder is geweest. Er wordt salsa gespeeld en de dansvloer staat vol. Lili gaat aan de bar zitten en bestelt een mojito. Naast haar staat een uit de kluiten gewassen man met een kinderlijk gezicht.

'Ik ben Frank. Hoe heet jij?'

Hij praat met een dubbele tong en Lili heeft niet veel zin om te antwoorden. Voor ze het weet zit ze vast aan een dronkaard waar ze niet meer vanaf komt.

'Lili,' zegt ze afgemeten en blijft voor zich uit kijken.

'Ik ben Frank,' herhaalt hij lallend. 'En vanavond is de eerste keer sinds achttien maanden dat ik buitenkom.'

Ook dat nog. Een zatlap die net uit de bak komt.

'En dat heb je goed gevierd zo te horen.' Het is eruit voor ze het weet.

'Niet echt,' zegt hij. 'Ik mag geen alcohol drinken, maar ben al blij dat ik tussen mensen kan staan die dat wel mogen.'

Lili kijkt hem fronsend aan.

'Ik heb anderhalf jaar geleden een massieve hersenbloeding gehad en een tijdje zag het er naar uit dat ik gedeeltelijk verlamd zou blijven. Praten ging ook niet.'

'Sorry, ik dacht dat je dronken was.'

Schuldbewust ziet ze nu pas het flesje water in zijn hand.

'Iedereen denkt dat, ik ben het gewend. Maar ik ben al lang blij dat ik kan praten.'

Frank vertelt Lili over zijn goedbetaalde baan als manager die hij nu heeft ingeruild voor een werkplaats waar hij eenvoudige handenarbeid verricht.

Wanneer ze wat later naar het toilet gaat, wordt ze onder aan de trap opgewacht door een lange donkere man.

'Hallo.'

'Hoi,' zegt Lili en loopt hem voorbij naar de wc's.

Wanneer ze weer naar buiten komt, staat hij er nog steeds.

'Wil je iets van me drinken?'

'Oké.'

Ze lopen samen naar boven en gaan aan de bar zitten.

De man stelt zich voor, Robert, en vraagt hoe zij heet. Hij staat veel te dicht bij haar voor iemand die ze helemaal niet kent, maar Lili vindt het goed. Wanneer ze zich even omdraait om haar sigaretten van de bar te nemen, staat Frank nog steeds op zijn plaats achter haar.

'Wat doe je nu?' stamelt hij. 'Je was toch met mij aan het praten?'

'Ja hoor,' zegt Lili opgewekt. 'Ik was met jou aan het praten. En nu praat ik met Robert.'

Ze voelt ondertussen hoe Robert zijn hand op haar onderrug legt. Rustig.

'Het is omdat je mij raar vindt, omdat ik niet goed kan praten.'

'Ik vind je helemaal niet raar.'

Frank kijkt gekwetst.

'Luister,' zegt Lili. 'Maak er geen drama van. Je mag niet verwachten dat ik de hele avond alleen met jou ga praten. Het is een vrije wereld.'

'Ik dacht dat jij anders was.'

Hij draait zich om en loopt naar buiten. Lili keert zich weer om naar Robert die haar een zoen op de mond geeft en een paar drankjes later volgt ze hem de trap op naar zijn appartement.

Hij opent de deur, maar wanneer Lili naar binnen wil lopen, grijpt hij haar vast in de deuropening en drukt haar tegen de muur. Nieuwsgierig laat Lili het gebeuren. Robert duwt haar naar binnen en in de hal van zijn appartement begint hij haar uit te kleden terwijl zijn lippen op de hare blijven. Wanneer ze volledig naakt is, draait hij haar met haar gezicht naar de muur en gaan zijn handen over haar lichaam. Lili haalt diep adem.

Hij kust haar nek en gaat over haar rug naar beneden. Zijn handen gaan van haar knieholten langzaam naar boven en Lili voelt een warme gloed in haar onderbuik. Dan tilt hij haar op en draagt haar naar zijn slaapkamer.

De volgende ochtend belt ze vroeg aan bij Wolf.

'Liefie! Eindelijk!' brult hij door de intercom en laat Lili binnen.

Wanneer ze zijn appartement binnenkomt, zit Wolf manisch aan zijn computer te typen. Hij staat op en komt met open armen op haar af. Hij is afgevallen maar ziet er goed uit met zijn blonde haren, die langer zijn dan ooit.

'Mens. Ik heb je zoveel te vertellen.'

Lili luistert een paar uur naar alle details van het Frans avontuur, de intriges, de verterende liefde, bedrog en verraad, vergiffenis, nieuw bedrog, hysterische ruzies en geweldige seks – tot aan de kleren op de stoep. Wanneer zijn verhaal klaar is, loopt hij naar de grote spiegel aan de muur en bestudeert zichzelf.

'Echt, ik zie er niet uit. Zie die wenkbrauwen. Ik heb dringend een verwenweekend nodig. En een goede schoonheidsspecialiste!'

Hij draait zich weer om. 'Maar nu jij. Wat heb jij allemaal uitgespookt de laatste maanden?'

Wolf gaat weer zitten en neemt haar nauwkeurig op. 'Zo te zien van alles.'

'Hoezo?' lacht Lili verbaasd. Tot vandaag is David haar enige vertrouweling geweest en ze is intussen gewend om verder te zwijgen over haar avonturen. Ze weet nu al dat dat bij Wolf niet zal lukken.

'Denk je nu echt dat ik dat niet zie? Je ziet er goed uit, dus sowieso heb je vannacht waanzinnige seks gehad. De vraag is alleen met wie, hoe en waarom. Ben je verliefd?'

'Niet bepaald.'

'In dat geval heb je je eindelijk in het verderf gestort en gisteravond de eerste de beste knappe, donkere man mee naar huis gesleurd. Juist?'

Lili glimlacht.

'Zie je wel! Ik ken jou. Als ik niet zo'n geschifte nicht was, waren wij stralend gelukkig samen, dat weet je toch? Dan zat je niet zo te sukkelen met al die pubers.'

'David was niet zo'n puber.'

'Oké. David niet. Maar die is gelukkig getrouwd en dat is lang geleden. Maar vertel. Ik wil al je slettenstreken horen, en in detail graag.'

Na nog drie koppen koffie, een pak stroopwafels, een jointje en de avonturen van Lili ligt Wolf op de grond en tuurt naar het plafond.

'Ik wist dat het tijd was om naar huis te komen.'

'Hoezo wist je dat? Je bent buitengegooid door je Franse lover en toen kon je niet anders.'

'Ja, dat ook, maar je weet toch dat alle andere mensen slechts figuranten in je leven zijn? Hij heeft mij eruit gegooid omdat de tijd rijp was voor mij om weer hier te zijn en hier ben ik weer. Als er iemand bedreven is in slettenstreken, ben ik het. Dus daarom ben ik terug. Om jou een beetje te helpen.'

Wolf springt recht en is in twee stappen bij zijn computer. Terwijl hij druk begint te typen, loopt Lili naar hem toe en kijkt mee over zijn schouder. Wolf heeft intussen ingelogd op een datingsite en begint een nieuw profiel aan te maken. Haar profiel.

'Wat doe je nu?'

'Wat denk je zelf? Jou lanceren op internet natuurlijk. Dat je daar zelf nog niet aan hebt gedacht! Internet is een wonder, een geschenk uit de hemel voor mensen zoals jij en ik. Onbegrensd op alle vlakken. Eén grote snoepwinkel die je gewoon kunt bezoeken vanuit je eigen veilige huiskamer. Op avontuur in je pyjama met een kopje thee erbij. Voor zover de rest van cyberspace weet, ben je het meest geile wezen aan de andere kant van de lijn. Je kunt zijn wie je wil en cyberseks hebben met George Clooney. Internet is het beste aan de hele beschaving!'

Ondertussen typt Wolf vrolijk verder.

'Wat is je lievelingsfilm?'

'Daar moet ik even over nadenken, want ik denk dat er wel meer films zijn die me wel echt hebben bewogen. Ik...'

'Bewogen? Wat is de geilste film die je ooit gezien hebt?'

Terwijl Lili nog nadenkt tikt Wolf *The unbearable lightness of being* in en gaat verder met invullen. Wanneer hij klaar is, kijkt hij naar haar op.

'Nog aanpassingen?'

'Is dat geen vreselijk cliché? *The unbearable lightness of being*? Bovendien is die film al oeroud.'

'De vraag is niet wat jij ervan vindt, lieve schat. De vraag is wat al die geile heteromannen ervan vinden. En heteromannen zijn nu eenmaal wandelende clichés. Ze worden bloedgeil van die film.'

'Waarom?'

Wolf draait met zijn ogen. 'Waarom? vraagt ze dan. Omdat het gaat over een man met twee vrouwen. Eentje die voor hem zorgt en een andere waar hij wilde seks mee heeft. Daarom. Dat is de natte droom van iedere doordeweekse man. Wat ben jij toch heerlijk naïef. Nog aanpassingen?'

Lili leest alles nog eens na en ziet dat ze houdt van spannende mannen die ook graag Thais eten, houden van anonieme seks en champagne als ontbijt.

'Maar dat ben ik helemaal niet!'

'So? Het gaat er niet om dat je een waarheidsgetrouw profiel aanmaakt. Dat is voor mensen die op zoek zijn naar een RELATIE!' Hij spuugt het woord uit alsof het iets smerigs is. 'Als je spannende dingen zoekt, moet je jezelf ook spannend maken. Echt, ik hou van jou, maar soms ben je wel heel erg saai. Neem nu even van mij aan dat dit is wat je zoekt. Het is fijn dat David je opvangt en luistert en zo, maar wat jij nodig hebt is een mentor. En dat ben ik, dus luister maar gewoon naar mij. Anders zit je straks opgescheept met al die stumpers die een RELATIE zoeken op internet omdat ze dat in het gewone leven niet lukt. Wat jij wil is avontuur en ik ga je dat bezorgen.'

Lili kijkt toe hoe Wolf haar de naam HOT007 toebedeelt.

'Zo,' zegt hij tevreden. 'We zullen eens zorgen dat je eens echt van de lusten gaat proeven in plaats van dat geklungel waar je nu mee bezig bent geweest.'

'Geklungel? Ik heb de laatste maanden dingen gedaan waarvan ik zelf dacht dat ik ze nooit zou durven. Ik heb zo ongeveer al mijn grenzen overschreden en jij noemt dat geklungel?'

'Ja, lieverd. Je moet wat meer plezier maken in die dingen. Spelen. En daarom is internet ideaal. Geloof me nou, ik ben een man. Ik weet dat beter dan jij.'

Lili geeft het op en noteert netjes haar paswoord om in te loggen.

'Wacht een dag en je zal zien: morgen ontploft je mailbox!'

Nadat hij nog een wazige maar kunstige foto van haar op een wild feestje heeft geüpload, pakt Lili haar jas en geeft Wolf een zoen. 'Ik moet gaan. Lisa wacht op mij.'

'Trouwens, als je iemand nodig hebt om al die post te verwerken, je zegt het maar.'

Terwijl Lili naar Lisa fietst, krijgt ze een berichtje van Thomas:
Nog steeds boos? Ik mis je meer en meer. X
Boos? Was ze boos dan?

## 11

## Internetdaten voor dummies

Wolf heeft niet gelogen. Een dag later doet Lili haar splinternieuwe HOT007-mailbox open en heeft zesenvijftig berichten. Ze belt meteen naar hem, maar krijgt zijn antwoordapparaat.

'Wolfie, zesenvijftig berichten. Ik heb een secretaresse nodig. Help!'
Ze begint eraan.

Negenendertig berichten vindt ze stom of ronduit vulgair. Die delete ze. Terwijl ze bezig is de rest van repliek te dienen, merkt ze dat dat niet eens zo eenvoudig is. Wat schrijf je naar iemand die je niet kent en aan wie je ook zo weinig mogelijk wil vertellen? Hoe gaat het met je vrouw?

Haar eerste mailtje bestaat vooral uit beleefde of ontwijkende antwoorden op de vragen van haar correspondent (wat een opwindende foto en is die recent? Is ze echt zo hot als ze zich voordoet? Is ze getrouwd?). Maar na het derde mailtje krijgt ze er plezier in en jaagt ze er verschillende huwelijken door die ze nooit heeft gehad en verzint opwindende encounters die nooit hebben plaatsgevonden.

Ze vindt de meeste mails die ze krijgt nogal voor de hand liggend, maar de mail van Black Angel intrigeert haar.

*Not from your country.*
*But who needs boundaries ?*

*Kiss, Black Angel*

Ze wacht nog even met antwoorden en gaat in bad. Het water is heet en Lili kijkt naar haar borsten en linkerknie, die eilandjes vormen in het water. Ze sluit haar ogen en doezelt net weg wanneer ze haar gsm hoort piepen.

Met natte haren en een handdoek om leest ze even later een bericht van Steven:

Moet je zien. Vandaag?

Ze tikt terug: Geen tijd. Sorry.

Steven: Ben je thuis?

Lili: Ja.

Ze heeft meteen spijt van haar eerlijke antwoord.

Steven: Ben er over 10 min.

Lili trekt een broek en trui uit de stapel op haar slaapkamer en begint haar haren te drogen. De bel gaat. Godver. Wanneer de bel een tweede keer gaat, doet ze toch open. Steven ziet er slecht uit. Alsof hij al weken geen oog dicht heeft gedaan.

'Mag ik binnen?'

Met tegenzin doet Lili een stap opzij en laat hem binnen. Hij gaat zitten en kijkt gekweld voor zich uit.

'Waarom moest je mij zo dringend zien?'

'Omdat wij moeten praten.'

'Waarover dan? Hoe is het met je vriendin?'

'Goed. Ik weet het niet. Nou ja, zwanger en misselijk.'

'O.'

'Ze is gelukkig en ze denkt ik ook, maar ik denk veel aan jou de laatste tijd.' Hij kijkt haar vragend aan. 'Ik moet steeds weer denken aan die wachtkamer en dat ze jou kwamen roepen.'

Lili ziet ook de wachtkamer weer voor zich en voelt heel even de wanhoop die ze toen voelde. Ze drukt de herinnering weer weg. Dit heeft geen zin.

'En toen je opstond om naar de behandelkamer te gaan, wilde ik je tegenhouden. Ik wilde sorry zeggen en dat ik dat allemaal niet meende, dat het wel iets kon worden, dat we samen buiten zouden lopen en een kind zouden krijgen. Het kind dat ik heel de tijd wilde toen we samen waren. Ik hield van je maar ik was zo bang. Mijn vriendin was woest en ik probeerde alles terug te draaien naar hoe het was. Overzichtelijk en duidelijk. Ik wilde springen maar ik durfde niet en liet jou alleen springen. Ik denk steeds hoe het was geweest als ik je wel had tegengehouden die dag. Jij weet dat niet, maar ik ben maanden later nog regelmatig naar je huis gereden om de hele avond voor je deur in de auto te blijven zitten. Urenlang.'

Lili voelt haar lichaam ijskoud worden. 'Waarom kom je me dit nu vertellen? Je hebt me gezegd dat het niets voorstelde, dat het alleen voor de seks was en dat ik je met rust moest laten.'

'Ik was bang.'

'Ik ook. Maar nu is het voorbij en ik zou willen dat je weggaat.'

'Zou het kunnen dat jij de vrouw van mijn leven bent en ik je heb laten staan omdat ik niet durfde?'

Lili staat op. 'Het lijkt me het beste dat je naar huis gaat en er daar iets van maakt.'

'Op een dag sta ik weer voor je deur. Ooit,' zegt hij terwijl hij naar buiten loopt zonder haar aan te kijken.

Lili sluit de deur. Te laat, denkt ze.

Ze gaat weer aan haar computer zitten en typt een reply naar Black Angel.

*Hi,*

*Who needs boundaries indeed?*
*Which planet are you from?*

*Kiss,*
*007*

In de weken die volgen, zit Lili vaak aan haar computer en leert virtueel flirten terwijl haar haar helemaal verkeerd zit en haar tanden niet gepoetst zijn. Ze heeft intussen een paar vaste vriendjes op het internet en Wolf vindt dat het tijd wordt dat ze eens afspreekt met een van die vriendjes.

Lili twijfelt nog.

'Voor hetzelfde geld schuilen er bejaarde mannetjes met één been en groene staar achter die gevatte nicknames.'

'Ja, en voor hetzelfde geld een lekker stuk dat niet eeuwig blijft zitten wachten op een ophitsend berichtje van jou. Eerst goed screenen en dan doen!'

Wolf vertelt haar over zijn eerste date waarbij hij vergeten was een recente foto te vragen. Toen hij het café binnenkwam waar hij had afgesproken, zat er een man van in de zestig met een gehoorapparaat. Zonder iets te zeggen, was hij weer weggegaan.

'Dat bedoel ik! Dat wil je toch niet meemaken?'

'Daarom zeg ik: SCREENEN. Recente foto, geen bullshit. En als het niet klopt wat ze je voorspiegelen linea recta naar huis. Doei!'

Lili belooft dat ze er werk van zal maken en zit diezelfde avond weer aan haar computer. Ze belandt op een ranzige chatsite waar ze nog niet eerder geweest is en maakt zich lid. Deze keer is haar naam Lalalili. In de chatbox heerst een landerige sfeer en er zijn maar vier aanwezigen buiten zijzelf. Een huisvrouw die ongelukkig en eenzaam is (Fout! hoort ze Wolf in gedachten roepen. Al ben je een eenzame huisvrouw én diepongelukkig, maak jezelf spannend!), Ladykiller47 die geen drie woorden zonder spelfouten kan schrijven, en LuvU, die wel is ingelogd maar niets aan de conversatie toevoegt. Waarschijnlijk ondertussen tv aan het kijken of een potje op het vuur aan het zetten.

Lili wil weer uitloggen wanneer ze een privébericht ontvangt van Maarten.

- Dag Lala, saaie boel hier. Zullen wij even apart een interessant gesprek voeren onder vier ogen?
- Graag! Was me net aan het afvragen wat ik hier deed... Saai!
- ☺ lol. Ik zal het opwindend proberen te houden voor je. Wat heb je aan?
- Niet zoveel. Heb het warm vandaag.
- Wat is niet zoveel? Heb het ook warm.

Lili beschrijft een setje dat ze afgelopen week in de etalage zag hangen bij een lingeriezaak. Maarten keurt het goed. Na een paar heen-en-weer-berichten vraagt hij haar het setje uit te doen. Dat heeft Lili al eerder meegemaakt en normaal gesproken fantaseert ze er dan op los terwijl ze haar joggingbroek aanhoudt. Vandaag besluit ze mee te gaan in het verhaal, en hoewel haar ondergoed een stuk minder spannend is dan wat ze beschreven heeft en haar bh en broekje bovendien niet bij elkaar passen, laat ze zich door Maarten leiden die vertelt hoe en wanneer ze wat moet verwijderen. Lili trekt de gordijnen dicht.

Maarten typt dat ze zichzelf moet aanraken en waar en hoe. Lili voert uit en terwijl ze met één hand bezig is haar eigen lichaam te verkennen, typt ze met haar andere hand wat Maarten ondertussen moet doen.

Het wordt steeds moeilijker om zich te concentreren op het strelen van haar tepels terwijl haar andere hand via de toetsen Maartens vrije hand moet leiden. De wanhopige noodkreten uit de saaie chatbox negeert ze, terwijl ze met Maarten naar hogere sferen glijdt en voor de eerste keer een cyberorgasme beleeft.

- Hallo? Ben je er nog?
- Helemaal. Was even aan het uitrusten. Mmm, lekker.
- ☺ Voor herhaling vatbaar?
- Absoluut!

Ze trekt haar stoute schoenen aan.

- Volgende keer in het echt misschien?
- Eerst fotootjes uitwisselen?

Goed zo. Hij screent dus ook.

- Oki. Mailadres?

Ze wisselen adressen uit en een paar minuten later ontvangt ze een foto van een jongen met bruin krullend haar. Niet zo'n duidelijke foto maar ook niet verkeerd zo te zien. Wolf heeft haar goed gedrild en ze stelt nog een paar bijvragen over lengte, interesses en woonsituatie. Bij wijze van boodschap dat er niet met haar gesold wordt.

Drie dagen later zit ze in de auto, onderweg naar een onbekend café in een onbekende stad. Ook dat heeft ze van Wolf geleerd: never nooit in je eigen stamcafé!

Wolf is de enige die weet waar ze vanavond zal zijn.

Lili parkeert op een plein en vraagt dan de weg aan een voorbijganger met een klein hondje. Ze is zenuwachtig en herhaalt de mantra van Wolf: Niet leuk? Doei!

Het is donker in de straat waar ze moet zijn en ze kan de namen van de cafés slecht lezen. Langzaam loopt ze voorbij verschillende zaken en tuurt naar de gevels. Ze is zo geconcentreerd dat ze niet ziet dat er iemand staat te wachten voor het juiste adres en loopt hem bijna omver wanneer ze naar binnen wil gaan.

'Hoi.'

'Maarten?'

Ze kan zijn gezicht niet goed onderscheiden in het donker, maar ziet wel dat hij nauwelijks tot haar schouders reikt. Hij heeft gelogen!

'Ja. Gaan we naar binnen?'

Ze hoort Wolf in haar oren brullen: Gelogen? Doei!

Het is druk in het café en ze vinden een klein tafeltje helemaal achterin.

Terwijl Maarten gaat bestellen sms't Lili naar Wolf: Hij hft gelogen en is de minimens. 21 jr max. Help!

Maarten is alweer terug en Lili legt haar gsm snel weg. Dapper glimlacht ze naar het jongetje tegenover haar en drinkt van haar cola. Ze had besloten niet te roken om geen slechte indruk te maken, maar dat kan haar nu niets meer schelen, dus begint ze in haar tas te zoeken naar sigaretten. Zou ze dat kunnen? Eén cola drinken en dan beleefd weggaan? Ze vindt het pakje niet en wanneer ze wanhopig opkijkt, zweeft het jongensgezicht van Maarten een paar centimeter voor dat van haar. Voor ze iets kan zeggen, zoent hij haar met open mond. Glibberig.

Geschrokken duwt Lili hem van zich af. 'Niet doen!'

Haar gsm piept en ze grijpt ernaar alsof het haar laatste strohalm in dit ellendige leven is.

Wolf: Nu weggaan! Doei!

Maarten kijkt haar smekend aan.

'We hebben toch al seks gehad? Waarom mag ik je dan niet kussen?'

'Ik denk dat we het daarbij hadden moeten laten. Sorry.'

Ze neemt nog een laatste slok cola waar geen prik in zit en staat op.

'Dag, Maarten.'

Maarten staat ook op. 'Ik breng je naar je auto.'

'Liever niet. Hoe oud ben jij trouwens?'

'Achttien, maar mijn moeder zegt dat ik erg volwassen ben voor mijn leeftijd.'

'Woon je nog bij je moeder?'

Hij aarzelt even. 'Ja.'


Op de terugweg belt Lili naar Wolf.

'Dit doe ik nóóit meer! Het was een kind, zeg ik je. Ik heb cybersex gehad met een kind en jij hebt me daartoe aangezet. Het is allemaal jouw schuld.'

Wolf lacht haar uit. 'Nee, lieve schat. Jij bent naar een groezelige site gesurft waar je niet moet komen en je hebt niet goed genoeg gescreend. Je moet beter naar me luisteren.'

'Dit is gevaarlijker dan de eerste de beste kroeg binnenstappen en de eerste de beste kerel aan de haak slaan die je daar tegenkomt. Dan zie je tenminste hoe groot hij is en dat hij meerderjarig is bovendien.'

'Achttien is ook meerderjarig, hoor.'

'Als het waar was. Misschien loog hij daar ook nog over. Mijn god, waar is mijn zelfrespect gebleven?'

Wolf begint nog harder te lachen. 'Hysterica. De eerste keer valt altijd tegen. Het is een kwestie van volhouden en dan leer je het vanzelf. Screenen is de boodschap.'

'Ik heb veel drank nodig, geloof ik.'

'Kom naar mij. Ik heb nog bubbels en dan kunnen we gezellig samen nog wat surfen op internet.'

'Klootzak. Ik ben er over drie kwartier.'

'Rij voorzichtig.'

Na een week onthouding begint Lili opnieuw met haar internetvrienden te mailen en te chatten. Black Angel is een vaste waarde in haar mailbox geworden. De zwarte engel is Engelsman, kunstenaar en woont in Barcelona. Hij schrijft lange, romantische brieven die soms erg experimenteel worden, zodat Lili het spoor wel eens bijster raakt.

Volgens Wolf moet ze vooral goed verder zoeken want internetvriendjes in het buitenland zijn niet voor directe consumptie, en dus langetermijnprojecten.

Naast BA zijn er JP (fotomodel, als dat waar is...), zakenman Michael, die het in zijn gewone leven te druk heeft om vrouwen te ontmoeten, en de enigmatische Karel2, van wie ze bijna niets te weten komt en die haar daarom mateloos intrigeert.

'Typisch,' vindt Wolf. 'Die ongrijpbare vind jij weer interessant. Doei!'

Op een mooie dag is Karel2 spoorloos van de datingsite verdwenen nadat hij gevraagd heeft wanneer hij eindelijk eens in haar mooie blauwe ogen mag kijken. Hoewel ze hem nooit ontmoet heeft, voelt Lili paniek in haar buik op de dag dat zijn profiel is verdwenen en zijn mailadres niet meer blijkt te bestaan. Kun je iemand missen die je nog nooit gezien hebt?

Ze belt haar internetdatingcoach.

'Er zijn toch genoeg andere pipo's op dat internet? Of ga jij je nou ook nog lopen hechten aan mannen die misschien niet eens bestaan? Dat is off limits! Spreek nu maar snel af met een andere, want straks lopen ze allemaal weg.'

'Ja, Wolf.'

'Braaf meisje.'

Ze begint bij Michael, want die lijkt haar to the point. Terwijl ze elke dag stiekem blijft checken of Karel2 zijn rentree al heeft gemaakt (niet), zet ze een afspraak op met Michael in een restaurant. Afgaande op de mails die ze nu al een tijdje uitwisselen, kunnen ze toch zeker een etentje volpraten.

Ook Michael heeft over zijn lengte gelogen, maar Lili heeft intussen aanvaard dat dat standaard is. Michael trakteert, maar op het einde van de avond vraagt geen van beiden of ze nog eens zullen afspreken. Ze sturen geen mails meer.

Wolf: 'Doorgaan!'

De volgende is JP. Lili maakt een fout die ze later niet aan Wolf durft op te biechten. Ze spreekt af in een eetcafé waar ze vaker komt, omdat JP dat voorstelt. JP zit aan een ronde tafel en heeft lange, witgrijze haren, ook al is hij pas achtendertig, en hel lichtblauwe ogen waar ze niet goed in durft te kijken. Aan zijn voeten ligt een donkerbruine labrador.

'Mijn hond is mijn beste vriend, en als hij iemand niet moet, ik ook niet.'

De hond blijkt Lili te mogen, dus mag ze blijven.

Terwijl zij een glas witte wijn drinkt, verteert JP vier trappistenbiertjes alsof het water is, en bij de vijfde kan Lili hem niet meer zo goed verstaan. Ze aait de hond en kijkt uit het raam. Stilletjes hoopt ze dat Lisa niet binnenkomt, want die zit hier vaak.

Na glas nummer vijf zegt JP dat hij haar een lekker wijf vindt en vraagt of ze mee wil naar zijn huis in het bos om samen een jointje te roken. Hij moet dringend een beetje relaxen, en vrijen zou hem daar ook geweldig bij helpen. Of dat is toch wat Lili denkt te verstaan. Beleefd slaat ze zijn uitnodiging af en informeert naar zijn bezigheden als fotomodel (de foto's op de site zagen er erg lekker uit! Een stuk lekkerder dan het verlopen tiep tegenover haar). Jp legt uit dat zijn carrière een beetje in het slop zit sinds hij problemen heeft gehad met het gerecht en voegt er ongevraagd aan toe dat zijn financiële situatie een alarmfase heeft bereikt.

'Denk toch nog eens na over dat jointje, dan ga ik plassen.'

Hij stommelt overeind en terwijl de hond niet van Lili's zijde wijkt, ziet ze in haar ooghoek JP tegen de deurstijl strompelen op weg naar het toilet.

'Ik vind jou wel leuk, maar je baasje niet zo,' fluistert ze tegen het beest, dat liefdevol haar hand likt. Ze betaalt de rekening en vertrekt voordat JP terugkeert van het toilet. De labrador kijkt haar weemoedig na.

Doorgaan dus.

Black Angel, die in de reële wereld Gabriel heet, is voorlopig haar laatste internetvriend en na wekenlang mailverkeer en tientallen foto's van hemzelf en zijn kunst, boekt Lili een weekendje Barcelona. Zelfs Wolf vindt dit een gewaagde actie en voor het eerst vertelt Lili iets niet aan David omdat ze zeker is dat hij zal proberen haar tegen te houden.

Een week voor de trip bellen Gabriel en Lili met elkaar en hangen anderhalf uur aan de lijn. Hij heeft een mooie stem en een Brits accent waar Lili prettig onrustig van wordt.

'Wat ga je eigenlijk doen dit weekend?'

Het is vrijdag en de middagdrukte is net voorbij. Lili staat met haar jas in haar hand aan de deur in de brasserie. Micky heeft beloofd dat ze vandaag alleen zal afsluiten.

'Ik vertrek straks naar Barcelona voor het weekend.'

'Barcelona! Leuk. Met wie?'

'Een vriend.'

'Toch niet met die getrouwde Thomas?' Micky kijkt haar streng aan.

'Wat heb je toch met die Thomas? Die is hier al maanden niet geweest.'

'Daarom. Ik weet dat ik er niks mee te maken heb, maar volgens mij hebben jullie iets en komt hij daarom niet meer.'

'Je hebt gelijk. Ik heb een affaire gehad met Thomas, maar dit weekend ga ik naar Barcelona met een vriend die jij niet kent.'

'Zie je wel! Ik wist het. Dat lijkt me zo onwaarschijnlijk spannend. Met een getrouwde man. Komt hij dan naar jou of ga je naar hem als zijn vrouw er niet is? Hoe lang blijft hij dan? Kun je 'm bellen?'

Summier vertelt Lili hoe het gaat en dat het niet zo spannend is als het lijkt. Dat het voornamelijk een kwestie is van wachten en je plaats kennen.

Micky zucht gelukzalig. 'Zo romantisch lijkt me dat. Gestolen uurtjes en stiekem gedoe.'

Lili fronst haar wenkbrauwen en vraagt zich af of Micky haar wel heeft gehoord. 'Als je wil geef ik z'n nummer. Hij zoekt vast wel een vervangster, want ik zie hem niet meer.'

'Nee joh, die gast zag mij niet staan. Alleen jou.'

'Dat viel ook wel mee,' mompelt Lili terwijl ze de deur opendoet.

'Ik ga het aan niemand vertellen!' roept Micky haar na. Lili zwaait en weet zeker dat Micky's nieuwe vriendje vanavond alles in geuren en kleuren te horen krijgt.

Onderweg naar de luchthaven belt David.

'Zit je in de auto?'

'Ja, naar het vliegveld. Ik ga naar Barcelona.' Ze denkt snel na wat ze op verdere vragen gaat antwoorden.

'Met wie?'

'Wolf,' zegt ze. 'Hij kent daar leuke adresjes en ik wilde er even tussenuit.'

'Wolf? Is die weer in het land dan?'

'Ja, al een tijdje. Had ik je dat nog niet verteld?'

'Nee, daar bel ik eigenlijk ook voor. Ik hoor zo weinig van je, en niet dat dat moet of zo, maar ik maak me dan altijd een beetje zorgen.'

'Alles is goed met mij, echt waar.'

'Het heeft ook te maken met dat project van jou. Soms ben ik bang dat er iets zal gebeuren of zo, jij alleen in de wildernis. Ik wil gewoon dat je weet dat ik er ben.'

Lili kijkt voor zich uit naar de weg die wazig wordt. 'Godver. Hoe doe je dat toch altijd? Mij aan het huilen maken. Doe eens niet zo lief.'

'Nou ja, ik wilde dat gewoon even zeggen.'

Na David belt Lili meteen naar Wolf.

'Schat! Ben je er nou nog? Wanneer vlieg je?'

'Over twee uur. Maar waar ik voor bel: zeg even dat alles goed komt.'

'Mens, natuurlijk komt alles goed. Beloofd. Ik heb dat hotel voor je geboekt. Dus bij de minste tegenslag maak je dat je in een taxi zit en ben je weg bij die Britse engel. Dan heb je gewoon leuk een weekendje Barcelona. Je hebt alle adressen toch bij je? En de telefoonnummers?'

'Ja ja, adressen, telefoon. Alles.'

## 12

De zwarte engel

Gabriel zal haar 's avonds om negen uur komen oppikken in het hotel om te gaan eten. Lili verkent daarvoor al even de buurt en ontdekt dat ze om de hoek van Plaça Reial logeert. Wolf heeft het weer goed geregeld.

Op het balkon van haar kamer leest ze daarna in haar boek tot de telefoon gaat. Er staat bezoek aan de receptie. Haastig checkt Lili haar haren en pakt haar handtas.

Beneden ziet ze meteen wie Gabriel moet zijn, aangezien er zich maar één zwarte man in de lobby bevindt. Hij zit op een leren fauteuil en leest een tijdschrift en is gekleed in een zwarte broek en een zwart t-shirt. Hij heeft een zwarte tekentas bij zich en een kleine zwarte rugzak. Lili loopt naar hem toe.

'Hi, you must be Gabriel. I'm Lili.'

De man kijkt op en ze schrikt even van zijn intense blik. Dan lacht hij breed, staat op en geeft haar een hand en een kus op haar wang.

'Lili. I love that name and it seems to suit you perfectly.'

Lili lacht verlegen en Gabriel doet alsof hij dat niet gezien heeft.

'Laten we meteen gaan,' zegt hij. 'Het is dringend tijd voor de lekkerste vis van de stad.'

Ze nemen een taxi naar de haven en Gabriel vertelt haar naar welk restaurant hij haar wil meenemen. Ondanks de vele mails die ze al uitwisselden weet Lili niet zoveel over zijn leven. Zijn uitvoerige brieven zijn meestal aan de zweverige kant en hoewel alleen een emotioneel intelligente man ze geschreven kan hebben, raakt ze soms wel eens de draad kwijt bij het lezen ervan omdat hij over dingen schrijft die haar soms te kosmisch aandoen. In de taxi merkt ze daar weinig van en stelt hij haar heel gewone vragen over haar leven. Aangezien ze ver van huis is, geeft Lili eerlijk antwoord zonder verhalen uit haar duim te zuigen zoals ze bij andere mannen heeft gedaan. Over haar liefdesleven vertelt ze niets. Ze heeft er trouwens geen.

Tijdens het eten vloeit de cava rijkelijk en Gabriel staat erop de rekening te betalen. Later zal blijken dat dit meteen zijn laatste geld is, en de rest van het weekend is alles wat ze consumeren voor rekening van Lili. Zoals de meeste kunstenaars is Gabriel gedwongen te leven in het moment en dat betekent dat hij soms geld heeft, wat hij dan laat rollen, en meestal niet, wat hij ook niet erg vindt.

'*Things always seem to work out, one way or the other.*'

Lili vraagt hem wel uit over zijn liefdesleven, en ook dat blijkt geen kabbelend beekje te zijn maar eerder een woeste rivier. Twintig jaar geleden vertrok hij uit Londen op de vlucht voor een liefde die tot mislukken gedoemd was. Het eerste ticket dat hij kon boeken was er eentje naar Barcelona. Daar lopen er intussen twee ex-vrouwen rond en vijf kinderen tussen de drie en zeventien jaar. Ook dat is een oorzaak van zijn chronische geldgebrek, en omdat hij zelf geen appartement heeft, bivakkeert hij afwisselend op de sofa's van zijn exen of in het atelier van een vriend, waar hij zelf ook kan werken.

'Dus eigenlijk ben je een zwerver?' vraagt Lili lachend.

'Dat zou een manier zijn om het te zeggen, maar dit is het leven dat ik kies en dat mij gelukkig maakt.'

'*Fair enough.*'

Gabriel is een vat vol bizarre verhalen en Lili krijgt er geen genoeg van. Ze vindt het bedwelmend om op te gaan in de roman van de levens van andere mensen. Vooral het verhaal van de vrouw van wie de vader ook haar grootvader is, laat haar niet los en ze wil ieder detail weten. Gabriel vindt haar fascinatie grappig en legt Lili uit hoe een vrouw verliefd werd op haar schoonvader die haar zwanger maakte, waarna ze toch getrouwd bleef met zijn zoon die nu eigenlijk vader en broer is van de dochter die ze kreeg. Na het eten wandelen ze over het strand tot Gabriel ineens stil blijft staan en zegt dat ze moet gaan zitten. Lili doet wat hij zegt en in kleermakerszit zitten ze tegenover elkaar.

'Nu gaan we eens een ander gesprek voeren.'

'Wat voor gesprek?'

'Eentje zonder woorden.'

Hij kijkt Lili strak in de ogen en zij kijkt onwennig in de zijne. Een gesprek zonder woorden?

Ze zit wat ongemakkelijk te wiebelen met haar benen, maar laat haar blik niet afdwalen. Gabriel knippert nauwelijks met zijn ogen en na een paar minuten raakt ook Lili in een soort trance en zit doodstil voor hem. Om hen heen loopt hier en daar een verliefd stelletje voorbij of blaft er een hond. Het is alsof ze er niet meer zijn en enkel elkaar nog kunnen waarnemen en niemand hen. Achteraf weet ze niet hoe lang het heeft geduurd, maar het zouden uren kunnen zijn, want wanneer er weer gesproken wordt, zijn haar ledematen verkrampt. Lili vraagt zich af of ze ze ooit nog in beweging krijgt, of dat ze hier altijd moet blijven zitten, als een levend beeldhouwwerk.

'Heb je kinderen?'

'Nee.'

'Wil je kinderen?'

'Dat heb je niet altijd te kiezen in het leven. Dus misschien wel en misschien ook niet.'

'Ik zou je een kind willen geven. Ik denk dat het een zoon zal zijn. Ik ben zeker dat het een zoon zal zijn.'

Lili lacht. 'En wie zegt dat ik een kind van jou wil?'

'Niemand. Toch denk ik dat ik je een zoon zal geven. Hoe zou je hem willen noemen?'

'Daar heb ik nog niet over nagedacht.'

'Dat zullen we wel zien dan.'

Lili staat voorzichtig op om haar verstijfde benen te strekken. Ze loopt naar het water en trekt haar schoenen uit. Met haar tenen meet ze de temperatuur van de zee die haar hoofd weer fris maakt.

'Kom,' zegt ze. 'We gaan ons een beetje soepel lopen.'

Plonzend loopt ze door het water en Gabriel haalt haar langzaam in.

Lili stelt voor om zo een taxi te gaan zoeken. Ze is moe en weet nog niet dat Gabriel bijna nooit slaapt. Overdag indrukken opdoet en vaak tot zes uur 's morgens bezig is met denken, creëren en aan de computer werken die in het atelier staat. Daar ontmoette hij haar ook op internet.

'Dat zou zonde zijn, gaan slapen als de zon bijna opkomt. Laten we wachten.'

Lili laat zich weer in het zand zakken en in stilte kijken ze naar de zon die de hemel verkleurt van het blauwste blauw naar een hemel waarin de sterren langzaam verdwijnen en die rode, gele en zelfs groene tinten krijgt. Als laatste zien ze de zon zelf verschijnen, terwijl ze de enige mensen zijn die nog op het strand zitten.

'Dit klinkt misschien raar uit de mond van iemand die je niet kent en hij jou niet, maar vanaf het moment dat ik je zag in die lobby met je oneindige benen en die ogen, wist ik dat ik van je zou houden. Dat ik dat altijd al gedaan had en altijd zal blijven doen. Waar je ook bent en wat je ook doet of met wie. Al zie ik je nooit meer.'

Lili opent haar mond en sluit 'm weer.

Gabriel staat op en tuurt naar de straat achter hen.

'Waar zijn die taxi's als je ze nodig hebt?'

Wanneer ze aankomen in het hotel gaat Gabriel mee naar boven en in de kamer kleedt Lili zich uit en gaat in bed liggen. Gabriel gaat met zijn kleren aan op een stoel zitten die naast het bed staat.

'Ik moet slapen,' zegt Lili. 'Ik ben doodop.'

'Slaap. Ik zal naar je kijken.'

'Ben jij niet moe dan?'

'Slaap.'

Wanneer ze uren later voorzichtig haar ogen opendoet, zit hij nog steeds op dezelfde stoel en rookt een sigaret.

'Zit je daar nu nog?'

'Ik ben klaar.'

'Klaar met wat?'

'Kijken. Vanaf nu kan ik je uit mijn hoofd tekenen. Daar heb ik jou niet meer bij nodig.'

Lili krabbelt overeind en wikkelt het laken om zich heen.

'Is dat zo?'

'Normaal kijk ik het liefst met mijn handen, maar met de ogen gaat ook. Er is iets fenomenaal bizars met je benen en ik weet nu hoe het zit.'

Lili kijkt naar haar benen die zich onder het laken aftekenen en herhaalt zijn woorden. 'Fenomenaal bizar.'

'Ja, als je tekent zijn er bepaalde wetten voor bepaalde verhoudingen. Jij hebt je eigen verhoudingen. Fenomenaal.'

'Ik hoop dat het niet fenomenaal abnormaal is maar fenomenaal fantastisch dan.'

'O ja. Fantastisch zonder twijfel.'

'Ik heb verschrikkelijke honger. Jij ook?'

'Niet echt. Een koffie zou genoeg zijn. Maar zeg wat je wil hebben en ik ga het voor je halen.'

'Zou er geen ontbijt zijn in het hotel?'

'Niet meer om één uur 's middags.'

'Is het al zo laat? Wat zonde van de dag.'

Lili maakt aanstalten om uit bed te komen, maar Gabriel steekt zijn hand op. 'Zonde van wat? We hebben toch de nacht gehad? Barcelona loopt niet weg. Wat wil je eten?'

'Je hebt gelijk.'

Gelukzalig zakt Lili terug in de kussens. Eigenlijk is ze ook nog best een beetje moe.

'Graag koffie, als het gaat een latte, en dan zoiets als een croissantje, of hebben ze dat hier niet? En vers sinaasappelsap.'

'Komt in orde. Mag ik jou geld vragen?'

Lili geeft hem geld en zodra Gabriel verdwenen is, sluit ze haar ogen opnieuw en valt weer in slaap. Een uur later is hij er weer en heeft alles gevonden wat ze gevraagd heeft. Terwijl Lili zit te eten in bed, drinkt Gabriel zijn koffie en slaat haar gade.

Na het ontbijt valt ze weer in slaap en om vier uur is ze eindelijk uitgeslapen. Gabriel is naast haar komen liggen terwijl zij sliep en lijkt nu ook in diepe rust. Zachtjes pakt Lili haar toiletspullen en gaat naar de badkamer, waar ze het bad laat vollopen. Na het bad kleedt ze zich aan en maakt zich mooi. Dan maakt ze Gabriel wakker.

'Psst, Dracula. Het wordt bijna donker, dus je kunt weer opstaan. We gaan naar buiten.'

Ze gaan naar de Plaça Reial en zoeken een terras uit waar ze tapas kunnen eten. Lili heeft het gevoel dat ze hier zit met een oude vriend en durft zelfs een paar keer kribbig uit de hoek te komen als Gabriel haar te intens wordt. Hij zegt dat hij dat een compliment vindt. Later slenteren ze door de straten tot Gabriel voorstelt mee te gaan naar het atelier van zijn vriend. Hij had zijn tekenspullen meegebracht maar zou haar liever daar tekenen.

Na een half uur rijden begint de taxi aan een steile beklimming en even later zien ze uit over de lichtjes van Barcelona en de zee in de verte. Dan komen ze aan bij het huis van de vriend die niet thuis is. In de tuin staat een soort grote schuur die het atelier blijkt te zijn en binnen knippert Lili een paar keer met haar ogen. Van de vloer tot aan het plafond ziet ze schilderijen, tekeningen, foto's, ansichtkaarten, boodschappen die op de muur staan geschreven (in het Spaans, dus die begrijpt ze niet), prulletjes van over de hele wereld, voorwerpen die ze niet eens herkent. De muur aan de kant van de stad en de zee bestaat volledig uit glas.

De ruimte is optimaal benut met een mezzanine waar een matras op ligt en zelfs een piepklein keukentje met daarachter een douche en een toilet. Lili vindt het geweldig en terwijl Gabriel muziek opzet, bestudeert ze de foto's op de muur. Ze ziet een man met een grijze baard en een mooie vrouw met donkerblonde krullen en een stralende lach. Blonde kinderkopjes die op veel foto's terugkeren.

'Dat zijn mijn vrienden.'

'Dat dacht ik al.'

'Wijn?'

Terwijl Gabriel een paar dingen op de computer moet doen, installeert Lili zich met haar glas wijn op de matras op de mezzanine en kijkt naar de zee van lichtjes die ze van daar kan zien.

'Nu snap ik dat jij geen huis nodig hebt!' roept ze naar beneden.

Ze luistert naar de muziek van Ludovico Einaudi en voelt zich rustig en veilig op haar mezzanine met de stad aan haar voeten. Gabriel komt naar boven en terwijl zij zich uitkleedt, legt hij zijn tekenspullen klaar naast de matras.

'Mag ik vandaag mijn handen laten kijken in plaats van mijn ogen?'

'Oké.'

Hij heeft mooie handen. Ze zijn pezig en sterk en bij zijn aanraking voelt Lili een doelbewustheid en kracht die haar raken. Zonder dat het voelt als een aanraking van een man die een vrouw betast, kneden zijn handen haar benen, armen, buik en rug. Met zijn vingers meet hij de verhoudingen nog eens na en ze hoort hem een paar keer *amazing* zeggen. Hij manipuleert en legt haar lijf in verschillende houdingen, waarna hij zijn onderzoek hervat. Het lijkt of hij zich niet eens meer bewust is van haar aanwezigheid, enkel van haar lichaam. Wanneer ze zich op haar buik draait om een slok van haar glas wijn te nemen zegt Gabriel: 'Perfect. Zo blijven liggen.'

Op haar buik, één been opgetrokken, hoort ze alleen nog de muziek en zijn potlood dat over het papier krast.

Wanneer het krassen stopt, draait ze zich om en vraagt of ze de tekening mag zien.

'Wow, ben ik dat? Veel mooier dan ik echt ben.'

'Zo zie ik jou.'

Gabriel duwt haar benen een beetje uit elkaar en begint ze stevig te masseren. Lili sluit haar ogen en voelt zijn lippen op de binnenkant van haar dijen. Hij kust haar tussen haar benen zoals je iemand op de mond kust. Zacht en oneindig teder. Lili heeft nooit zoveel opgehad met orale toestanden omdat ze vindt dat de meeste mannen geen benul hebben waar ze mee bezig zijn. Veel te hard en direct te werk gaan waardoor ze vaak blij is dat het voorbij is (die mannen waarschijnlijk ook) en er kan worden overgegaan tot de daad zelf, waar ze meer plezier aan beleeft. Nu snapt ze opeens wat sommige vrouwen zo euforisch maakt over orale seks, dit gelukzalig gevoel dat tegelijkertijd onhoudbaar lijkt en eeuwig moet duren. Waar ze zich anders vaak moet haasten om ook nog aan haar trekken te komen, wil ze nu dat het zo lang mogelijk duurt. Maar het duurt niet al te lang voor ze zich overgeeft aan de lippen van Gabriel.

Met gesloten ogen blijft ze daarna liggen.

Zachtjes draait Gabriel haar naar zich toe.

'En nu teken ik je gezicht.'

Geconcentreerd en met zijn leesbril op de punt van zijn neus hervat hij zijn werk terwijl Lili hem drie kwartier aan één stuk door recht blijft aankijken en hij haar portret tekent.

Wanneer Lili de volgende ochtend haar ogen opendoet, is Gabriel al eieren aan het bakken in het minikeukentje. Ze krijgt opnieuw ontbijt op bed en wanneer ze klaar is met eten, kust Gabriel haar hele lichaam. Hij begint bij haar tenen en roemt haar voeten, die ze zelf lelijk vindt. Dan haar benen en bij elk nieuw onderdeel vertelt hij haar wat er zo mooi aan is, terwijl Lili protesteert en zegt wat zij er lelijk aan vindt. Gabriel legt haar het zwijgen op en gaat door tot ze zich gewonnen geeft en nergens meer tegenin gaat.

Na het vrijen liggen ze naast elkaar en kijken samen naar het uitzicht.

'Ik weet niet waarom, maar ik denk dat jij op een dag mijn vrouw zal zijn en ik jouw man.'

'O ja?'

'Ja, niet nu meteen. Maar ooit, en dan worden we samen oud.'

In de namiddag nemen ze opnieuw een taxi naar het hotel en pakt Lili haar spullen in. Gabriel gaat mee naar de luchthaven en bij het afscheid omhelzen ze elkaar.

'Vergeet niet wat ik je vertelde op het strand.'

'*Bye, angel Gabriel.*'

## 13

Ieder vrouw zoek goed man

'En als ik nu eens vraag of er bij ons werk is? Is dat iets voor jou?'

Lisa en Lili zitten op een terras en kijken naar de voorbijgangers. Die geven ze punten voor goede styling en uitstraling. Die twee gaan niet noodzakelijk samen.

Er passeert een vrouw met mooie dure kleren aan op veel te hoge hakken. Ze ziet er diep ongelukkig uit.

'Styling negen en een half, uitstraling beneden nul,' vindt Lisa. 'En die hakken, daar word je gehandicapt van als je niet uitkijkt.'

'Zoeken ze dan mensen?'

'De receptioniste is zwanger en Karin van de planning gaat emigreren. Ik kan het op z'n minst vragen.'

Lisa werkt in een evenementen-, casting- en managementbureau en Lili is het zat in de brasserie.

'Ik snap toch al niet dat je het zolang hebt volgehouden met cappuccino's zetten voor Jan en alleman.'

'Ik wilde werk waar ik niet te vast zat zodat ik veel zou kunnen reizen, maar ik geloof dat ik inderdaad wel een beetje meer uitdaging kan gebruiken. En ook wat meer geld trouwens.'

'Op één uur, nu kijken. Fout haar! Een twee min. Hoogstens.'

Lili kijkt op één uur naar een man met een nog jong gezicht die zijn lange haren van de zijkant over zijn kale hoofd heeft gelegd.

'De tondeuse is zijn enige redding. Wie gaat het zeggen: jij of ik?'

'Ik mag hopen zijn vrouw.'

'Natuurlijk heb je meer uitdaging nodig. Je bent te slim om elke dag andermans vaat te staan doen. Met een beetje geluk kun je trouwens reizen tijdens je werk, want we doen regelmatig evenementen in het buitenland. Ik ga het morgen vragen.'

Drie weken later neemt Lili de plaats in van Karin. Ze maakt de planning van de verschillende evenementen en optredens en houdt meerdere agenda's bij.

Lisa maakt haar wegwijs in de wereld van acteurs, zangers, presentators en andere would-be sterren en op feestjes vermaakt ze zich kostelijk met de glamour en glitter die alle aanwezigen erg serieus lijken te nemen. Lisa waarschuwt haar ook van welke mensen ze beter op professionele afstand kan blijven.

'Veel ego's op zoek naar aandacht, aandacht, aandacht! Dat vreet energie als je niet oppast.'

Samen amuseren ze zich met een wie-is-wie en vooral een wie-doet-het-met-wie en regelmatig krijgt Lili wanhopige meisjes aan de lijn die dringend op zoek zijn naar een of andere ster die ze persoonlijk willen spreken. Meestal blijkt het dan om geënerveerde stalksters te gaan die na een wilde nacht de ware ontmoet denken te hebben. Lili verbaast zich over hun gebrek aan zelfrespect en probeert wel eens op zo'n meisje in te praten, maar dat haalt meestal weinig uit.

Sinds Barcelona heeft ze zich niet meer op datingsites begeven. Ze mailt nog met Gabriel, die haar lange brieven blijft schrijven en gedichten aan haar opdraagt die hij op My Space zet.

Thomas ziet ze af en toe weer, maar ze hebben niet veel meer tegen elkaar te zeggen. Meestal belanden ze binnen vijf minuten in bed en is hij vijf minuten na de daad ook weer verdwenen. Wanneer hij een keer rechtop naast haar in bed zit terwijl zij nog een beetje ligt te soezen na de seks, zegt hij dat het niet zo goed gaat met hem en zijn vrouw.

'Ik mag hopen dat ze ergens een fijne minnaar heeft om haar af en toe ook eens op te beuren.'

De mond van Thomas valt open terwijl hij zijn onderbroek onder de lakens uit vist. 'Het is haar geraden van niet.'

Lili schiet in de lach. 'Je maakt een grap,' probeert ze. 'Je beweert toch niet je haar dat zou verbieden en dat je dat verklaart terwijl je hier bij mij in bed zit? We hebben net seks gehad!'

'Als ik zou merken dat ze dat ooit doet, dan ga ik onmiddellijk bij haar weg.'

Lili geeft het op en geeft hem een zoen.

'Trouwens,' zegt Thomas, 'jij bent volgens mij ook niet zo braaf als je eruitziet. Het zou me niets verbazen als je er nog andere mannen op na houdt.'

'Jij bent degene met een gezin thuis, dacht ik, niet ik. Of ga je me nu vertellen dat je vrouw én je minnares alleen naar jou mogen kijken terwijl jij doet wat je wil?'

'Ik ben trouw in mijn ontrouw, dat weet je.'

En zo kun je overal een verklaring voor bedenken, denkt Lili.

Na die avond horen ze elkaar een hele tijd niet.

Intussen gaat het steeds beter op haar werk en krijgt Lili meer verantwoordelijkheden en een loonopslag. Ze organiseert castings en beslist zelf wie ze wil boeken voor welk evenement of optreden.

Omdat ze nu ook meer geld verdient, trakteert ze zichzelf op een poetsvrouw. Daar droomt ze al jaren van. Tania uit Polen gaat wekelijks als een wervelwind door haar appartement en Lili vindt dit het beste cadeau dat ze zich ooit heeft veroorloofd.

Wanneer Tania een paar keer geweest is en haar in gebrekkig Nederlands heeft uitgelegd dat ze veel werk moet verrichten omdat Lili volgens haar al jaren niet goed heeft gepoetst, ontvangt Lili een telefoonrekening met ettelijke telefoontjes naar Polen. Ze confronteert Tania, die duizend excuses naar de hemel roept en belooft dat ze iedere cent zal terugbetalen. Dat er problemen waren met haar familie thuis en dat ze het nooit meer zal doen.

Dezelfde dag krijgen ze woorden over het mariaprentje dat Lili op haar wc heeft hangen. Tania vindt dit heiligschennis ('Niet goed! Niet goed!') en Lili zegt dat zij dat anders ziet. Tania verwijdert het prentje en Lili hangt het weer terug. Dat gaat een paar weken zo verder tot Lili er genoeg van heeft.

'Luister, Tania,' zegt ze. 'Dit is mijn huis en dat is mijn prentje op mijn toilet. Ik wil dat je het laat hangen en er niet meer aankomt. Thuis moet je jouw prentjes maar ergens hangen waar jij ze wil hebben.'

'Jij niet begrijpen,' roept Tania in paniek. 'Jij nog kind! Is niet goed. Ik zeg: is niet goed!'

'Een kind? Ik word dit jaar zevenendertig!'

'Ik achtenvijftig en ik zeg jij bent kind.'

'En toch zeg ik dat het prentje blijft hangen.'

Tania buigt haar hoofd en zegt: 'Is goed. Ik laat hangen.'

'Dank je.'

Maar Tania is nog niet klaar met Lili. 'Jij mooi jong vrouw. Waarom jij alleen? Is niet goed!'

Lili moet lachen. 'Er zijn hier veel vrouwen die alleen wonen. Dat is niet zo abnormaal.'

'Ik zeg niet normaal. Jij jong vrouw en jij geen man. Niet goed. Ik zoek man voor jou.'

'Goed hoor.'

Als Lili op een dag druk aan het bellen is aan haar bureau en haar paperassen overhoop gooit omdat ze op zoek is naar een visitekaartje dat er ergens tussen moet liggen, valt er een grote stapel papier op de grond. Op handen en knieën verzamelt ze de rommel die ze gemaakt heeft.

'Lukt het of moet ik even helpen?'

Geïrriteerd kijkt ze omhoog en ziet een grote man met verwarde bruine haren die haar bekend voorkomt.

'Nee hoor. Het gaat wel.'

'Oké dan.'

Ze ziet hem het kantoor van haar baas binnenlopen.

'EP,' fluistert Lisa die net voorbijloopt.

'Wat?'

'Ik leg het je nog wel eens uit.'

Tijdens de lunch vertelt Lisa dat EP een soapacteur is die een nieuwe impuls aan zijn carrière wil geven. Daarom had hij een afspraak op hun kantoor.

'Hij heet Viktor Vaerewijck, maar wij noemen hem achter zijn rug wel eens Eddy Plastic. EP dus.'

'Hoezo Eddy Plastic? Wat een vreselijke naam!'

'Precies. Leuke vent hoor, en charmant en zo, maar ook erg glad. Vooral met vrouwen. Vandaar die naam. Hij is soms een beetje plastic en oppervlakkig terwijl hij graag heel serieus genomen wil worden.'

'Help,' mompelt Lili.

In de weken die volgen komt Viktor Vaerewijck regelmatig bij haar baas binnenwandelen en vanop een afstandje houdt Lili hem dan in de gaten. Hoewel ze geen seconde twijfelt aan de woorden van Lisa vindt ze dat hij ook iets ontwapenends en chaotisch heeft, wat ze leuk vindt. Hij neemt veel te grote stappen waardoor je hem al van ver hoort aankomen en spreekt luid en theatraal alsof hij op een bühne staat. Ze besluit dat ze hem mooi en grappig vindt, dus gevaarlijk.

Op feestjes ziet ze hem altijd in gezelschap van mooie vrouwen die elkaar in een snel tempo afwisselen en ze hoort een paar verhalen over triootjes, overspelige toestanden en veel champagne. Lili houdt zich wijselijk op de achtergrond en wanneer hij op een dag uit het niets aan haar bureau opduikt, schrikt ze omdat hij haar sinds die eerste keer nooit meer heeft aangesproken.

Hij vraagt wat ze eigenlijk vindt van zijn nieuwe rol in een dagelijkse telenovella. Lili is hier niet op voorbereid en zegt dat ze de serie nog niet heeft gezien en eigenlijk te weinig naar televisie kijkt.

'Dat is jammer.'

Hij loopt weer weg voor ze nog iets kan zeggen.

Ondertussen heeft Tania niet stilgezeten en een paar weken na haar belofte om Lili verdere schande te besparen, komt ze stralend haar appartement binnen.

'Ik man voor jou gevonden! Hij is goed, heeft werk, praten Nederlands. Goed man. Ik ken van kerk.'

God sta mij bij, denkt Lili.

'Tania, dat is heel lief van je, maar ik denk niet dat dit zo'n goed idee is.'

Tania kijkt teleurgesteld als een klein kind en wanneer Lili naar de keuken loopt om haar lege koffiekop weg te zetten, drentelt het kleine vrouwtje achter haar aan.

'Is goed man. Ik heb goed man voor jou gevonden.'

'Misschien ben ik wel helemaal niet op zoek naar een man. Dat kan ook, hoor.'

'Ieder vrouw zoek goed man!'

'Jij ook dan?'

'Ik niet. Ik had slecht man en nu hoeft geen man meer.'

'Dat bedoel ik. Soms wil je gewoon geen man. Dat is ook goed.'

'Is anders. Ik man gehad. Kinderen gehad. Nu klaar. Jij nog beginnen.'

Lili loopt terug naar de woonkamer. Ze is laat voor haar werk en zoekt haar handtas. Maar Tania geeft niet op.

'Zijn naam Boris. Goed man. Ik hem nummer geven?'

Terwijl Lili zich naar de voordeur haast, zegt ze over haar schouder: 'Oké, geef mijn nummer dan maar.'

Voor de deur dichtgaat, ziet ze nog net een zelfvoldane glimlach op het gezicht van Tania.

Een week later is Lili te voet onderweg naar het café waar ze heeft afgesproken met Boris en is ze kwaad op zichzelf. Ze heeft helemaal geen zin in een Boris van de kerk en had veel liever thuis gezeten vanavond en aan de telefoon gehangen met Wolf. Waarom heeft ze nu weer ja gezegd? Om haar poetsvrouw een plezier te doen? Niet goed. Niet goed.

Voor het café staat een grauwe man fanatiek aan zijn sigaret te trekken en zodra Lili de hoek om komt lopen, beent hij op haar af met zijn hand al uitgestrekt in haar richting.

'Boris! Ik Boris. Jij Lili?'

O jee, natuurlijk spreekt hij maar drie woorden Nederlands.

Even later weet ze dat Boris werkloos is, inderdaad maar drie woorden Nederlands spreekt, en een klein beetje Engels, en bovenal erg verdrietig is in zijn nieuwe thuisland waar iedereen hem bejegent als een halve crimineel. Lili vreest dat hij nu van haar nog eens de deksel op zijn neus gaat krijgen en dat dat waarschijnlijk niet zal helpen bij zijn vertrouwen in de mensheid in het algemeen en zijn nieuwe thuisland in het bijzonder.

Boris doet zijn beklag over eenzaamheid en het verraad van alle mensen in zijn leven en het verhaal wordt almaar deprimerender. Wanneer hij vertelt hoe hij thuis bijna in de wapenhandel terecht is gekomen en daarom het land uit is gegaan, begint het medeleven van Lili langzaam om te slaan in boosheid. Een paar keer probeert ze het gesprek een positieve richting te geven en oppert ze leuke dingen die hij eens zou kunnen doen om mensen te leren kennen. Maar daar denkt Boris helemaal anders over. Alles wat leuk is, kost geld en dat heeft hij ook niet omdat zijn uitkering zo laag is dat hij er nauwelijks van kan rondkomen. Nu moet de regering er ook aan geloven en Lili luistert benauwd naar zijn relaas over de politiek die dringend een revolutie van groot formaat behoeft.

Na het tweede wijntje verontschuldigt Lili zich en zegt dat ze erg moe is. Ze pakt haar portemonnee omdat dat het minste is wat ze kan doen, maar ook daar wil Boris niets van weten.

'In mijn land man betalen. Altijd. Moet!'

Boris werpt haar een minachtende blik toe en loopt snel naar de bar, waar hij alles betaalt. Ze hoort hem iets mompelen en hoewel ze niet verstaat wat hij zegt, veronderstelt ze dat het gaat over Westerse vrouwen die veel te geëmancipeerd zijn, en ze blijft netjes een paar meter achter hem staan wachten tot hij klaar is.

Wanneer ze weer buiten staan, geeft Lili hem een hand en bedankt hem.

'Ik jou naar huis brengen. Man moet vrouw naar huis brengen.'

Lili moet er niet aandenken dat de depressieve Boris weet waar ze woont en is nu onverbiddelijk. 'Het zal best lukken alleen. Dank je.'

Terwijl Boris zijn schouders ophaalt en zijn ogen naar de hemel slaat, maakt Lili rechtsomkeer en loopt alleen de nacht in.

## 14

Griekse god zkt godin

Wanneer het een paar maanden later even wat rustiger is op haar werk, boekt Lili twee weekjes Kreta en neemt zich voor om niets anders te doen dan onder een parasol zitten en boeken lezen. Op internet heeft ze gelezen over het stadje Matala, dat lang voor Ibiza hét hippieparadijs is geweest en waar nu nog één bejaarde hippie is overgebleven die tegenwoordig zijn status commercieel uitbuit en voor geld met toeristen op de foto gaat. Verder lijkt het haar klein en overzichtelijk en ziet de zee er blauw uit.

Met een kleine koffer en een grote stapel boeken checkt ze in in het hotel en gaat op onderzoek in het dorp. Eén straat met een paar winkeltjes, terrasjes en barretjes tegen de rotsen aan de zee. Een strand met parasols en een masseur. Perfect.

Ze installeert zich onder een grote boom op het strand en begint aan haar eerste boek, dat diezelfde avond uit zal zijn. Twee dagen later heeft ze een favoriet restaurant op het strand waar twee zussen (een met baard, de ander met snor) het roer in handen hebben, een favoriet terras onder de bomen voor overdag en een ander favoriet terras aan de straatkant waar ze 's avonds de passanten kan bestuderen. Later leert ze van de Griekse mannen die hier de hele dag zitten dat zij het *watching the movie* noemen en dat vindt ze een treffende omschrijving die ze thuis zal overnemen. Ze zegt gedag tegen de mensen die ze elke dag opnieuw tegenkomt maar houdt zich verder voornamelijk bezig met haar boeken. De mensen van het dorp dichten haar de naam *girl with the book* toe, en ook dat vindt ze een mooie omschrijving.

Zittend (mét boek!) op de trap van haar avondcafé maakt ze soms een praatje met de mensen die hier in de zomer werken en wonen maar houdt ze zich afzijdig van de meeste toeristen, omdat ze geen zin heeft in nachtbrakerij en gezeur over de slechte airconditioning op de hotelkamers. Wel kent ze na een paar dagen iedereen van gezicht en weet welke kinderen bij welk gezin horen en welke man bij welke vrouw. Wie er ruzie hebben en wie gelukkig zijn.

Scotty, de laatste hippie van Matala, die elke dag op hetzelfde bankje komt zitten waar hij de toeristen opwacht. De oudere Engelse dame die op Brigitte Bardot lijkt en iedere zomer in het dorp doorbrengt met haar twintig jaar jongere Griekse minnaar. Lili bestudeert ze allemaal en verzint hun levens erbij zoals ze thuis in de supermarkt doet wanneer ze de inhoud van andere karretjes in de rij bij de kassa bestudeert. De vrijgezellen mijdt ze als de ziekte, want het laatste waar ze zin in heeft is opgepikt worden door een of andere wanhopige ziel.

De meesten laten haar dan ook met rust, al is er één hardnekkige Duitser bij wie het haar toch een paar dagen kost om hem van zich af te schudden. De eerste keer dat ze hem ziet, herkent ze zijn status al van ver, want ze heeft ontdekt dat de vrijgezelle mannen zichzelf allemaal brandmerken, wat op zich handig is als herkenningsteken. Allemaal hebben ze een rood verbrand vierkantje op hun rug, omdat je daar in je eentje moeilijk bij kunt bij het insmeren. Zelf wringt Lili zich in alle bochten op haar hotelkamer om aan dat plekje te kunnen. Ze heeft geen zin om zichzelf te brandmerken.

De vrijgezelle Duitser die ze Eenzaam & Wanhopig doopt, komt de eerste keer dat ze hem ziet recht voor haar op het strand zitten, zijn rode vierkantje duidelijk zichtbaar in haar richting. Hoewel er plaats genoeg is, heeft hij zich nog geen meter voor haar gezet. Lisa en zij zeggen in zo'n geval altijd dat ze geen last hebben van een groot ego maar dat mensen die te dicht bij hen komen staan of zitten vooral in de weg zitten van hun gigantisch aura. Maar Lisa is er vandaag niet, dus werpt Lili de man ijzige blikken toe over de rand van haar zonnebril en verhuist dan haar handdoek een paar meter naar achteren. De man heeft intussen zijn iPod opgezet en zit zo hard mee te zingen dat ze zich niet meer kan concentreren op haar boek. Zuchtend verplaatst ze haar handdoek nog een keer terwijl hij haar een stralende lach over zijn schouder toewerpt. Lili is te verstoord om verder te lezen en trekt naar haar dagterras onder de bomen, waar ze koffie drinkt met Kostas van de juwelierswinkel.

Ze is Eenzaam & Wanhopig alweer vergeten wanneer ze de volgende avond het restaurant op het strand binnenwandelt. Daar zit E&W alleen aan een tafel en kijkt haar verwachtingsvol aan.

'*Abend.*'

Lili knikt en neemt plaats aan de tafel naast hem omdat er geen andere tafel vrij is. Ze bestelt en zorgt dan dat E&W uit haar gezichtsveld verdwijnt door haar boek, dat ze ostentatief voor zich houdt. Wanneer ze het boek even weglegt om haar vlees te snijden, staart het hoopvolle gezicht haar nog steeds aan en vraagt Lili zich af hoeveel ontmoediging sommige mensen kunnen verdragen.

Niet aantrekkelijk.

Wanneer ze even later haar boek opnieuw aan de kant legt om aan de botjes van haar lamskoteletjes te peuzelen, grijpt E&W zijn kans. Lili, haar mond vol, luistert met tegenzin naar het verhaal dat hij vanavond een lichte maaltijd heeft besteld en verdraagt verder dat hij uitlegt dat hij gisteren iets verkeerd at waardoor hij vandaag de hele dag diarree had en in bed heeft gelegen.

Niet aantrekkelijk én onsmakelijk!

Ze knikt beleefd en rekent af zodra ze klaar is met eten en haar laatste slok retsina naar binnen heeft gewerkt. Na een wandeling op het strand wil ze nog even op de trap van haar favoriete avondterras naar de film kijken, maar al van ver ziet ze dat dat plan niet kan doorgaan. E&W zit er ook en zwaait al naar haar van ver. Lili steekt snel de straat over. Vandaag toch maar vroeg naar bed dan.

Terwijl ze voorbijloopt, steekt E&W triomfantelijk een yoghurt in de lucht en roept: 'Kijk! Goed voor de buik!'

'*Sehr gut,*' roept Lili terug en loopt snel verder.

De dagen daarna zorgt ze dat hij geen kans meer krijgt haar te benaderen. Ze overweegt nog even om hem uit te gaan leggen dat Wanhopig vooral erg Onaantrekkelijk is, maar ziet daar uiteindelijk toch maar van af.

In haar hotel logeert ook een begeleide groep geestelijk gehandicapten die elke ochtend voor vertier zorgen aan het ontbijtbuffet. Onder luid geroep spelen ze tikkertje en lopen de serveerster omver die voorbij komt met de koffie. Olaf komt iedere dag naar Lili om haar een hand te geven en een fijne dag te wensen, waarbij hij zijn ontstoken tandvlees ontbloot en Lili hem hartelijk bedankt.

Wanneer Olaf en zijn vrienden na de eerste week vertrokken zijn, vindt Lili het maar stil op het ontbijtterras, en ook dat het tijd is om eens iets anders te ondernemen dan boeken lezen en slapen. Ze steekt de straat over waar de casanova van het dorp scooters verhuurt in zijn reisbureau. Buiten laat ze haar oog meteen vallen op een glanzend, paarlemoeren exemplaar dat de naam Liberty draagt en het lijkt haar de perfecte keuze. Binnen staat Casanova haar al op te wachten, strijkt zijn krullend haar vol gel naar achteren en trekt zijn broek gevaarlijk hoog op zodat ze bijna niet anders kan dan een blik werpen op zijn beknelde kruis. Hij biedt haar een *frappé* aan en Lili legt uit dat ze een scooter wil huren. Casanova zegt dat er maar één juiste scooter voor haar is: *'Liberty is beautiful, like you.'*

Vijf minuten later zoeven Liberty en Lili het dorp uit voor een testritje door de bergen. Met de wind in haar haren zingt Lili: *'Sweet daydreamer, where have you gone?'*

Nadat de eerste vlieg met een harde pets op haar gezicht terechtkomt, neuriet ze verder met haar mond dicht.

De volgende dag gaat ze eerst naar de markt in Timpaki, waar ze blauwe gymschoenen koopt. Alles gaat goed, behalve dat de scooter zo zwaar is dat ze de hulp van voorbijgangers moet inroepen om Liberty in haar parkeerstand te krijgen. Een hulpvaardige Griek legt haar uit dat ze eerst een aanloopje moet nemen naar voren en dan in één beweging het gevaarte naar achteren en over de standaard moet trekken. Lili oefent en terwijl omstaanders haar aanmoedigen krijgt ze de parkeerroutine onder controle.

Na de lunch rijdt ze verder naar Comosbeach. Dat heeft Casanova haar aangeraden.

Wat Casanova haar niet heeft verteld is dat er twee verschillende wegen leiden naar het strand onder aan de hoge rotsen en op de splitsing waar ze een geweldig uitzicht heeft, hoog boven de zee, stopt Lili. Omdat op het bordje dat naar links wijst ook een taverna staat aangegeven, slaat ze linksaf. Na vijftig meter begint ze een beetje te twijfelen aan de staat van de weg, wanneer ineens het asfalt ophoudt en plaats maakt voor los zand en kiezels. Tegelijk begint de weg behoorlijk steil naar beneden te lopen en Lili bedenkt dat dit geen weg voor amateurs is en dat zij wel degelijk tot deze categorie behoort.

Omdat omkeren haar ook een gevaarlijke onderneming lijkt met links van haar een ravijn en rechts een steile rotswand zet ze dapper door, ook al doet haar linkerhand pijn van de handrem die ze nauwelijks meer de baas kan. De weg wordt steeds steiler en het angstzweet breekt haar uit. Ze moet denken aan de droom die ze als kind vaak had: met haar fiets van een veel te steile helling trappen als een bezetene om de controle over haar fiets niet te verliezen. Ze heeft nooit geweten hoe die droom afliep, want op het moment dat ze haar trappers niet meer meester was, werd ze altijd wakker.

Met een verkrampte hand en knikkende knieën belandt ze heelhuids onderaan de helling bij de taverna en voor ze naar het strand loopt, gaat ze daar een fles water halen om af te koelen. Waar ze nu even niet aan wil denken is dat ze straks weer naar boven moet. Ze gaat onder een parasol liggen, maar na een kort dutje begint ze zich toch zorgen te maken over haar nakende beklimming en stuurt een sms naar Wolf, die vroeger een scooter heeft gehad. Ze legt de situatie uit en vraagt om raad.

Wolf: 'Maak je geen zorgen schat, die 1 x 125 cc Liberty van jou is sterker dan 10 minnaars. Alles komt goed. Kus.'

Ze pakt haar spullen bij elkaar en begroet Liberty, die in de schaduw van een grote boom staat te wachten. Met haar benen gespreid in de lucht om haar evenwicht niet te verliezen, geeft ze gas en begint aan de klim.

Tien minnaars? Twintig! Minstens! Gedienstig klimt Liberty naar boven terwijl Lili haar bemoedigend toefluistert, en ze zijn al zeker over de helft wanneer de weg een scherpe bocht maakt. Lili raakt uit balans en omdat stoppen op de helling geen optie lijkt, geeft ze meer gas om haar evenwicht te herstellen. Het is hopeloos. Ze vallen en Lili vloekt. Tachtig kilo Liberty blijken ook behoorlijk zwaar om overeind te krijgen op deze helling. Terwijl haar vingers niet hard genoeg kunnen remmen, sleurt zwaartekracht hen langzaam van de helling af richting afgrond. Lili herstart de motor zodat ze een beetje gas kan geven terwijl zij naast de scooter loopt, en heel even lijkt dit een goed idee. Maar omdat ze tijdens het gas geven ook Liberty omhoog moet duwen, geeft ze te veel gas ineens. Er is te weinig tijd om verder na te denken en terwijl Liberty met haar aan de haal gaat, maakt het logisch denkvermogen van Lili kortsluiting. Voor zich ziet ze de rotswand opdoemen. Het enige wat daarna nog door haar hoofd flitst is dat die rotswand een betere optie is dan de gapende afgrond aan de andere kant, en het volgende moment knallen ze met z'n tweeën tegen de wand. Eerst Liberty en meteen erna Lili, die haar scooter niet heeft losgelaten. Liberty valt op haar linkerzij en Lili ook. De motor valt uit en stil liggen ze naast elkaar in het losse grind.

Voorzichtig gaat Lili rechtop zitten en neemt de situatie op. Bloed op enkel, knie, elleboog. Ze kan alles nog bewegen, al doet het pijn. Slipper kapot. Liberty ligt er doodstil bij. En nu?

Ze begint bij zichzelf, trekt haar slippers uit en vervangt ze door de nieuwe gympen in haar rugzak. Dan staat ze op en kijkt naar het gevaarte naast haar en met de moed der wanhoop doet ze opnieuw een poging om Liberty overeind te krijgen tegen de helling, terwijl ze uit alle macht de rem indrukt om te voorkomen dat ze samen alsnog het ravijn in schuiven. Het lukt niet en Lili krijgt tranen in haar ogen.

Op dat moment hoort ze gepruttel en terwijl Lili de scooter met haar laatste krachten in bedwang houdt, verschijnt er om de hoek een klein vrachtwagentje met een open laadbak. Het is de drankleverancier van de taverna en Lili roept als een bezetene: *'Accident. Help!'*

*'Wait!'* roept haar redder in nood en hij gaat naar boven, waar hij zijn vrachtwagentje parkeert en terug de helling komt afsnellen. Hij neemt Liberty van haar over en na een paar pogingen krijgt hij haar opnieuw aan de praat en wandelt rustig met haar naar boven. Daar neemt Lili weer over en met een scheef stuur, een stijve elleboog en een pijnlijke knie rijdt ze voorzichtig verder. Haar chauffeur rijdt nog een paar honderd meter achter haar om te kijken of het gaat en haalt haar dan in.

*'Efcharisto!'* roept Lili en hij zwaait terug.

Met een slakkengangetje tuft ze terug naar Matala, waar ze rechtstreeks naar het reisbureau rijdt. Genoeg avontuur voor vandaag.

Casanova ziet meteen hoe laat het is en roept: 'Daar was ik al bang voor! Toen ik jullie zag vertrekken wist ik dat hier brokken van zouden komen. Ben je gewond?'

'Het gaat wel, denk ik. Maar Liberty heeft een paar schrammen en het stuur staat ook scheef.'

Ze krijgt een frappé voor de schrik en wanneer Lili naar het hotel wil gaan om haar wonden te verzorgen, moet ze Casanova beloven dat hij het goed mag maken. Hij nodigt haar uit om de volgende dag mee op safari te gaan.

Na een koude douche neemt Lili zich voor om de goede afloop te vieren en wanneer ze heeft gegeten, trakteert ze zichzelf op een mojito op haar avondterras. Ze vertelt aan iedereen die het horen wil haar bloedstollend avontuur, en de baas van café Zafiria trakteert haar op een nieuwe mojito om te vieren dat ze vandaag de dood in de ogen heeft gekeken en nog in leven is. Ze raakt aan de praat met een Italiaan en ook hij krijgt het verhaal te horen. Antonio lacht haar vierkant uit.

'Die helling? Die is voor mietjes! Ik rij al jaren motor en het is een schande dat jij beweert dat je aan de dood ontsnapt bent terwijl dat ravijn waar je het over hebt nog geen tien meter diep is. Weet je wel wat motorrijders allemaal meemaken? Die kijken vaak écht de dood in de ogen. Jij had hoogstens een been gebroken.'

'Hoe dan ook, het voélde alsof ik de dood in de ogen keek en ik ben gewond: kijk.'

Ze laat de Micky Mouse-pleisters zien die ze kwistig heeft gebruikt nadat ze haar schrammen heeft ontsmet. Ook daar lacht Antonio om en hij vertelt haar dat hij veel ergere dingen heeft gezien. Lili zegt dat het haar niet uitmaakt wat hij denkt. Het was toevallig haar avontuur. En om dit te bezegelen, trakteert Antonio haar op een shot tequila, die Lili in één keer achteroverslaat.

Drie shots later vraagt Antonio of ze met hem naar het strand wil gaan, maar daar trapt Lili niet in. Misbruik maken van vrouwen met emotionele stress, dat gaat niet gebeuren. Antonio neemt het sportief op en stelt haar voor aan een paar vrienden die binnen aan de bar hangen en aan de lopende band tequilashots drinken. Lili vertrouwt erop dat ze in dronken toestand vast nog wel het hotel op het einde van de straat zal halen en Antonio stelt haar voor aan zijn beste Griekse vriend, Michalis. Lili heeft hem eerder die week al een paar keer op een van haar terrassen zien zitten. Hij was haar opgevallen omdat hij zoveel rust uitstraalt met zijn geblokte gestalte en donkerblond haar dat zo dik is dat zijn krullen naar alle kanten wijzen. Michalis heeft gebeeldhouwde trekken en een mooie lach.

Uren later is de bar bijna leeg terwijl zij en Michalis er nog steeds staan. Lili heeft niet eens gemerkt dat ook Antonio is gaan slapen. Lili is dronken.

Michalis komt uit Athene en kampeert op de camping achter het hotel. Samen lopen ze in de richting van haar hotel en voor de deur vraagt Michalis of ze bij zijn tent naar de sterren komt kijken. Zittend voor zijn tent probeert Lili hem te zoenen, maar Michalis weert haar af.

'Dat wil ik niet. Ik vind jou leuk.'

Lili snapt het probleem niet en probeert het nog een keer. Deze keer probeert ze hem ook tegen de grond te drukken maar Michalis is een stuk sterker dan de benevelde Lili.

'Je snapt het niet. Ik vind jou echt leuk en daarom wil ik dit niet. Niet zo en niet nu.'

Beduusd staart Lili hem aan en staat dan wankel op. 'In dat geval denk ik dat ik beter ga slapen, want volgens mij ben ik een beetje heel erg dronken nu. Je moet weten dat ik vandaag bijna dood was en dat moest ik vieren.'

Michalis glimlacht. 'Dat weet ik, want dat heb je me vanavond ongeveer achtenzeventig keer verteld.'

'Oké,' zegt Lili die dit allemaal erg verwarrend vindt. 'Ik geloof dat ik dan nu maar naar bed ga.'

'Je mag ook blijven en hier slapen.'

'Nee. Alleen is beter. Denk ik.'

Ze zwaait nog naar hem en loopt dan zo snel als haar dronken benen kunnen naar het hotel.

Een paar uur later gaat het alarm van haar wekker af en wanneer Lili voorzichtig beweegt, voelt ze haar hoofd bonzen. Kater. Ze draait zich weer om maar herinnert zich dan de beloofde safari. Toch maar opstaan. Ze rommelt in haar koffer tot ze aspirines vindt en slikt er twee door met een slok uit het flesje water naast haar bed. Ze denkt aan de gênante vertoning van de avond ervoor en verdringt zo snel mogelijk de herinnering. Opstaan, aankleden en dan op zoek naar koffie. Dat lijkt een goed plan. Ze trekt een jeansrokje en t-shirt over haar bikini aan en steekt haar voeten in het eerste paar slippers dat ze tegenkomt. Met haar zonnebril op loopt ze naar het terras onder de bomen en gaat zitten.

'*Hi.*'

Ze kijkt om en achter haar zit Michalis met een brede lach naar haar te kijken.

'*Hi.*'

Ze staat weer op en loopt naar zijn tafeltje.

'Voel je je goed vandaag?'

'Niet zo. Beetje veel tequila gisteravond, geloof ik.'

'Dat denk ik ook.'

'En het is goed dat ik je zie. Want ik wilde toch nog even sorry zeggen van gisteren. Ik geloof dat ik na de emoties van de dag een beetje overstuur was. En dat in combinatie met te veel drank en...'

'Het geeft niks.'

'Maar ik wil niet dat je denkt... het is niet dat ik iedere man ga aanvallen als ik iets heb gedronken of zo. Meestal gedraag ik me best goed.'

Michalis lacht nu hardop, een diepe, oprechte lach. Lili grijnst onnozel terug.

Ze bestelt een koffie en een verse jus d'orange en zodra haar drankjes op zijn, neemt ze haar rugzak.

'Ik moet weer gaan. Ik ga op safari.'

'Dat heb je mij gisteren ook verteld. Veel plezier. Ik wilde je trouwens nog iets vragen. Mag ik je vanavond mee uit eten nemen?'

'Op voorwaarde dat ik me dan vanavond wel mag gedragen.'

'Uiteraard. Ik pik je om acht uur op bij Zafiria.'

In het reisbureau is Casanova omstandig bezig aan de telefoon en gebaart haar dat ze plaats moet nemen op een van de stoelen buiten voor de deur. Na het telefoontje loopt hij druk heen en weer in het kantoor, naar de overkant van de straat en terug, en terwijl hij een frappé aan Lili geeft, rinkelt zijn gsm onophoudelijk. Lili vraagt zich af waar de andere mensen voor de safari blijven, maar na een half uur is zij nog steeds de enige die zit te wachten. Het duurt nog zeker een kwartier voordat Casanova naar haar toe komt met autosleutels, terwijl hij om zich heen kijkt.

'We go.'

'Waar zijn de andere toeristen?' probeert Lili, die nattigheid voelt.

'Welke andere toeristen?'

Omdat verschillende mensen op het terras naast het reisbureau hen samen zien vertrekken, gaat ze ervan uit dat ze de boel kan vertrouwen en stapt in aan de passagierskant van de jeep die voor de deur geparkeerd staat. Ze rijden de bergen in en onderweg vertelt Casanova haar summier een paar zaken over de dorpjes die ze passeren. Dan zegt hij dat hij haar het mooiste stuk strand van heel Kreta zal laten zien en slaan ze een verlaten weg in die steil naar beneden gaat. Omdat Casanova vandaag aan de zwijgzame kant is, voelt Lili zich toch niet helemaal op haar gemak en checkt onopvallend of haar gsm in haar rugzak zit. De weg houdt op en ze hobbelen verder over een braakliggend terrein.

'Waar breng je mij in godsnaam naartoe?' schertst Lili in een poging om de sfeer wat luchtiger te maken.

'Naar een plaats waar niemand je kan horen gillen.'

Verschrikt kijkt Lili opzij en ziet Casanova grijnzend voor zich uitkijken. Ze lacht iets te luid om duidelijk te maken dat ze die opmerking als grap zal beschouwen. Het is opnieuw stil in de auto tot Casanova parkeert en aankondigt dat ze het laatste stuk zullen lopen. Met haar dunne slippertjes ploetert Lili achter hem aan over het terrein vol dorre struikjes die pijn doen aan haar blote benen. Ze gaan een kleine heuvel op en vanaf de top ziet ze een immens strand waar geen levende ziel te bekennen is. De zee is ruw en de golven slaan stuk op grote rotsen die her en der verspreid liggen. Over het strand wandelen ze nog een stuk verder, tot Casanova naar een met planten begroeide ingang wijst die verborgen ligt tussen de rotsen.

'Hier, dit wilde ik je laten zien.'

Hij verdwijnt naar binnen, maar Lili blijft aan de ingang staan. Ze vertrouwt het niet en het ruikt er naar hondendrollen. Wanneer ze naar binnen tuurt, ziet ze Casanova op een open plek staan.

'Dit is een oude bunker uit de Tweede Wereldoorlog. Toen wilden de Duitsers hier binnenvallen, maar dat is ze nooit gelukt.'

Gerustgesteld dat hij haar echt iets wil laten zien, volgt Lili hem naar binnen.

'Nu krijgen we nog steeds ieder jaar een Duitse invasie op Kreta, maar tegenwoordig betalen ze in ieder geval voor hun aanwezigheid.' Casanova moet lachen om zijn eigen grap, die hij waarschijnlijk al duizenden keren eerder gemaakt heeft. Zodra Lili naast hem staat en om zich heen kijkt in de bunker, grijpt hij haar vast.

'Ik vind jou zo'n lekker ding. Ik wist op het moment dat je mijn Liberty kwam huren dat ik seks met je wilde.'

Lili maakt zich los. 'Hé, je hebt me uitgenodigd voor een safari. Niet voor seks.'

Ze loopt weer naar buiten en klimt op een rots. Kan een mens dan niet eens meer op safari gaan zonder op zijn hoede te zijn? Casanova komt bij haar zitten en vraagt nog eens of ze echt niet met hem wil vrijen omdat hij daar zo'n zin in heeft.

'Nou, ik niet. Trouwens, zag ik jou van de week niet rondrijden op je motor met een blond meisje? Is dat je vriendin?'

Nors bekent Casanova dat dat klopt, maar dat hij geen zin heeft om nu over zijn vriendin te praten. Lili negeert zijn woorden.

'Ik dacht dat ik haar al eens gezien had. Werkt ze niet in een van de restaurants op het strand?'

'Ja ja. Moeten we het hier nu echt over hebben?'

'Ze leek me heel vriendelijk, want ik heb daar van de week een salade gegeten. Ze sprak alleen niet zo goed Engels, dus ik verstond haar nogal slecht. Waar komt ze vandaan?' Ze gaat nog een tijdje door tot ze denkt dat Casanova haar verder hopelijk wel met rust zal laten. Dan springt ze weer van de rots en vraagt: 'Waar gaan we nu naartoe?'

'Ik dacht dat we nog even op het strand zouden kunnen chillen?'

'Oké.'

Ze spreidt haar sarong uit en gaat erop liggen. Uit haar rugzak diept ze haar gsm op en begint een sms'je te tikken: Typisch ik. Denk dat ik op safari ga, beland ik in plaats met hitsige Griek in Duitse bunker. Help!

Ze verstuurt het bericht naar Lisa, die meteen antwoordt: Sla hem in elkaar. Ik rij net voorbij mooie man op stoep. Zal ik hem aanrijden? Als kennismaking?

Ze blijven heen en weer sms'en en uit haar ooghoek ziet Lili dat Casanova geïrriteerd haar kant op kijkt.

'Ben je met je vriendje thuis aan het sms'en?'

'Ja, zoiets.'

'Maar hij is thuis en ik ben hier. Helemaal voor jou.'

Hij heeft intussen zijn kleren uitgetrokken en ligt in zijn onderbroek pruilend naast haar in het zand. Ook zijn onderbroek heeft hij zo hoog opgetrokken dat Lili niet anders kan dan naar zijn kruis kijken.

'Luister, het gaat niet gebeuren. Leg je daar gewoon bij neer, en dan hebben we toch nog een leuke middag.'

'Jij bent een vreemd schepsel.'

'Waarom?'

'Omdat je een vreemd schepsel bent. Kun je mijn rug insmeren?'

Zo ruw als ze kan smeert ze zijn rug in en trekt daarna haar iPod te voorschijn. 'Hier, luister een beetje naar muziek. Daar word je wel weer rustig van.'

Casanova luistert naar muziek en Lili leest een boek. Ze stuurt een sms'je naar Lisa: Opgelost!

Lisa stuurt een smiley terug.

Een uurtje later heeft Lili het wel gezien op het strand. De aspirines raken stilaan uitgewerkt en de felle zon begint op haar schedel te branden. Bovendien wil ze nog een dutje doen om vanavond fris naar haar dineetje te gaan, dat haar meer interesseert dan op het strand liggen met een man die ze van haar lijf moet houden met een iPod.

Ze trekt een van de oortjes van de koptelefoon uit het oor van Casanova en brult: 'Let's go!'

Terwijl Casanova zich, nog steeds pruilend, weer aankleedt, loopt ze naar het water en vraagt hoe die grote stenen plateaus die langs de hele zuidkust van het eiland in het zand liggen daar komen.

'Dat is beton van de Duitsers die met hun tanks zo aan land wilden komen.'

Ze vraagt zich af hoe je in vredesnaam beton in de zee kunt storten maar stelt de vraag niet luidop.

Op de terugweg kijkt Casanova af en toe fronsend opzij. 'Zo iemand als jij heb ik nog nooit meegemaakt.'

'Zo iemand die niet meteen plat gaat voor een man als jij?'

'Zo iemand die veel te direct is en waarvan je niet weet wat je ermee moet doen.'

'Dat is niet zo moeilijk, hoor. Met vrouwen kun je ook gewoon praten bijvoorbeeld.'

'Je bent vreemd.'

'Of misschien niet jong en naïef genoeg voor jou.'

'Hoe oud ben je dan?'

'Bijna zevenendertig.'

'Wat? Ik ben pas tweeëndertig. Ik val normaal nooit op vrouwen die ouder zijn dan ik!' Casanova kijkt naar haar alsof ze zojuist heeft verkondigd dat ze dik in de tachtig is.

'Dat bedoel ik. Je hebt je gewoon van categorie vergist. Geeft niet hoor. Ik zal het opvatten als een compliment.'

Casanova is nu pas volledig van slag en zegt niets meer tot hij haar voor het hotel afzet.

'Dag,' zegt Lili en geeft hem een zoen op de wang. 'Bedankt voor de safari.'

Om acht uur komt Michalis haar oppikken met zijn motor. Lili houdt zich stevig vast met haar armen rond zijn middel en kijkt naar de sterren boven haar terwijl ze door de bergen naar een dorpje in de buurt rijden. Op een binnenplaatsje eet ze de lekkerste pizza die ze ooit heeft geproefd en praat Michalis over zijn familie en zijn dromen. Zijn stevige gestalte en gespierde, sterke armen boezemen haar om de een of andere reden een groot vertrouwen in en het ontroert haar dat hij tranen in zijn ogen krijgt wanneer hij het over zijn moeder heeft.

Lili verontschuldigt zich nog een paar keer voor haar aanval bij zijn tent de nacht ervoor. Michalis lacht haar bezorgdheid weg en zegt dat hij het voornamelijk grappig vond omdat die dingen meestal omgekeerd werken, dus vertelt Lili ook over haar avontuur met Casanova van die middag. Binnen twaalf uur heeft ze eerst zelf iemand aangerand en is daarna door iemand anders belaagd. Ze besluiten dat dat dan eigenlijk een nuloperatie is en dat Lili weer quitte staat volgens de wetten van de kosmos. Bij het afscheid geeft Michalis haar een zoen op de mond.

'Ik hoop dat ik je meer kan zien de komende week.'

Ze aarzelt even of ze hem binnen zal vragen. Ze wil vooral niet opnieuw agressief uit de hoek komen. 'Als je wil, mag je best meekomen naar mijn kamer. Ik beloof je dat ik mijn handen thuis zal houden.'

Die nacht slapen ze dicht tegen elkaar aan zonder dat er iets gebeurt en daarna brengen ze de rest van hun vakantie samen door. Overdag trekken ze rond op zijn motor en laat Michalis haar plekken op het eiland zien die een speciale betekenis voor hem hebben. De bocht in de bergen waar hij ooit een zwaar ongeluk met zijn motor had toen hij nog jong en onbezonnen was en waaraan hij een breed litteken van zijn voorhoofd tot onder zijn stugge haar heeft overgehouden. De plaats waar hij zijn eerste vakantieliefje kuste en het strand waar hij met vrienden zijn eerste joint rookte toen hij zestien was.

Ze eten elke avond ergens anders en hij leert Lili de plaatsen kennen waar ze de lekkerste lamskoteletjes, gebakken fetakaas of octopussalade kan eten. 's Nachts slapen ze samen in haar hotelkamer. Lili houdt er het meest van om in het donker achter op de motor door de bergen te suizen terwijl ze naar de sterren kijkt en de zoute tranen van Michalis door de wind op haar wangen en lippen belanden. Ze kan zich op die momenten ineens voorstellen dat het leven gelukkig en simpel kan zijn en drukt zoute zoenen in de nek van Michalis, die dan even in haar knie knijpt.

Wanneer ze op een dag terugkeren van een bezoek aan Chania, stoppen ze onderweg aan een caféneon, zodat Michalis even kan uitrusten. Op het terras ziet hij er ineens ernstig uit terwijl hij haar gezicht bestudeert.

'Ik weet niet goed hoe ik dit moet zeggen, maar ik wil dat je weet dat ik, als ik de kans zou krijgen, als ik zou mogen, dat ik me kan voorstellen dat ik met jou een leven zou delen.'

Lili wil iets zeggen maar Michalis legt haar het zwijgen op.

'Je moet daar niets op zeggen. Ik wilde gewoon dat je dat weet. Zullen we weer gaan?'

Die avond vrijen ze voor het eerst, en hoewel Michalis lief en teder is, bevriest Lili onder zijn handen en krijgt ze een onbedaarlijke huilbui. Michalis probeert haar te troosten en vraagt wat er aan de hand is. Dat weet ze zelf niet. Ze gaan op het balkon zitten, Lili op schoot bij Michalis, en kijken naar de vallende sterren. Michalis streelt haar haren.

'Het geeft niet, *moraki*. We hebben tijd zat om elkaar beter te leren kennen en dan komt alles wel vanzelf.'

Lili zegt niets en doet een wens bij iedere vallende ster die ze ziet.

Meer dan eens gaan ze naar het strand waar Lili en Liberty hun noodlottig avontuur beleefden en op de plaats van haar ontmoeting met de rots doet Lili achter op de motor altijd even haar ogen dicht, terwijl Michalis behendig afdaalt.

Op het strand leest Lili terwijl Michalis kilometers de zee in zwemt, waar hij schildpadden ontmoet die hem vriendelijk groeten. Die groeten brengt hij nadien aan Lili over, die zelf niet zo goed kan zwemmen en die, als hij weg is, om de paar minuten naar de zee tuurt om te zien of ze ergens een stipje kan ontwaren in de verte. Ze weet dat Michalis een goede zwemmer is en dat hij soms zelfs naar een andere baai zwemt en dan uren onderweg kan zijn. Toch is ze altijd opgelucht wanneer ze hem uit het water ziet komen en hij haar besprenkelt met fris zeewater.

Op een middag wijst hij haar een rots aan die buiten de baai ligt en zegt dat hij naar de rots zal zwemmen, daar zal uitrusten en dan weer zal terugkeren. Lili geeft hem een zoen en verdiept zich weer in haar boek. Na iedere pagina zoekt ze zijn hoofd in de golven en leest weer verder wanneer ze hem heeft gelokaliseerd. Tot er bij een volgende pagina niets meer te zien is en ze ook op de rots geen figuurtje ziet. Een paar keer speurt ze de route af die hij volgens haar moet afleggen maar ziet nog steeds niets. Ze probeert zich weer op haar boek te concentreren maar haar ogen keren steeds terug naar de zee en ze kijkt op haar gsm hoe laat het is. Na een half uur loopt ze naar de waterkant en met een hand boven haar ogen speurt ze opnieuw de golven af tot ze de paniek in haar buik voelt opborrelen. Net als ze naar de taverna wil lopen om alarm te slaan, ziet ze Michalis vanuit een andere kant over het strand naar haar toe komen lopen.

Ze rent naar hem toe en verbaasd slaat hij zijn armen om haar heen.

'Waar was jij?'

'Ik was terug en zag verderop Antonio zitten en ben toen even gaan kletsen. Wat is er?'

'Ik zag je nergens meer. Ik dacht dat er iets gebeurd was. Er was niemand op de rots en ik zag niets in de golven. Ik zag je nergens.'

'Sorry, ik had iets moeten komen zeggen. Ik dacht dat je het druk had met lezen. Jij bent toch *the girl with the book*?'

Met zijn duim veegt hij de tranen van haar wangen.

De dag voor haar vertrek steken ze het eiland opnieuw over om naar de oude ruïnes van Knossos te gaan kijken. Voor de ingang staat een lange rij, en terwijl ze staan aan te schuiven, hoort Lili Michalis in zichzelf mompelen.

'Het is toch te gek voor woorden. Ik heb die verdomde hoop stenen zelf gebouwd en nu moet ik hier een beetje in de rij staan wachten en betalen om er nog eens naar te mogen kijken.'

Lili schiet in de lach. 'Vertel mij wat, ik heb hier vroeger ook nog jaren geleefd, en zie ons hier nu staan.'

Wanneer ze later tussen de ruïnes wandelen, verzinnen ze in welk gedeelte van de antieke stad ze vroeger precies hebben gewoond en hoe ze elkaar in die tijd hebben gekend. Michalis denkt dat zij een meisje van stand was dat verliefd werd op de slaaf die hij was en dat ze samen zijn ontsnapt om elders gelukkig te worden. Ze bedenken sluiproutes die ze gebruikt hebben om elkaar in het geniep te kunnen ontmoeten en geven af op de Duitse archeoloog die niets beters heeft kunnen bedenken dan grote delen van het oude Knossos te herbouwen in beton. Alsof hij daar geen stenen voor had kunnen vinden. Ze vinden deze heiligschennis onvergeeflijk en Lili vraagt Michalis wat Duitsers eigenlijk zo hoog ophebben met beton, aangezien ze de halve zuidkust van Kreta ook al hebben volgestort.

Verbaasd kijkt Michalis haar aan. 'Wie heeft je dat nou weer wijsgemaakt?'

'Casanova van het reisbureau.'

Michalis lacht zijn diepe lach. 'Moraki, ben jij nu echt zo naïef als een baby? Je laat je meenemen op een nepsafari omdat iemand misbruik van je wil maken en de paar wetenswaardigheden die hij je dan vertelt, zijn niet eens waar. En jij gelooft dat allemaal.'

Lili staat beteuterd te kijken en Michalis maakt hoofdschuddend grappen over zijn moraki, die je alles kunt wijsmaken.

'Wat ligt er dan als het geen beton is?'

'Dat zijn gewoon rotsplaten.'

'Maar ze zijn helemaal glad en recht. Het ziet er niet natuurlijk uit.'

'Juist wel. De zee heeft alles glad en recht gemaakt over al die duizenden jaren. Weet je dat dan niet meer?'

'Ik denk dat ik dat dan vergeten was.'

'Dan weet je het nu weer wel. Moro toch.'

Op de terugweg stoppen ze weer om uit te rusten, en deze keer is het Lili die ernstig naar Michalis zit te kijken. 'Ik ben niet vergeten wat je een paar dagen geleden tegen mij hebt gezegd.'

'Dat weet ik.'

'Ik wil dat jij weet dat ik zelden zo'n puur mens als jij ben tegengekomen en dat vind ik ongelooflijk. Dat dat nog bestaat. Iemand die zich niet bezighoudt met spelletjes, die niet zo verward is van die spelletjes dat hij zelf niet meer weet wat waarheid is en wat niet. Iemand voor wie de zaken eenvoudig en simpel zijn. Want zo zijn ze in feite.'

Michalis wil haar een kus geven maar Lili is nog niet klaar.

'Ik weet alleen niet of ik dat nog kan. De zaken simpel en eenvoudig zien. Weet je, ik leid thuis een heel ander leven en ik ben bang dat ik wakker word uit een droom als ik weer naar mijn leven daar ga. Als ik weer neurotisch begin te doen zoals van de week in bed met die rare huilbui.'

'Moraki, maak je niet zo'n zorgen. We zullen het allemaal wel zien.' Michalis pakt haar hand vast.

'Misschien was ik in Knossos wel niet jouw geliefde. Misschien was jij wel mijn vader.'

Er trekt een schaduw over het gezicht van Michalis en Lili ziet tranen in zijn ogen.

'Dat mag je niet zeggen, moraki. Ik hou van jou zoals een man van een vrouw.'

De laatste dag laten ze de motor staan en lopen hand in hand naar het strand in het dorp. Nadat ze hun handdoeken onder de grote boom hebben gelegd, maakt Michalis aanstalten om te gaan zwemmen.

'Ik ga mee.'

Verbaasd kijkt hij naar Lili, die zich gewoonlijk alleen even onderdompelt in de zee als ze het te warm krijgt. Eerder heeft ze hem verteld dat ze als kind bijna verdronken is en sindsdien is het nooit meer helemaal goed gekomen tussen Lili en water.

Samen rennen ze over het hete zand naar het water.

'Die rode boei daar, hoe ver is dat ongeveer?'

'Een meter of tweehonderd.'

'Daar gaan we naartoe. En jij blijft in mijn buurt.'

Lili springt in het water en begint te zwemmen. Michalis volgt haar en geconcentreerd zwemt Lili verder terwijl ze de rode boei geen seconde uit het oog verliest. Michalis zwemt steeds een paar meter achter haar. Wanneer ze de boei bereiken, pauzeert Lili en houdt zich er watertrappelend aan vast. Michalis duikt naar beneden en komt vlak naast haar weer naar boven.

'Jij blijft mij verbazen,' zegt hij en blaast zeedruppels in haar gezicht.

'Natuurlijk,' zegt Lili en begint terug te zwemmen.

Op de ochtend van hun vertrek pakken ze hun spullen in en gooien ze de dingen die de ander toebehoren naar de andere kant van het bed om ze weer te scheiden. Wanneer Lili een pakje condooms vindt dat niet van haar is, gooit ze het naar Michalis die tegenover haar staat. 'Die zijn van jou, geloof ik.'

Hij gooit het doosje weer terug. 'Die heb ik niet nodig. Gebruik jij ze maar op.'

Zij gooit het doosje terug naar hem. 'Ze zijn van jou. Ik heb thuis mijn eigen condooms.'

Hij gooit het doosje nog eens terug. 'Ik heb ze niet nodig. Jij misschien wel.'

Lili neemt de bus naar de luchthaven en Michalis vertrekt tegelijkertijd op zijn motor. Hij gaat ook naar Heraklion om daar de boot naar Athene te nemen. Onderweg stopt Michalis regelmatig met zijn overbepakte motor om de bus op te wachten, en van achter het raam werpt Lili hem kushandjes toe die hij beantwoordt. Ze spelen haasje-over en Lili let goed op zodat ze hem niet één keer mist. In de rij op de luchthaven laat Lili hem geen moment los. Wanneer ze is ingecheckt en Michalis moet vertrekken om zijn boot te halen, slaat hij zijn armen om haar middel.

'Ik zie je snel, moraki.'

'Ik wil niet weg.'

'Dat weet ik. Ik zie je snel. Beloofd.'

'Niet liegen.'

'Ik lieg nooit.'

## 15

Dumpen of gedumpt worden, dat is de vraag

'Wat is de ergste manier waarop je ooit werd gedumpt door iemand?'
Lili hangt onderuit op de sofa bij Wolf thuis die net de woonkamer binnenkomt met een nieuwe fles wijn.
Lisa zit naast Lili en drinkt haar derde glas leeg.
'Wacht, even nadenken. Ik denk dat het die keer was dat ik naar mijn verondersteld vriendje belde omdat het nogal moeilijk ging en ik toch eens wilde praten.'
Lisa zet haar lege glas op tafel neer.
'En toen?'
'Nou, toen zei ik dus dat ik dringend wilde praten omdat ik met een paar vragen zat en zo. En toen zei hij: 'Dat is vervelend. Want het is net voetbal en ik heb daar nu even geen zin in.'
Wolf draait met zijn ogen. 'Mannen!'
'Ja,' zegt Lisa. 'Mannen! Hij zei dus dat het voetbal was en of dat niet even kon wachten allemaal. Als dat al nodig was, want eigenlijk had hij helemaal geen zin om ergens over te praten. Dus ik zei: ja, het is nodig. Ik heb je al weken niet gezien of gehoord en misschien moet je maar eens vertellen hoe je het eigenlijk ziet tussen ons.'
'En?' vraagt Lili.
'Ik hoorde hem en zijn vrienden heel hard *Gooooaaaaaaal!* roepen en toen was de verbinding verbroken.'
'En toen?'
'Nooit meer iets van gehoord. Zeven maanden later zag ik hem achter een kinderwagen lopen toen ik in de tram voorbijreed.'
'Hier schat, wijn. Wat een loser.' Wolf schenkt het glas van Lisa nog eens vol.
'O!' roept Lisa. 'Ik heb nog een betere. Dat ik daar niet meteen aan dacht!'
'Wat dan?'
'Die keer dat ik een jaar met iemand was die al een vriendin had maar

altijd zei dat hij bij haar weg wilde gaan. De meest gebruikte leugen ter wereld.'

Wolf en Lili knikken instemmend.

'Nou, ik zat dus al een jaar te wachten en te stikken in mijn ellende, want het was ook allemaal erg geheim en ik mocht tegen niemand iets zeggen om hem te beschermen. Om mijn hart te luchten, hield ik een dagboek bij vol pathetisch gejammer en zelfbeklag, en toen dat dagboek na een jaar vol was vond ik dat het tijd was om iets te doen. Ik stond al klaar bij de barbecue om de boel op te fikken maar toen had ik ineens het onzinnige idee dat ik er beter iets anders mee zou doen.'

'Wat?' roept Wolf.

Lili kent het verhaal al.

'Ik bedacht ineens dat het eigenlijk één lange brief aan die jongen was die vol stond met de hel waar ik doorheen ging terwijl hij aan het talmen was en besloot dat ik hem die lange brief zou overhandigen en dat hij dan maar moest beslissen wat hij ermee zou doen.'

'Was je helemaal op je hoofd gevallen?'

'Ik dacht dat hij het zou lezen, als het hem interesseerde, of anders dat hij het zou wegsmijten. Ik vertrouwde hem, denk ik. In ieder geval belde ik hem op en vroeg of hij even langs wilde komen. Ik deed een mooie strik om het dagboek en toen hij er was, gaf ik het hem cadeau.'

'Jij bent echt gek.'

'Nee, ik was verliefd en wanhopig. Dus hij weg met dat dagboek. Sindsdien wilde hij nooit meer iets met mij te maken hebben.'

'Had hij het gelezen dan?'

'Veel erger. Hij had het thuis verstopt en toen had zijn vriendin het gevonden én alles gelezen.'

'En jij?' Lili kijkt naar Wolf terwijl hij de fles op tafel zet.

'Even nadenken. O ja, dit is een goeie. Het was een van de break-ups met mijn Franse minnaar. Ik kwam dus op een dag thuis en hoor allemaal enge geluiden uit de slaapkamer komen. Ik zette eerst nog even de boodschappen in de keuken omdat ik geen idee had en liep toen naar de slaapkamer. En daar was mijn lief de bakker van om de hoek vanachter aan het nemen.'

'Nee!!!' roepen Lili en Lisa in koor.

'Jawel, die arme bakker met vrouw en vijf kinderen zat op zijn knieën en mijn grote liefde erachter in volle extase. Toen ze mij zagen, konden ze niet eens stoppen en riep mijn vriend alleen maar: 'Het betekent niets!"

Lisa krijgt tranen in haar ogen van het lachen.

'Lach maar, het was de eerste keer dat hij me dat flikte en ik dacht toen dat mijn leven voorbij was.'

'En nu Lili.' Lisa draait zich om naar Lili.

'Ik vrees dat het die keer was toen ik zwanger was en de vader mij zei dat het allemaal een vergissing was.'

'Spelbreker,' zegt Wolf.

'Een ander verhaal dan?'

'Graag.'

'Ik ging ooit op een tweede date met iemand. We hadden elkaar dus nog maar één keer eerder gezien, maar dat was nogal een zware sessie geworden omdat hij mij verteld had dat hij net had ontdekt dat hij was ontstaan uit een verkrachting.'

'Jezus!' Lisa kijkt Lili ontzet aan en neemt nog een slok wijn.

'In ieder geval, halverwege die tweede avond zegt hij ineens tegen mij: 'Ik weet niet wat jij straks nog gaat doen, maar ik ga zo met dat meisje naar huis.' En hij wees op het meisje dat al de hele avond naast mij zat.'

'En wat deed jij toen?'

'Naar huis en zijn nummer uit mijn telefoon wissen.'

'Oké dan. De beste manier om over een gebroken hart heen te komen. Wolf!'

'Andere minnaar. Zonder twijfel. Hoe meer hoe beter.'

'Lisa.'

'Heel veel Marco Borsato en wijn. En dan huilen. Lili?'

'Heel veel Marco Borsato, nog meer wijn én een andere minnaar.'

'Goed zo.'

Wolf schenkt het glas van Lili nog eens vol.

Overdag werpt Lili zich opnieuw op de bekommernissen van het showbizz-gebeuren en haast zich daarna naar huis om haar mail te checken. Naast een occasioneel bericht van Gabriel ontvangt ze elke dag uitgebreide mails van Michalis, die haar op het hart drukt dat ze niet mag vergeten dat hij van haar houdt. Lili doorstaat zonder aarzeling iedere tegenslag omdat ze weet dat hij er is. Haar Michalis die ook haar moraki is. Alle andere zaken lijken haar ineens niet meer dan trivialiteiten in een mensenleven, in groot contrast met de essentie ervan. Liefde.

Vlotjes handelt ze de zaken af en terwijl om haar heen mensen naarstig eeuwige roem najagen, droomt Lili van een strandbarretje op Kreta.

Wanneer ze een keer op een rommelmarkt rondloopt, ziet ze daar Thomas met zijn kinderen. Ze knikt van een afstand naar hem en hij knikt terug. Ze schrikt ervan hoe klein zijn dochters nog zijn. Twee meisjes met donkere krullen trekken aan zijn jas terwijl hij een oud boek bestudeert. Lili bekijkt het tafereel en ze krijgt er een raar gevoel bij.

De volgende dag wil Thomas langskomen en ze zegt dat het goed is. Het is lang geleden dat hij bij haar thuis is geweest.

Ze neemt hem niet meteen mee naar de slaapkamer zoals ze gewoonlijk doet, en onwennig gaat Thomas op de sofa zitten. Lili zegt tegen hem dat ze niet meer met hem wil afspreken. Dat als zij niet de beslissing neemt om eens te stoppen een minnares te zijn, dit waarschijnlijk nooit zal gebeuren. Thomas kijkt haar melancholisch aan en zegt dat hem dat erg spijt.

Wolf vindt het hilarisch dat Lili op haar leeftijd met een vakantieliefde naar huis is gekomen.

'Ik dacht ook dat je daar hoogstens eenentwintig jaar voor mocht zijn. Maar dit is anders, geloof me maar. Dit is puurheid in menselijke vorm en ik ben dat zomaar tegen het lijf gelopen.'

'Als je het maar uit je hoofd laat strandstoelen te gaan verhuren op een of ander Grieks eiland. Je verveelt je dood na drie weken. Ik ken je toch.'

Lili ligt er niet van wakker en ontwaakt iedere ochtend met een goedemorgen-sms vanuit Athene. Weken aan een stuk maken ze plannen wanneer ze elkaar weer kunnen zien. Lili kan voorlopig niet langer dan een paar dagen weg van haar werk en Michalis zit vast aan een tijdelijk contract dat hij moet afronden.

Hij boekt een ticket voor september en samen tellen ze de dagen af.

Op de ochtend van zijn vertrek ontvangt ze nog een laatste mail.

*Moraki!*
*What's for dinner tonight?*
*Love,*
*M.*

Lili heeft twee dagen vrij genomen en is nerveus wanneer ze naar de luchthaven vertrekt. Daar parkeert ze in de overdekte parkeergarage en gaat naar de aankomsthal, waar ze kijkt naar alle mensen die zich herenigen. Het vliegtuig heeft vertraging maar Lili verliest de grote schuifdeuren geen moment meer uit het oog zodra ze op de schermen ziet dat het geland is en wanneer de deuren opengaan en er andere mensen doorheen lopen, probeert ze steeds een glimp van de hal erachter op te vangen. Honderden mensen passeren en Lili staat ongeduldig met haar voet te tikken wanneer ze een sms binnenkrijgt: *Waiting for suitcase. Are you ready?*

Ze stuurt: *Yes!*

Achter een groepje toeristen die bruinverbrand en met veel te dunne kleren aan naar buiten lopen, ziet zij hem vóór hij haar ziet. Zijn wilde manen zijn eraf en ze ziet dat hij splinternieuwe kleren aanheeft met hagelwitte gympen eronder in plaats van de afgetrapte exemplaren zonder veters die ze kent van Kreta. Nog voor zijn ogen haar hebben gevonden, voelt Lili haar hart breken en wordt ze misselijk. Dan ziet Michalis haar, stormt op haar af en neemt haar in zijn armen. Ze herkent zijn geur niet en staart naar de witte schoenen terwijl Michalis zijn gezicht begraaft in haar haren. Ze vraagt zich af of het zijn geur was die ze zich herinnerde of die van Kreta. Ze weet het niet.

Over! galmt het in haar hoofd.

Uit alle macht probeert ze de noodkreet te negeren en maakt zichzelf wijs dat het gewoon even wennen is. Ze neemt Michalis mee naar een tapabar waar ze alle nieuwtjes over zijn vrienden wil horen en hoe het met zijn ouders gaat. Ze rookt te veel sigaretten, drinkt nog meer wijn en ziet in de ogen van Michalis dat hij doorheeft dat er iets niet klopt. Hij geeft haar de ring die ze in de winkel van Kostas had gezien en mooi vond. Ze doet de ring om en kust hem op de wang.

's Avonds zegt ze dat ze erg moe is en op tijd wil slapen, en terwijl ze zwijgend naast elkaar liggen, staart Lili met wijdopen ogen in het donker. Dit houdt ze geen week vol. De volgende morgen maakt ze ontbijt en ontwijkt de blikken van Michalis, die onderzoekend naar haar zit te kijken. Ze stelt voor hem haar stad te laten zien en na een lange wandeling gaan ze op de rand van de kade zitten en kijken naar de rivier die voorbij stroomt.

'Er is iets veranderd sinds je hier bent.'

'Ik weet het.'

'Wat is dat?'

'Dat weet ik niet.'

'Ik ook niet. Het gevoel dat ik op Kreta had, is ineens helemaal weg.'

Ze wil zo duidelijk mogelijk zijn. Zachte heelmeesters maken stinkende wonden, zegt haar moeder altijd.

'Misschien heb je het verdrongen en vind je het wel weer terug.'

'Nee. Zo is het niet. Want gisteren, voor je kwam, was het er nog wel en de laatste twee maanden ook. Ook al was ik aan het werk en ging het leven hier gewoon verder. Het is weg en ik weet niet waarom. Het spijt me verschrikkelijk.'

Zelfs zijn hand op haar arm voelt als een inbreuk, maar daar durft Lili niets van te zeggen. Het is nu al erg genoeg.

'Weet je zeker dat jij het niet bent die het niet toelaat?'

Dat weet ze zeker. Verder weet ze niet zoveel.

Gisteren kwam er een man door de schuifdeuren die haar volledig vreemd was en dat had niets met zijn nieuwe schoenen te maken. Het ergste was dat hij er niets aan kon doen. De magie die ze in Kreta had gevoeld en de maanden daarna was nergens meer te bekennen.

'Als je wil, geef ik je die ring weer terug.' Ze schuift de ring al van haar vinger.

'Ben je gek? Dat was een cadeau voor je verjaardag en als je 'm nog steeds mooi vindt, blijft hij van jou.'

'Ik vind 'm nog steeds mooi.'

'Goed zo.'

Lili is opgelucht wanneer ze de volgende dag weer moet werken en ze even kan ontsnappen aan het gigantische schuldgevoel dat aan haar binnenste knaagt. Onderweg in de auto belt ze naar David. Antwoordapparaat. Ze spreekt niets in en probeert Wolf.

'Hoe gaat het met onze Griekse god? Heeft hij je alle hoeken van je appartement al laten zien?'

'Niet echt.'

Lili probeert het uit te leggen.

'Dus jij laat die arme jongen helemaal hier naartoe komen om hem dan binnen een dag te dumpen? Mijn god, jij bent meedogenloos. Ik dacht dat ik een diva was maar dat durf ik niet eens. Had je hem niet even kunnen bellen dat hij beter in Athene kon blijven?'

'Maar zo was het helemaal niet. Ik wist het pas toen ik hem zag. En ik ben er ziek van. Dit is 'm niet.'

Lili is bang dat ze moet overgeven van misselijkheid en kijkt om zich heen waar ze haar auto snel kan parkeren als dat nodig is. Dan hoort ze Wolf hikken van de lach.

'Jij bent echt on-ver-be-ter-lijk. En nu zit die arme drommel een week in je appartement en ga jij je huis ontvluchten tot hij weer weg is?'

'Nee, ik ga er het beste van maken en proberen hem toch een leuke week te bezorgen.'

Lili is een beetje op haar tenen getrapt dat Wolf haar drama zo vermakelijk vindt. Ze vindt er zelf niets grappigs aan.

'O ja. Ga jezelf ook nog een beetje lopen opofferen. Als het dan toch zo is, stop hem in een hotel en dan zijn jullie allebei relaxed. Of denk je dat hij dit leuk vindt, naast zijn godin liggen en er niet aan mogen komen?'

'Ik weet het ook niet. Ik heb geen aparte slaapkamer, dus er zit niets anders op.'

'Horror! Die gast heeft het ook niet getroffen.'

'Wat moet ik dan doen?'

'Wat ik je net zeg: in een hotel en weg! Korte metten. Heeft hij dat zelf nog niet voorgesteld?'

'Nee. En ik ga dat niet doen. Ik heb hem al genoeg zeer gedaan.'

'Dan moet je het zelf weten. Het zal me een lekkere week worden voor jullie twee. Hilarisch!'

Opnieuw begint Wolf uitzinnig te lachen en dan ziet ook Lili de dwaasheid in van de situatie. De tranen lopen over haar wangen van het lachen en ze veroorzaakt bijna een botsing. Ze zwaait naar de boze chauffeur in de andere auto die een vuist naar haar opsteekt.

'Echt, Wolfie. Ik zit hier te lachen van ellende en heb me net bijna doodgereden. Wat is er in godsnaam toch mis met mij?'

'Niets, lieve schat. Je moet gewoon een beetje verder zoeken en ondertussen zien dat je af en toe goede seks hebt. Dat helpt tegen dit soort situaties.'

'Jakkes, ik moet er niet aan denken.'

'Juist daarom.'


Haar inbox zit vol na twee dagen afwezigheid en Lili is de hele ochtend bezig om al haar mails weg te werken. Dat leidt haar af van de situatie thuis en de misselijkheid trekt langzaam weg. Er zit ook een mail tussen van een onbekend mailadres. Ze doet hem open en ziet dat hij van Viktor Vaerewijck komt. Verbaasd trekt ze haar wenkbrauwen op en begint te lezen.

Dag Lili,
Ik zou graag een keertje een paar zaken met jou bespreken ivm mijn management.
Een keer 's avonds gaan eten lijkt me daar uitermate geschikt voor.
Kun je deze week ergens?
Viktor V.

Na het lezen van de mail gaan Lili's wenkbrauwen nog verder omhoog. Sinds de laatste keer dat hij haar aansprak, hebben ze nooit meer een woord gewisseld en management is haar afdeling helemaal niet. Ze gaat een koffie halen en stuurt een mail terug.

Beste Viktor,
Bedankt voor het compliment dat je hierover met mij wil spreken, maar ik denk dat er andere personen in ons bedrijf werken die meer aangewezen zijn om je te helpen dan ik.
Het is niet aan mij om daarin tussen te komen.
Grote groet,
Lili

Ze verstuurt de mail en gaat verder met het beantwoorden van de rest. Nog geen twee minuten later ontvangt ze antwoord van Viktor.

Lili,
Ik ben me er wel degelijk van bewust dat er andere mensen zijn die mijn belangen al behartigen en dat doen ze goed.
Graag zou ik juist met jou een aantal zaken bespreken om een keer een andere invalshoek te horen.
Voor mij kunnen zowel vanavond als morgen.
Viktor

Andere invalshoek? Lili vraagt zich af waarom iemand die zou willen horen van een vreemde. Zulke dingen kun je toch met je vrienden bespreken? Omdat ze dit niet durft te schrijven, gooit ze het over een andere boeg.

Viktor,
Hoewel ik nog steeds je juiste motivatie niet begrijp, is het sowieso onmogelijk voor mij om deze week te gaan dineren vanwege buitenlands bezoek.
Als je wil, kunnen we wel een afspraak maken tijdens de werkuren of samen gaan lunchen.
Beste groeten,
Lili

Tussen de middag gaat ze lunchen met Lisa die niet kan wachten om een update over Michalis te krijgen. Lili ziet er een beetje tegenop om het nog eens allemaal uit te leggen, maar Lisa toont meer mededogen dan Wolf.

'Wat erg voor je. En wat ga je nu doen?'

'Weet ik ook niet. De week zo goed mogelijk doorkomen en dan verder.'

Lili vertelt Lisa ook over de mails van Viktor.

'Oppassen! Dit ruikt naar een charmeoffensief.'

'Maar die gast kent mij toch helemaal niet. Krijgt hij niet genoeg aandacht van al die poppetjes?'

'Sommige mensen krijgen nooit genoeg en een uitdaging is altijd een stuk spannender dan een makkelijke prooi.'

'Is het dan echt zo'n foute kerel?'

'Ik denk alleen met vrouwen, maar dat is ook maar wat ik hoor.'

'En hoe gaat hij dan te werk?'

'Wat er precies van klopt weet ik ook niet, maar er wordt dus gezegd dat hij sinds zijn scheiding een soort achter-de-hand-vriendinnetje had dat denkt dat hij god is en met wie hij alles kon doen. Als hij zin had, kon hij daar dus terecht. Op feestjes kwam hij dan alleen en keek dan verder rond wat er op de markt was. Zocht iets uit, combineerde dat een paar maanden met de back-up en als die nieuwe vrouw doorhad dat er iets niet klopte, ging hij weer verder naar iets nieuws.'

'Lekker systeem. En achter hem een spoor van slachtoffers?'

'Ja, zoiets. Maar ik denk niet dat hij die back-up nog heeft, want daar heb ik al een tijdje niets over gehoord.'

'En wat was dat voor iemand dan?'

'Jong meisje, lang blond haar. Ik denk dat ze ergens in jouw castingbestand zit. Caroline Leroy of zoiets. Ze is serveerster en ze wil graag iets doen in de media, denk ik.'

'Die naam zegt me iets. Volgens mij heb ik daar laatst nog een gesprek mee gehad voor een of ander figurantending.'

'Nou, die dus. Er wordt gezegd dat toen hij haar voor het eerst ontmoette op een feestje, hij zich door haar liet pijpen met nog een andere griet erbij.'

'Romantisch.'

Later die middag heeft ze opnieuw een mail van Viktor.

Hallo,
Dan is het beter om meteen volgende week af te spreken. Woensdag goed voor je?
Viktor

Lili kijkt in haar agenda. Volgende woensdag vertrekt Michalis 's morgens.

Oké.
Lili

De rest van de week houdt ze iedere avond vrij voor Michalis. Overdag trekt hij de stad in op haar fiets en 's avonds gaan ze samen uit eten. Hoewel ze allebei proberen de sfeer luchtig en ontspannen te houden, hangt er een zwaarte tussen hen in die de hele week blijft. In bed is ze zich er ieder moment bewust van dat hij naast haar ligt en ze slaapt slecht. Gespannen telt ze de dagen af tot hij weggaat en ze denkt met weemoed aan de maanden dat ze de dagen aftelde tot hij haar zou bezoeken.

Op zijn laatste avond vertelt Michalis haar dat ook hij de Lili die hij maanden eerder leerde kennen kwijt is en dat dat komt omdat ze te veel opgaat in haar leventje en de belangrijke dingen uit het oog verliest. Dat ze zich niet meer openstelt en daardoor veel zal missen in haar leven.

'En?' vraagt Lisa later. 'Hoe was het afscheid?'
'Ik vrees dat ik misschien vooral verliefd was op het idee.'
'Welk idee?'
'Het idee dat er iemand is die het echt met je meent en die voor je wil zorgen. Een goed mens. Ik vond dat zo geweldig dat ik verliefd ben geworden op het idee in plaats van op de mens zelf. Maar dat heb ik hem niet durven zeggen. Dat wist ik trouwens zelf niet. Pas vanmorgen in de auto kwam het in me op.'
'Misschien willen wij liever onmogelijke dingen.'
'Daar ben ik ook wel eens bang voor.'
Hun woorden hangen nog in de lucht wanneer haar gsm begint te rinkelen. Het is Michalis om te zeggen dat er iets mis is met zijn ticket waardoor hij pas morgen kan vertrekken. Of hij nog een nacht langer kan blijven.
Lili voelt haar moed in haar schoenen zakken.
'Natuurlijk.'

'Ik kan ook een hotel pakken voor de laatste nacht.'

'Natuurlijk kan je nog een nacht blijven. Ik zie je straks.'

Ze hangen op en Lili ziet een nieuwe mail op haar scherm binnenkomen.

Hoi,

Hoe laat kun je afspreken vanavond en waar wil je graag gaan eten?

Wat is je gsm-nummer mochten we elkaar mislopen?

Viktor

Haar afspraak, die was vanavond. Lili vloekt en belt terug naar Michalis.

'Sorry, wat ik vergeten was, is dat ik vanavond nog een meeting heb en pas laat thuis zal zijn.'

'Zal ik wakker blijven en op je wachten?'

'Zie maar. Als je moe bent, moet je maar gewoon gaan slapen.'

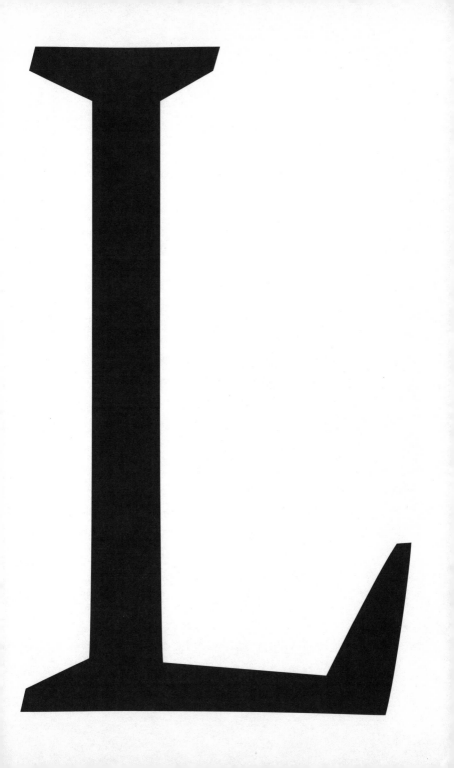

*Als liefde het antwoord is,*
*wil je dan de vraag nog eens herhalen?*
*KEES VAN KOOTEN*

## 16

### Viktor

Op het afgesproken uur zit Lili aan een tafeltje te wachten in het restaurant waar ze met Viktor heeft afgesproken. Hij is te laat.

Ze leest de krant en krijgt een sms: Sorry, onderweg! 10 minuten!

Ze stuurt terug: Oké. Ik lees de krant.

Meteen krijgt ze antwoord: Mevrouw leest de krant!

Lili, die bijna nooit een krant leest, stuurt terug: Wat had u gedacht meneer?

Een kwartier later komt Viktor binnengestormd en onmiddellijk weet Lili dat hij een van die mensen is op wie je nooit kwaad kunt worden. Ook al komen ze uren te laat of houden ze zich nooit aan afspraken. Zodra de deur openzwaait, lijkt het restaurant te klein voor zijn aanwezigheid en kijken de mensen aan de andere tafels op om te zien wat er gebeurt. Lili heeft het idee dat hij alles en iedereen omver gaat lopen en houdt haar glas wijn stevig vast wanneer hij haar begroet en zich over de tafel buigt om een kus op haar wang te geven terwijl zijn jas over de tafel veegt. Achteraf zal ze beseffen dat ze op dit moment al verloren is, maar nu is ze zich nog nergens van bewust en glimlacht naar hem.

'Sorry, er moest nog van alles gebeuren en toen was ik de tijd vergeten en ja, dan ben je ineens te laat op een eerste afspraak. Onvergeeflijk.'

Ze vergeeft het hem en terwijl ze aan het kiezen zijn wat ze willen eten, komt er een vrouw naar hun tafel.

'Mieke!' roept hij luid. 'Jou had ik niet gezien. Waar zat jij verstopt?'

'Aan de tafel achter je, maar je had het weer te druk om mij te zien.'

Terwijl Viktor met Mieke praat over mensen die ze niet kent, kiest Lili de steak met gekookte groenten. Mieke gaat terug naar haar eigen tafel en Viktor buigt zich voorover naar Lili. 'Goed, we zijn hier dan toch geraakt. Ik ben blij.'

'Ik ook dan. Al snap ik nog steeds niet goed met welk doel, maar dat zien we nog wel.'

Vanaf dat moment wordt ze onderworpen aan een salvo van vragen en wil Viktor alles van haar weten. Lili, die zich eerder afwachtend wilde opstellen, krijgt daar geen kans toe en na een half opgegeten steak en anderhalve fles droge witte wijn denkt ze dat hij nu bijna evenveel van haar weet als sommige van haar vrienden.

'Heb je een relatie?'

Ze twijfelt even. 'Nee, niet echt.'

'Vertel, waarom heeft een vrouw als jij geen relatie? Dat begrijp ik niet.'

'Dat is een lang verhaal. Of eigenlijk ook niet. Laten we zeggen dat ik wel eens de neiging heb om op mannen te vallen die niet altijd zo'n goede keuze blijken te zijn.'

'Dat is interessant. Wat voor mannen zijn dat dan?'

Lili heeft geen zin om er verder op in te gaan. 'En jij dan? Ben jij met iemand samen?'

'Ook niet echt. Ik wil me niet meer zo snel binden sinds mijn scheiding.'

Een paar keer probeert ze het gesprek terug te brengen op de reden van hun afspraak, maar daar praat Viktor steeds luchtig over heen en uiteindelijk zullen ze het er op het einde van de avond nog steeds niet over hebben gehad. Hij lijkt gulzig in alles wat hij doet. Eten, drinken, roken, luisteren, praten, vragen stellen. Al die zaken doet hij veel en tegelijkertijd en in de chaos die daardoor ontstaat, heeft Lili haar handen vol met antwoorden, vallende glazen onderscheppen en zich verontschuldigen bij de mensen van de bediening die struikelen over zijn lange benen die steeds in de weg liggen. Hij maakt haar aan het lachen en dat doet haar goed na een week van ingehouden spanningen en een immens schuldgevoel.

Na het eten vindt Viktor dat er nog veel meer wijn en vooral meer woorden moeten vloeien om hun kennismaking te vieren en haalt hij haar over nog naar een café in de buurt te gaan omdat het restaurant gaat sluiten. Zodra haar glas leeg is, staat er een nieuw voor haar neus en ondertussen verloopt het gesprek nog steeds even wanordelijk en wonderlijk. Ze bespreken alle facetten van het leven in willekeurige volgorde, waarbij ze elkaar constant onderbreken voor nieuwe en nog interessantere facetten. Lili wordt er duizelig en vrolijk van en ze verliest de tijd helemaal uit het oog. Als ook de cafébaas zijn zaak wil sluiten, kijkt ze pas op haar gsm hoe laat het is. Halfvier!

'Ik moet naar huis! Morgen moet ik werken.'

Op straat wil Lili in de richting van haar auto lopen, maar ziet ze Viktor verdwaasd om zich heen kijken en in zijn haren krabben.

'Ben je iets vergeten?'

'Nee. Of ja. Waar mijn auto staat. Ik weet alleen nog dat het een plek was waar je niet mag staan. Maar ik weet niet meer in welke straat.'

'Laat me raden. Dat heb jij altijd.'

'Hoezo, valt dat op?'

'Het was maar een idee.'

Viktor loopt met Lili mee in de hoop dat ze dan onderweg zijn auto tegenkomen, maar wanneer ze bij die van haar staan, hebben ze die van hem nog steeds niet gezien.

'Stap maar in. Ik zal je helpen zoeken.'

Viktor vouwt zich dubbel in haar Mini en Lili rijdt rond in de straten in de buurt van het restaurant. In de vierde straat hebben ze prijs.

'Dat gebouw herken ik. Het moet hier ergens zijn!'

Ze zet Viktor af bij zijn auto en hij kijkt naar haar voor hij uitstapt. 'Het was een hele aangename kennismaking. Dankjewel.'

'Voor mij ook. Slaap lekker.'

Ze krijgt een kus op haar wang en Lili rijdt naar huis.

Onderweg komt er nog een sms: Wat ben jij een leuke vrouw! X

Thuis ligt Michalis al te slapen en zonder het licht aan te maken, kruipt Lili onder het dekbed naast hem.


'En? Hoe was je date?'

Lili en Lisa staan samen in de koffiehoek op het werk nadat Lili 's ochtends voor de tweede maal afscheid heeft genomen van Michalis.

'Date? Het was een zakelijke bespreking. Of dat veronderstelde ik toch.'

'Ja, en dat geloof je zelf. Is er iets gebeurd?'

'Nee, natuurlijk niet. Ik ben nog niet over mijn vorig avontuur heen. Die lag trouwens in mijn bed te slapen terwijl ik te veel wijn zat te zuipen. Het was heel gezellig en hij is leuk. Echt leuk en charmant en grappig en waarschijnlijk waanzinnig gevaarlijk. Er is niets gebeurd.'

'Dat komt nog wel. Mijn leven is toch vreselijk saai als ik erover nadenk.'

'Een saai leven heeft ook z'n mooie kanten.'

Een paar weken later gaan Viktor en Lili samen iets drinken. Opnieuw voeren ze absurde gesprekken waar een buitenstaander geen touw aan kan vastknopen en hoewel Viktor tussendoor verschillende toespelingen maakt, doet Lili alsof ze dat niet doorheeft. Ze weet dat ze deze man uitzonderlijk leuk vindt, maar ze weet ook dat het een man is die gewend is altijd te krijgen wat hij wenst en het boezemt haar angst in. Heldhaftig houdt ze stand en negeert zijn pogingen om tot de kern te komen.

'Je laat me wel spartelen om te zien hoe ik me hieruit ga redden.'

'Wat bedoel je precies?'

Met een schuin hoofd kijkt hij haar aan. 'Meen je dat nou?'

'Als je iets wil vertellen, moet je maar duidelijk zijn.'

'Ik vind jou ontzettend leuk en ik wil je graag beter leren kennen.'

'Oké. Ik ook, dus dat komt goed uit.'

Wanneer het opnieuw half vier is en Lili opnieuw de volgende dag moet werken, is Viktor opnieuw vergeten waar zijn auto staat. De geschiedenis herhaalt zich en in haar autootje rijden ze rond tot ze zijn wagen hebben gevonden. Lili stopt, op de cd-speler zingt Jamie Cullum. Viktor stapt deze keer niet meteen uit. Hij kust haar. Lili sluit haar ogen en begint te vallen. Terwijl ze blijven kussen, blijft ze vallen alsof ze in het oneindige niets is beland.

'Ik denk dat we moeten gaan slapen.'

'Ik denk het ook. Zal ik uitstappen?'

'Ja.'

Ze kussen opnieuw en Lili denkt dat ze daar altijd zullen blijven zitten terwijl de rest van de wereld zal doordraaien. Het dag zal worden en andere auto's om hen heen moeten manoeuvreren, en weer nacht en stil op straat. De wereld die verder gaat en zij die in dit kleine vacuüm verblijven terwijl Jamie Cullum blijft zingen.

Ze weet niet wie uiteindelijk de doorslag geeft, maar op een bepaald moment maken ze zich toch los van elkaar en nemen afscheid.

'Ik vertrek morgen op reis voor een week. Zie ik je daarna?'

Onderweg naar huis stuurt Viktor: Een vrouw als jij is gevaarlijk voor een man die vecht voor zijn vrijheid. Xxx

## 17

### Iedereen doet maar wat

*Man en vrouw, de liefde, wat is dat alles? Een stop en een fles.*
JAMES JOYCE

Tijdens de week dat Viktor weg is, wordt Lili gebombardeerd met sms'jes vanuit Spanje. Hij denkt aan haar, mist haar, wil haar, nu. Lili heeft het druk want een dag nadat Viktor terugkomt, vertrekt zij voor een paar weken naar Italië voor de voorbereidingen van een groots evenement.

Ze stuurt een mail naar Michalis om nog eens te zeggen dat het haar spijt.

Ze krijgt een mail van Gabriel waarin staat dat ze niet mag vergeten wat hij haar op het strand in Barcelona vertelde: *Wherever you are, whatever you do, whomever you're with, I will always...*

Thomas stuurt haar een sms dat hij haar mist en zich aan de kant gezet voelt als een vuilniszak. Dat het toch meer was dan seks en dat hij om haar geeft.

'Hij is nog afscheid aan het nemen,' zegt Lisa.

Haar vrienden speculeren over wat er gaat gebeuren wanneer Viktor terugkomt en Lili een dag later alweer moet vertrekken.

David: Als je maar niet met hem naar bed gaat. Dan is het te makkelijk en is hij je misschien alweer vergeten voor je terug bent. Mannen moet je altijd laten wachten, en hoe langer hij moet wachten, hoe beter.
Lisa: Ik weet het niet hoor. Als ik jou was zou ik het waarschijnlijk wel doen, maar achteraf alweer spijt hebben. Zo zit ik nu eenmaal in elkaar.
Wolf: Gewoon doen! Voor je het weet is het moment voorbij en je kansen verkeken. Altijd pakken wat zich aandient. Zeker seks!

Lili belooft zichzelf dat ze wel zal zien wat de toekomst brengt.

Michalis stuurt haar een lange mail terug om te zeggen dat het jammer is dat ze zichzelf alle kansen ontzegt en dat blijkbaar één of meer mannen haar verknoeid hebben in het verleden.

De dag voor Viktor terugkomt en ze bijna ieder uur een berichtje van hem krijgt, gaat Lili met David eten. Ze hebben het over Sammie, die zijn eerste stapjes heeft gezet, en Lili kijkt naar nieuwe foto's. Bij de koffie vraagt David hoe het met haar missie zit.

'Ik heb al een tijd niet echt actie ondernomen omdat ik het te druk had met andere dingen. Mannen, bedoel ik.'

'Je bedoelt dat je van het idee van de seks om de seks bent afgestapt?'

'Dat weet ik niet. Ik wilde dat doen om me nooit meer te vergissen na jaren gepruts en ik geloof dat ik nu weer bezig ben met gepruts.'

'Je moet vooral niet denken dat al die andere mensen weten waar ze mee bezig zijn. Iedereen doet maar wat.'

'Dat zal wel.'

'En morgen seks met Viktor?'

'Zijn jullie nu echt nergens anders mee bezig? Alsof jullie mij vertellen wanneer jullie voor het laatst seks hebben gehad.'

'Vanmorgen.'

'Goeie seks?'

'Ja hoor.'


De volgende avond komt Viktor naar haar appartement. Lili doet een fles wijn open en de hele avond liggen ze tegen elkaar aan op de sofa. Ze praten tussen het kussen door, maar geen van beiden neemt verder initiatief, ook al weet Lili dat ze dat allebei willen. Af en toe staat ze op om nog wat spullen in haar koffer te stoppen en kruipt dan weer tegen Viktor aan.

'Wat doe jij hier eigenlijk bij mij? Ik pas toch helemaal niet in jouw doelgroep?'

'Mijn doelgroep? Wat bedoel je daar nu weer mee?'

'Moet jij niet rondhollen met een blonde griet van vijfentwintig? Ik heb al een paar grijze haren, kijk!' Ze gaat rechtop zitten en buigt haar hoofd naar voren zodat hij het goed kan zien.

'Hoe kom je erbij dat ik een doelgroep heb?'

'Laten we eerlijk zijn. Je hebt een stevige reputatie.'

Viktor zucht. 'Ik word daar zo kwaad van. Vanaf het moment dat je een beetje in de kijker loopt, weet iedereen meteen hoe je in elkaar zit en hebben ze daar ook allemaal een mening over. Alsof ik niet meer ben dan een imago.'

'Het zal ook wel niet helemaal uit de lucht komen donderen. Dat imago.'

'Die reputatie is veel groter dan ikzelf.'

'Ik dacht eerlijk gezegd ook niet dat jij in mijn doelgroep zat.'

'En wat is jouw doelgroep dan?'

'Dat weet ik niet maar ik weet wel wie daar niet in horen. En eerlijk gezegd, ik vond je nogal gladjes en net iets te handig met vrouwen. Een vrouwenverzamelaar.'

'Toe maar. En met zo'n handige vrouwenverzamelaar wil jij dan wel afspreken?'

'Ik vond je ook grappig. En ik vermoedde achter die gladheid een echtheid die ik wél interessant vind. Ik hou van echte mensen.'

'Daarom doe je het werk dat je nu doet?'

'Dat werk zie ik als een leerschool. Zoveel lucht en allemaal erg belangrijk. Dat is interessant studiemateriaal.'

'Een studie over lucht.'

'Ja. Wat ik me trouwens nog steeds afvraag is waarover je nu advies aan mij wilde vragen of was dat maar gewoon een manier om me mee uit eten te krijgen?'

'Het is grappig dat je dat nu zegt van die lucht en zo. Want daar wilde ik het inderdaad over hebben. Nog steeds eigenlijk. Ik besef goed genoeg dat het allemaal niet zoveel betekent en wil soms ook andere dingen doen. Dingen met inhoud.'

'En daar wilde je mij raad over vragen?'

'Ik wilde eens een eerlijke mening en van dat hele bureau zie jij er het meeste uit als de persoon die haar mening durft te zeggen. Ik bedoel, ik vraag je wat je van mijn werk vindt en jij zegt dat je er nog nooit naar hebt gekeken nota bene.'

'En je bent gewend dat mensen dan zeggen dat je geweldig bent?'

'Dat valt ook wel weer mee.'

'Maar toen we gingen eten, wilde je het daar allemaal niet meer over hebben.'

'Toen was ik bezig met jou. Ik hou je al een hele tijd in de gaten maar dat merkte jij niet eens op. Jij zit daar, doet je werk en niemand lijkt iets van jou te weten. Dat intrigeerde mij. En ik vind je mooi.'

'Jij kunt toch veel jonger en strakker krijgen?'

'Wil je nu eens ophouden over jong en strak of blond? Denk je nu echt dat ik zo'n oppervlakkig mens ben?'

'Dat weet ik niet.'

Het wordt alweer halfvier en wanneer Lili haar schoenen aan het uit-
trekken is in haar slaapkamer, duwt Viktor haar eindelijk op het bed.

David: Daar heb je het gedonder al. Ik hoop niet dat het nu al verpest is.
Lisa: Ik zei het toch. Dat had ik ook gedaan, en daarna spijt natuurlijk.
Wolf: Natuurlijk! Seks is lekker en je moet het altijd pakken als je het kunt
krijgen. Doei!
Thomas: Mis je en voelt alsof ik je kwijt ben. X
Lisa: Hij is nog steeds afscheid aan het nemen.

De volgende ochtend moet Lili vroeg vertrekken en laat ze Viktor achter
in haar appartement. In het vliegtuig zit ze naast mensen van de crew en
luistert een gesprek af van twee collega's.
'Niet dat iedereen die in de media werkt hetzelfde is. Er lopen ook best
normale mensen tussen, maar neem nou zo'n Viktor Vaerewijck. Die heeft
ook elke maand iemand anders...'
Lili zet haar iPod op en sluit haar ogen.
Tijdens de weken dat ze weg is, houdt ze zich bezig met de problemen die
op locatie moeten worden opgelost en probeert ze niet te veel aan Viktor
te denken. Eén keer belt ze hem en ze spreken af dat ze zullen zien wat er
gebeurt wanneer ze weer thuis is.
'Wat zijn een paar weken in het kader van het heelal?'
Wanneer ze op de luchthaven aankomt en al haar collega's door iemand
worden afgehaald, maakt Lili zich snel uit de voeten en neemt een taxi
naar huis.
Het is zaterdag en zodra ze thuis is, stuurt ze een sms naar Viktor: Ik
wil jou zien! Xje
Het blijft stil.
Maandagochtend belt hij haar. Hij had zijn dochter en het was druk geweest. Hij wil haar snel zien. Wanneer hij die avond het café binnen komt
lopen waar ze hebben afgesproken, wordt ze meteen weer meegesleept in
zijn vrolijke chaos. Het wordt opnieuw halfvier en Lili, die normaal veel
slaap nodig heeft, raakt gewend aan korte nachten en veel koffie op haar
werk de dag erna. Na zo'n nacht verdwijnt Viktor vaak weer in het niets
en duurt het soms een week voor ze opnieuw iets hoort. In het weekend
hoort ze hem nooit en hij legt haar uit dat die tijd voor zijn dochter is en
dat dat heilig is.
Ook vertelt hij haar dat hij erg van zijn vrijheid houdt en de dingen

rustig wil aanpakken. Lili zegt dat ze daarmee kan leven. Ook zij wil zich niet te snel binden.

'Ik vrees dat ik sinds mijn scheiding een beetje last heb van bindingsangst.'

'Dat treft. Ik heb een hardnekkige vorm van verlatingsangst en misschien heffen die twee elkaar wel op.'

David: Mannen en vrijheid? Dat is een klassieker. Als ze de juiste tegenkomen, gaat dat vanzelf wel over.

Lisa: Ik zou toch maar goed op jezelf passen als ik jou was.

Wolf: Vrijheid? Geweldig toch. Hij vrijheid, jij ook vrijheid. Het is precies wat je nodig hebt!

Thomas: Ook al hoor ik nooit meer iets van je. Toch fijne feestdagen gewenst. X

Lisa: Is hij nu nog steeds afscheid aan het nemen?

Gabriel: *You are the kind of girl that needs at least 10 lovers all around the world. Remember what I said to you, wherever you are, whatever you do, whomever you're with...*

## 18

Is dat je vriendin?

*Liefde komt nooit onverwacht. De vrouw wacht er altijd op.*
Audrey Hepburn

'Dag kabouter, wat ben jij aan het doen?'

Het is bijna Kerstmis en Lili ligt op de sofa televisie te kijken. Ze is moe en haar ogen vallen al half dicht wanneer haar gsm gaat.

'Dag Viktor. Niks eigenlijk. Ik wilde net gaan slapen.'

'Dat is jammer. Ik ga nog naar een kerstdrink en wilde vragen of je zin had om mee te gaan.'

'Nu nog?'

'Ja, ik kom net van twee andere drinks maar dit is de laatste van de avond.'

'Ik moet wel nog even iets anders aandoen dan. Wanneer kun je hier zijn?'

'Kan ik je niet uitleggen waar het is? Ik ben er al bijna.'

'Als je wil dat ik meega, moet je me komen halen.'

'Ik ben bij jou binnen tien minuten.'

Het is druk in het café waar ze naartoe gaan en Lili is nog niet helemaal wakker. Viktor neemt haar hand en leidt haar door de menigte. Van verschillende kanten roepen er mensen die hem blijkbaar kennen van tv en met handige oneliners maakt hij zich daarvan af. Dat heeft hij vaker gedaan.

Hij stelt haar voor aan een paar vrienden en ze drinken jenever. Veel jenever, want er wordt per fles besteld. Lili raakt in gesprek met een oudere man in het gezelschap en ondertussen entertaint Viktor de rest van de groep. Bij de derde fles jenever verschijnt er een vrouw die recht op Viktor af loopt. Lili heeft haar nog nooit gezien, maar de man met wie ze aan het praten is, fluistert in haar oor: 'Vanessa Winters. Ze zat vroeger samen met Viktor in een serie.'

'Viktor. Dat is lang geleden!'

'Dag Vanessa.'

Lili ziet aan zijn gezicht dat hij niet bepaald vrolijk is om haar te zien.

Vanessa zegt de rest van het gezelschap gedag, maar wanneer ze bij Lili aankomt, richt ze zich tot Viktor. 'En wie is dit?'

Lili doet haar mond open om zichzelf voor te stellen maar Viktor is haar voor. 'Dat is Lili.'

'Is dat je vriendin?'

Vanessa keurt Lili nog steeds geen blik waardig en Lili doet alsof ze niet meer luistert. Ze hervat haar gesprek met de oudere man.

'Ja.'

Daarna begint Vanessa tegen Viktor over een ander feestje, vorige zomer. 'Hoe heette dat meisje ook alweer dat toen bij je was?'

Viktor geeft geen antwoord en Vanessa gaat verder. 'Jeetje, wat was die toen dronken, of was ze ziek? Ze heeft het grootste stuk van de avond op het toilet zitten kotsen. Ook gênant.'

'Dat was vervelend, ja. Ze was erg ziek.'

Vanessa verdwijnt weer, maar een uur later is ze er opnieuw. Intussen behoorlijk aangeschoten. 'Zeg, ik moet gaan. Wanneer zie ik je nog eens?'

'We zien elkaar nu toch?'

'Dat bedoel ik niet. Wanneer spreken wij samen nog eens af?'

'We zullen wel zien. Bel maar eens.'

'Ik heb je al zo vaak gebeld. Je antwoordapparaat dan, want jij neemt nooit op. Ik zal wachten tot jij een keer naar mij belt.'

'We zullen zien,' zegt Viktor nog eens.

'Het is jouw beurt, dus jij moet mij bellen.'

'Ik zal je bellen als ik daar behoefte aan heb, en als ik dat nog niet gedaan heb, had ik er blijkbaar ook geen behoefte aan.'

Vanessa loopt kribbig weg en Viktor trekt een gezicht naar Lili. Lili moet erom lachen.

Op oudejaarsavond gaat Lili met Lisa naar een feest. Ze zitten buiten op een bankje een sigaret te roken met dekens rond hun schouders terwijl ze naar het feestgewoel kijken achter het raam. Ze hebben allebei een glas champagne in hun hand en proosten op de liefde.

'Hoe zit het eigenlijk met die liefde?' vraagt Lili.

'Veel te rustig, maar dat ga ik komend jaar helemaal anders aanpakken. Ik ben tegenwoordig zo eenzaam dat ik soms denk dat de acteurs uit de soaps die ik volg mijn vrienden en familie zijn. Dat kan echt niet meer. Maar hoe zit het trouwens met die van jou? Viktor nog gezien?'

'Dat is al even geleden.'

Sinds de kerstdrink heeft Lili Viktor niet meer gehoord.

'Vind je dat niet moeilijk?'

'Ik zou hem misschien wel vaker willen zien, maar eigenlijk is het wel goed zo. Hij heeft zijn leven en ik het mijne.'

'Als je dat aankunt,' mompelt Lisa en nipt van haar champagne.

'Het lijkt me op dit moment beter dat ik me niet te veel ga lopen hechten. Daar komen toch maar brokken van.'

'Denk je dat er nog andere vrouwen zijn?'

'Dat kan.'

'Daar zou ik het moeilijk mee hebben.'

'Het heeft geen zin me daar te druk over te maken. Zolang wij het leuk hebben samen is het toch goed?'

'Nou, dat weet ik dus niet. Stel dat het echt wat wordt. Ga je dan kunnen verdragen dat hij vreemdgaat?'

'Dat hangt van de situatie af.'

'De situatie lijkt me nogal duidelijk.'

'Uiteindelijk telt toch alleen of hij goed is voor jou en jij voor hem? Wat betekent af en toe seks met iemand anders dan?'

'En mag jij dat dan ook?'

'Dat lijkt me wel, ja.'

Om twaalf uur stuurt Lili een nieuwjaars-sms naar Viktor. Ze krijgt geen antwoord.

Het blijft nog een week stil en Lili denkt nog eens na over de woorden die ze in de nieuwjaarsnacht tegen Lisa sprak op het bankje. Ze mist Viktor.

**Subject:**
Dag Viktor,

Ooit las ik een boek waarvan ik alles ben vergeten behalve één ding. Volgens de schrijver, wiens naam ik ook vergeten ben, kun je alle gevoelens die een mens kan hebben terugbrengen tot twee. Angst en liefde. Alles wat je doet uit angst is een slecht idee en alles wat je doet uit liefde, al is het iemand verrot schelden, juist.

Het is zo simpel zoals alles eigenlijk simpel en eenvoudig is. Ha!

Ik heb al veel vrijblijvendheid mogen (moeten) ervaren, maar deze keer kan vrijblijvendheid voor mijn part ontploffen want het interesseert me niet. Ik heb je daar te graag voor en wil je vertellen dat ik je grappig vind, en slim en mooi en sexy en lief en een ongelooflijk chaotisch kieken.

Het gaat niet over bindingsANGST, verlatingsANGST of weet-ik-veel-welke-ANGST, maar over durven en doen.

Gelukkig nieuwjaar.

Liefs,

Lili

Precies een week later krijgt ze antwoord.

Hallo Lili,

Je mail deed me wel degelijk iets, veel zelfs. De angst-liefde theorie houdt me al jaren bezig. Met de sympathieke medewerking van kwakzalvers en spirituele vriendinnen. Het lijkt alsof ik in een soort krampachtige embryohouding terechtkom = angst, als iemand als jij mijn pad kruist = liefde. En dan gaat de angst nog meer spelen. In mijn hoofd: Ze is mooi, slim, grappig, een kieken, gek, stabiel, labiel...' de perfecte vrouw.

Kom, nu moet je het toelaten. En dan weet ik nooit wat ik daar dan mee aan moet. In het café zeggen ze: 'Hij is nog niet klaar voor een relatie...' Anders stel je jezelf die vragen niet. Maar op onze leeftijd speelt dat toch niet? Ah nee, wij moeten het na al die levenservaring toch rationeler aanpakken. Zo'n head over heels-verliefdheid da's voor pubers, dat maak je niet mee als 35-jarige.

Jawel, dat moet kunnen! Nee, dat kan niet! Toch wel! Nee nee nee! Mijn reactie is dan meestal afstand, met alle risico's die daarbij horen.

Lieve Lili, laat ons het nu als een vriendschap bekijken en mekaar zo snel mogelijk zien om hier verder over te praten. Zie ik je mooie ogen nog eens.

Een hele lieve kus,

Viktor

Lili is even de kluts kwijt en leest de mail nog een keer.

Het lijkt op een liefdesbrief maar het eindigt met een domper. Vriendschap. Nu dat weer.

Nog een week later lopen ze elkaar onverwacht tegen het lijf. Haar auto is stuk en ze is al veel te laat voor haar werk wanneer ze een taxi belt. De taxichauffeur levert haar netjes voor de deur af en nadat ze hem heeft betaald en onbeholpen is uitgestapt met haar laptop, paperassen en haar handtas, staan ze oog in oog voor de deur van het gebouw. Lili weet niet goed hoe ze zich moet gedragen, zegt hallo en loopt stijfjes het gebouw binnen. Viktor loopt achter haar aan en trekt haar mee een gang in waar ze niet moet zijn.

'Hoe gaat het met jou? Ik ben blij dat ik je zie.' Hij geeft haar een kus op de mond.

Lili staart hem aan en kijkt dan naar haar voeten. Ze kan niks bedenken om te zeggen.

'Spreken we snel af?'

Lili zegt nog steeds niks en veegt een paar pluisjes van de jas van Viktor.

'We zullen zien.'

Wanneer ze bijna klaar is met werken die avond ontvangt ze een bericht: Je zag er zo lief uit vandaag. Wil je met me trouwen?

Lili: Later als we groot zijn.

Viktor: Ik heb zoooooo'n zin in spaghetti. Ga je straks mee? X

Ze gaan naar een eetcafé in de buurt en bestellen spaghetti en een fles wijn. Gulzig drinkt Lili van haar glas terwijl Viktor onwaarschijnlijke verhalen vertelt. Lili moet lachen, maar op het moment dat ze denkt dat ze de situatie weer de baas is, slaat hij toe. 'Dus, wat was dat allemaal met die mail van jou?'

Lili heeft net een hap hete spaghetti met te veel tabasco in haar mond en wijst op haar kauwende kaken.

'Ik wacht wel.'

Ze krijgt de spaghetti niet doorgeslikt en grijpt naar haar glas. Met een grote slok wijn spoelt ze de deeghomp in haar mond weg. 'Mag ik meer wijn?'

Hij schenkt haar glas weer vol en ze neemt nog een slok.

Hij probeert het nog eens: 'Wat wil je?'

'Ik dacht, ik denk dat ik bang ben dat ik de kans niet krijg om...'

Viktor begint hardop te lachen. 'Ik wist al wat je ging zeggen! En ik moet je iets vertellen. Een paar jaar geleden heb ik een paar beslissingen genomen die misschien nogal egoïstisch lijken, maar wat ik onder andere heb besloten is dat ik niet meer mee wil doen met heel dat gebeuren. Dus als ik te veel voor iemand begin te voelen, smoor ik dat in de kiem, want dat kan ik. Ik kan zorgen dat dat weggaat.'

'En heb jij het recht om dat te doen dan?'

Viktor kijkt haar verbaasd aan. 'Daar heb ik nog nooit over nagedacht.'

Daarna volgt er opnieuw een uiteenzetting over vrijheid, en verder krijgt ze ook te horen dat haar vrijgevochtenheid hem juist zo aantrekt en dat zij toch ook niet in een beklemmende relatie wil verzeilen. Of heeft ze het gevoel dat het nu of nooit is? Lili zegt dat ze helemaal niet het gevoel heeft dat het bijna te laat is, maar dat ze, vrijgevochten of niet, natuurlijk op zoek is naar liefde zoals iedereen, of dat veronderstelt ze toch.

Een paar keer buigt Viktor zich over de tafel om haar te kussen en te zeggen hoe lief hij haar vindt. Voor ze naar huis gaat, zoenen ze in zijn auto en moet Lili zich van hem losmaken wanneer haar taxi er is.

'Ik ben gewoon een beetje bang. Mag dat?'

Lili probeert zijn ogen te onderscheiden in de donkere auto. De taxichauffeur toetert.

'En ik heb een beetje tijd nodig.'

Lili maakt aanstalten om uit te stappen.

'Dat dacht ik al.'

David: Nu moet je oppassen dat je niet in een hopeloze situatie terechtkomt. Natuurlijk kun je iemand tijd geven, maar hoeveel is dat dan? Volgens mij niet zo lang, want dan wordt het toch niks.

Lisa: Je moet wel goed op jezelf passen, hoor. Dat zijn van die gasten die spelen met anderen en jij bent misschien wel sterk, maar als je verliefd bent, ben je net zo naïef als ik.

Wolf: Gewoon doen! Leuk hem zien en ondertussen een beetje verder shoppen en plezier maken. Doei!

Thomas: Hallo, mijn naam is Thomas. Ken je mij nog? X

Lisa: Is hij nu nog niet klaar?

## 19

Lili neemt een beslissing

*De liefde ligt altijd voor de hand. Bemin!*
*(L'amour est toujours devant vous. Aimez)*
ANDRÉ BRETON

Lili weet dat dit zo'n moment is waarop je nog ongeschonden weg kunt lopen en de verleiding is groot. Eerlijk gezegd spreken de feiten onomstotelijk tegen Viktor. Een bange man met extreme bindingsangst, veel vrouwelijke aandacht én een groot ego. Bovendien rijdt hij in een 4 x 4. Dat is op zich al reden genoeg om weg te gaan en nooit meer om te kijken.

Maar er is meer.

Dit is een man die haar uitdaagt, haar aan het lachen brengt wanneer ze te veel piekert, die haar stimuleert, die ze niet zomaar onder de tafel kan kletsen, die haar af en toen de mond snoert en die haar na drie maanden nog steeds niet verveelt. Integendeel.

Maar het voornaamste is misschien wel dat de energie tussen hen altijd lijkt te kloppen wanneer ze samenzijn. Dat laatste kan ze zelf niet helemaal bevatten, maar het voelt altijd juist.

Ondertussen gaan er verschillende alarmbellen af en beginnen haar vrienden stilaan voorzichtig te worden. Behalve Wolf. Maar die is nooit voorzichtig.

Haar vader belt.

Lili ziet hem hoogstens een of twee keer per jaar. Beleefdheidsbezoekjes, want van een echte band is het de laatste twintig jaar niet meer gekomen. Soms is het gewoon te laat.

Ze praten er nooit over maar leven in een status quo waarbij iedereen tevreden lijkt. Lili voldoet aan haar minimumverplichtingen en Johan is tevreden dat zijn dochter aanwezig is op sommige verjaardagen of feestdagen. Wanneer zijn nieuwe vrouw hem daar om de paar maanden toe aanspoort, belt hij op en Lili heeft er een gewoonte van gemaakt die gesprekken dan te timen. Het kortste record is 1 minuut en 12 seconden, het langste 6 minuten en 57 seconden. Maar dat was omdat zij nog vroeg hoe het met oma was, en zijn vrouw, en de hond, en de buurvrouw.

De verjaardag van oma slaat ze nooit over, want het is de enige grootouder die ze nog heeft en oma is altijd gelukkig wanneer ze haar kleinkinderen op bezoek krijgt.

Johan vindt het goed zo en Lili ook. Hij weet praktisch niets van haar leven, behalve wat ze verdient, want dat vindt hij erg belangrijk.

Eén keer heeft de status quo zwaar onder vuur gelegen. Via een tante die ze al jaren niet had gezien, hoorde haar vader van de abortus die ze intussen een jaar daarvoor onderging. Hij belde haar op en was woest. Wist haar moeder daarvan? Ja, haar moeder wist daar intussen van. Wist ze wel hoe het was voor een vader om zo'n nieuws van anderen te moeten horen? Daarna volgde er een monoloog over kinderen met wie je niets dan last had en dat als hij ooit opnieuw zou kunnen beginnen, hij nooit meer aan die kinderen zou beginnen. Nooit meer.

Toen Lili hem vroeg wat hij nu eigenlijk wilde omdat hij niet lastig-gevallen wilde worden met problemen, maar tegelijkertijd kwaad was dat zij hem nooit iets over die van haar had verteld, was het stil aan de andere kant van de lijn. Nadien kwam geen van beiden nog terug op het telefoongesprek en ging Lili naar de eerstvolgende verjaardag van oma alsof er niets gebeurd was.

Vandaag belt Johan haar met slecht nieuws. Oma heeft een herseninfarct gehad en ligt in het ziekenhuis. Lili belt haar broer en samen gaan ze oma bezoeken zodra ze weer thuis is. Oma moet nu ook binnenshuis rondlopen met haar rollator en alle tapijten zijn van de vloer verdwenen omdat anders de wielen vastlopen in de hoogpollige wol. Oma, die altijd erg precies en opgeruimd is geweest, heeft vandaag haar vestje scheef dichtgeknoopt en zegt dat ze beter zelf even koffie zetten omdat het zo'n gedoe is om met haar rollator in de kleine keuken rond te schuifelen. Arthur zet koffie en Lili zit ondertussen bij haar grootmoeder die uit het raam kijkt.

'Hoe gaat het omaatje?'

Haar herseninfact heeft ook oma's stem aangetast en Lili moet haar best doen om te verstaan wat ze zegt. Oma zegt dat ze niet meer veel buiten komt nu en legt Lili uit waar het nieuwe apparaat aan de muur voor dient. Er zit een stem in die in verbinding staat met een klein doosje dat met een koord om haar hals hangt. Op het doosje zit een knop waar ze op moet drukken als er iets fout loopt of als ze hulp nodig heeft. Dat is nog niet gebeurd, maar wel heeft ze al een paar keer per ongeluk op het knopje gedrukt bij het bukken. Er kwam toen een stem uit de muur die vroeg of alles in orde was en de derde keer waarschuwde de stem haar dat ze toch een beetje voorzichtiger moest zijn en niet steeds voor niets alarm moest slaan.

'Nou, ik vind dat helemaal niet zo erg, dat ze soms eens moeten vragen of alles goed gaat met mij. Ik moet vijftig euro per maand betalen voor dat ding en zo doen ze tenminste iets voor hun geld.'

Lili krijgt een bericht van Viktor: Hoe gaat het? Waar ben je? X

Ze antwoordt: Bij oma. Herseninfarct en klinkt nu als een oude gremlin. Humor gelukkig intact. X terug.

Hij wil haar die avond zien en Lili weet dat ze op een keerpunt staat. Weglopen of niet. Ze zegt ja.

Ze heeft beslist dat ze hem een kans gaat geven, én zichzelf. Dat een mens meer is dan een reputatie alleen en dat zij niet wil handelen uit angst.

In de weken die volgen, gaat alles verder zoals het begonnen is.

Viktor belt, ze spreken af.

Viktor belt niet, ze spreken niet af.

In het weekend laat Lili hem met rust en spreekt ze af met haar vrienden. Zolang ze zelf niet onder de situatie lijdt, is het goed. Dat is de grens die ze heeft bepaald.

Het wordt nog steeds halfvier en voorzichtig zet Viktor stappen die Lili niet ontgaan.

Hij nodigt haar uit voor een première. Daar stikt het van pers en bekenden en na de voorstelling houdt Lili zich afzijdig en praat met een paar collega's die ze tegenkomt. Op het einde van de avond pakt Viktor haar hand en geeft een zoen in haar hals. Vanaf dat moment gaat het nieuws als een lopend vuurtje rond op het bureau en merkt ze dat er achter haar rug over haar wordt gepraat.

De weekends blijven heilig en het gebeurt nog steeds dat Viktor met de noorderzon verdwijnt en ze hem dagen niet hoort. Langer dan een dag zijn ze nooit samen, want er zijn altijd afspraken, telefoons, opnamen, verplichtingen, dingen te doen.

Soms gebeuren er kleine dingen die niet helemaal kloppen. Lili merkt ze altijd op maar zegt niets of maakt er grapjes over. Ze gaat ervan uit dat Viktor het nodig heeft om te bewijzen dat hij vrij is om te doen en laten wat hij wil.

Wanneer ze een keer bij hem thuis is, moet hij er ineens dringend vandoor. Zijn vader ligt in het ziekenhuis en hij gaat hem bezoeken. Ze vertrekken samen en Viktor rijdt achter Lili aan naar de snelweg. Wanneer ze de richting inslaat die hij volgens haar ook op moet, ziet ze hem rechtdoor rijden in haar achteruitkijkspiegel. Thuis checkt ze haar mail van die dag en terwijl ze die aan het lezen is, komt er ook een mail van Viktor binnen die blijkbaar gewoon thuis zit.

Een andere keer zijn ze aan het vrijen in zijn woonkamer en wanneer hij zich over haar heen buigt, ziet Lili een lange blonde haar aan zijn kin.

'Kijk, een blonde haar. Die is niet van mij.'

Viktor kijkt verbaasd naar de haar die Lili voor zijn neus houdt.

'Al een geluk dat mijn dochter lange blonde haren heeft.'

'Daar bent u weer mooi mee weggekomen, meneer Vaerewijck.'

Sindsdien duikt de haar verschillende keren op. Soms op de sofa, soms in bed, soms ergens anders.

Lili roept dan altijd: 'O mijn god, de blonde haar is terug! Pas op!'

Viktor moet daar dan om lachen.

Op een avond zitten ze samen in een café en bestelt Viktor een fles champagne. Hij zit met zijn rug naar de deur, maar houdt nauwlettend in de gaten wie er binnenkomt via de spiegel achter Lili.

'Verwacht je nog iemand?'

Viktor schrikt van de vraag.

'Nee nee. Ik ben gewoon wat onrustig. Te veel aan mijn hoofd.'

Vanaf dat moment is zijn aandacht weer bij haar, maar vindt Lili dat het tijd is om iets te ondernemen, en wanneer ze later die avond samen in bed liggen, doet ze een voorstel.

'Weet je wat ik heel graag eens zou willen?'

Viktor ligt met zijn ogen dicht en aait over de buik van Lili. 'Nee.'

'Ik zou zo graag eens weg zijn van al die afleiding hier. Gewoon wij twee samen en zien wat er dan gebeurt.'

'Oké. Ik kijk wanneer ik een weekend vrij kan maken en we plannen iets. Jij hebt zo'n lekker buikje.'

**Subject:** weekend
Dag lieverd,
Waar wil je naartoe?
Parijs, Barcelona, Lissabon, Amsterdam?
Vxxxxx

**Re:** weekend
Poepie,
Het maakt me niets uit zolang jij daar maar bent.
Amsterdam is wel heel dicht bij huis.
Kus,
Li

Lili typt driftig verder aan de evaluatie die om vijf uur klaar moet zijn. Haar baas steekt zijn hoofd al om de hoek van zijn kantoor en kijkt haar vragend aan.
 'Een kwartiertje nog. Maximum!'
 Ze schenkt haar zevende kop koffie van de dag in en werpt zich opnieuw op het toetsenbord.

**Re:** weekend
Dit goed voor jou?
X, Viktor

Ze klikt door naar de link onder zijn mail en ziet een hotel in Lissabon. Op een heuvel en met uitzicht op de stad vanuit het zwembad.

**Re:** weekend
Helemaal goed. Joepie!!!
X!

**Re:** weekend
Ik zit in mijn tuin en kijk naar twee zwanen. Zijn die niet voor hun hele leven samen?
Dat vind ik mooi.
Kus

## 20

Viktor gaat fietsen

*Doe maar voorzichtig als je het woord liefde gebruikt.*
*(Speak low, if you speak of love.)*
WILLIAM SHAKESPEARE

'Wat denk jij? Masturberen, is dat seks of liefde? Dat zou jij intussen moeten weten met die studie van je.'

Wolf ligt op het bed van Lili en Lili trekt zomerjurkjes uit haar kast die ze naar hem gooit zodat hij kan kiezen welke mee mogen naar Lissabon en welke niet.

'Daar heb ik eerlijk gezegd nog nooit over nagedacht maar ik zou zeggen: liefde. Liefde voor jezelf dan.'

'En masturberen aan je computer tijdens het chatten: liefde of seks?'

Wolf gooit de afgekeurde jurkjes weer terug en maakt een stapeltje van de rest.

'Ik zou zeggen dat internetseks puur seks is, maar als masturberen liefde voor jezelf is, dan is het dus eigenlijk beiden. Toch?'

'En als je denkt dat je verliefd bent op de persoon waarmee je aan het chatten bent?'

'Wolf, wat probeer je mij nu te vertellen? Je bent toch niet je hart verloren op internet? Jij! Mijn mentor. Dat had je mij ten strengste verboden.'

Lili staat voor de kast met in iedere hand een topje.

'Weet ik. Dat was ook helemaal niet de bedoeling. Die linkse moet je meenemen en die andere kan de vuilnisbak in. Niet sexy.'

Lili legt het linkse topje op de stapel, het rechtse vouwt ze weer op in de kast.

'Jezus,' zegt ze. 'Net als ik denk dat we alles gehad hebben, word jij verliefd op internet!'

'Ja,' zegt Wolf. 'En net als ik denk dat we alles gehad hebben, word jij verliefd op een soapacteur met bindingsangst en dubieuze manieren. Wat is erger, denk je?'

'Internet. Zonder twijfel.'

'Bepaal jij dat?'

'Wolf, je hebt die vent zelfs nog nooit gezien!'

'Toch wel. Webcam, lieve schat.'

Vanaf het moment dat Lili en Viktor onderweg zijn naar het vliegveld, valt er een last van de schouders van Lili.

'Joepie, we gaan op vakantie!'

Viktor moet om haar lachen.

Het is feest. Ze beginnen met champagne op de luchthaven en zetten dat voort in het vliegtuig, waar Lili Viktors hand vasthoudt bij het opstijgen. Hij houdt niet van vliegen.

Het hotel is poepsjiek en aan de receptie worden ze opnieuw ontvangen met champagne. Op de kamer hebben ze uitzicht over de stad en Lili denkt even aan dat andere mooie uitzicht in Barcelona. Ze doen een dutje en maken zich dan klaar om te gaan eten. Er is een restaurant waar Viktor haar absoluut mee naartoe wil nemen maar omdat hij de straatnaam is vergeten, dwalen ze meer dan een uur door de straten. Lili huppelt geamuseerd achter hem aan op haar hoge hakken en stelt voor dat ze ook ergens anders kunnen gaan eten. Viktor wil er niets over horen en belt vrienden thuis die hem kunnen helpen. Hij krijgt het nummer van het restaurant en belt op om de weg te vragen. Het is een sushirestaurant en Viktor begrijpt niets van de eigenaar die een mengelmoes van Portugees, Japans en Engels spreekt. Ze zoeken verder en terwijl Viktor het op zijn heupen krijgt, kijkt Lili om zich heen en geniet.

Uiteindelijk vinden ze het restaurant waar ze worden behandeld als koningen omdat de eigenaar de vrienden van Viktor kent en Lili weet niet wat ze eerst moet doen: proeven van de tongstrelende bijzonderheden die op haar bord komen te liggen of Viktor zoenen. Ze doet beiden tegelijk en dat smaakt perfect.

Na het eten lopen ze hand in hand rond en belanden in een travestietenbar waar ze weer champagne drinken. Om hen heen krijsende travestieten en luide muziek. Viktor en Lili zitten in het windstille middelpunt en hebben alleen oog voor elkaar. Dit was wat ze wilde weten. Hoe het was als al de rest er niet zou zijn. Het is helemaal goed en verliefd en dronken lopen ze terug naar het hotel waar ze in elkaars armen in slaap vallen. Voorzichtig rolt Lili Viktor op zijn zij wanneer ze even wakker wordt van zijn gesnurk. Ze geeft een zoen op zijn mond en hij gromt zacht.

'Lieverd. Is er iets?'

'Nee hoor. Je snurkte. Slaap maar weer.'

Hij slaat zijn armen om haar heen en trekt haar tegen zich aan.

'Ik hou van jou.'

Na het ontbijt de volgende ochtend wil Viktor aan het zwembad liggen, maar Lili is haar bikini vergeten en Viktor heeft zijn zwembroek ook niet bij zich. Ze haalt een lelijk zwart badpak in de winkel van het hotel en laat het op de kamer schrijven.

Zij in haar lelijke badpak, hij in een zwarte onderbroek liggen ze naast elkaar op riante bedden en kijken naar de stad onder hen. Viktor draagt Lili rond in het zwembad en ze slaat haar armen rond zijn nek. Weer op de ligbedden streelt Viktor haar borsten door haar badpak heen en Lili voelt haar tepels hard worden.

Op de kamer vrijen ze.

'Dat was anders dan anders,' zegt Viktor achteraf.

Lili bedenkt dat het de eerste keer is dat ze de liefde hebben bedreven maar zegt niets.

Op de vliegreis naar huis kunnen ze niet naast elkaar zitten en houden ze elkaars hand vast met het gangpad ertussen. Door dat gangpad marcheert een mooie stewardess met een onverbiddelijk strenge blik alsof haar leven er van af hangt en ze noemen haar Helga. Elke keer als ze voorbij moet, kijkt ze strak naar hun handen boven het gangpad en moeten Viktor en Lili elkaar loslaten zodat ze kan passeren.

Thuis is de lente begonnen en op haar bureau stapelt het werk zich op. Lili vraagt zich soms af waar ze eigenlijk mee bezig is. Ze regelt en bestiert en dat doet ze goed. Zo goed dat de taken groeien en ze nog harder begint te werken. Steeds vaker krijgt ze last van haar buik en haar schouders doen altijd pijn van de stress. Viktor zegt dat ze moet onderzoeken wat ze wil. Dat ze talenten heeft die ze niet gebruikt. Lili belooft dat ze erover zal nadenken maar ze is te verliefd om zich meer zorgen te maken dan strikt noodzakelijk.

Wolf valt halsoverkop voor de Hongaarse man die hij heeft ontmoet op internet en komt na een weekendje Boedapest niet meer terug. Ze skypen bijna iedere dag en Lili koopt ook een webcam. Zo houden ze elkaar op de hoogte, maar ze mist hem, de koffies die ze samen gaan drinken en hun geleuter over het leven en de liefde.

Wolf zegt dat hij denkt dat hij eindelijk heeft gevonden wat hij zocht. Een man die de perfectie benadert (lekker dier met het beste kontje dat hij ooit gezien heeft, goed in bed, slim genoeg om mee te praten, mooi appartement en bovenal niet bezitterig).

'Ik weet niet waar ik dit aan heb verdiend, maar ik ben hier in de zevende hemel beland. Ik hou van hem, hij houdt van mij. We spelen allebei nog wel eens daarbuiten en zijn blij als de ander het leuk heeft. Zo eenvoudig is het gewoon. En Boedapest is geweldig! Je zou het appartement moeten zien. Wanneer kom je? En neem dat vriendje van je dan eens mee. Of bestaat Eddy Plastic alleen in je fantasie? Haha!'

'Voorlopig kan ik hier niet weg, geloof ik. Te veel werk.'

'Weet je wat? Binnen twee maanden ben ik jarig en dan geef ik een feest, huur een hotel af en laat al mijn vrienden komen. Wat een geweldig idee nu ik erover nadenk!'

Op de terugweg van een etentje met vrienden van Viktor vraagt Lili of hij met haar mee wil naar Boedapest.

'Willen zeker, maar ik moet wel eerst kijken of ik me dat weekend kan vrijmaken.'

'Laat je me nog iets weten dan? Dan kan ik op tijd boeken, want ik ga sowieso.'

Ze gaan steeds vaker samen uit en Lili merkt dat sommige vrouwen daar venijnig op reageren. Zo komen ze op een avond opnieuw de Verschrikkelijke Vanessa Winters tegen. Terwijl Vanessa weer doet alsof Lili lucht is, houdt Viktor de hand van Lili vast. Vanessa fluistert iets in zijn oor wat Lili niet kan verstaan.

'Dag Vanessa,' zegt ze. 'Wij hebben elkaar al eens eerder ontmoet.' Ze steekt haar hand uit.

'Dat kan ik me niet herinneren.'

Vanessa schudt haar hand niet en Lili haalt haar schouders op. Wanneer ze weer weg is, zegt Viktor dat Vanessa hem vroeg wat er in godsnaam aan zijn arm hing.

'Zei ze *wat* in plaats van *wie*?'

'Ik geloof het wel.'

Later stelt Viktor Lili voor aan een andere vrouw die haar hand wel schudt.

'Ah, maar ik heb je vriendin al eens eerder ontmoet, toch?' Ze vertelt Viktor waar en wanneer dat was.

'Dat was iemand anders, denk ik,' zegt Viktor.

'O, nou ja. Bij jou verandert dat zo snel dat ik het soms ook niet meer weet. En ze lijken dan ook nog allemaal op elkaar.'

Bij een andere gelegenheid ontmoeten ze Tracey, een ex van Viktor. Terwijl Viktor alweer wegloopt om iemand anders te begroeten, laat hij hen samen achter en zit Tracey duidelijk verveeld met de situatie. Lili probeert een gesprek op gang te brengen maar geeft het al snel op. Achteraf hoort ze dat Tracey hem de rest van de avond bestookt met sms'jes dat ze het niet leuk vond hem met een andere vrouw te zien en of hij niet eens bij haar wil komen eten.

'Tracey kwam ooit met haar toenmalige vriend naar een feest bij mij thuis. Een week later was ze weg bij haar vriend en samen met mij. Drie weken later heb ik het uitgemaakt.'

'Daar moet je vooral trots op zijn.'

'Ik werd gek van dat mens.'

Lili ligt er niet wakker van. Wat telt is hoe Viktor haar behandelt. De rest is bijzaak.


David: Goed zo. Bij de kern van de zaak blijven.

Lisa: Wat een krengen. Ik zou meteen ruzie krijgen.

Wolf: Ach wat, jij bent toch de leukste.

Thomas: Ik vind dit niet leuk meer. Beteken ik dan niks voor jou? X

Lisa: Er zijn natuurlijk wel grenzen aan afscheid nemen. Wat is er mis met die man?

Gabriel: *What is happening to you? If you don't watch it you will turn into a pixel soon.*


*Dear Gabriel,*
*I AM A PIXEL! A pixel in love.*
*Kiss*
*L*


*Dear Angel,*
*As long as you're happy.*
*I still think you need at least 10 lovers to give you enough love and attention because you are FRAGILE.*
*Barcelona misses your eyes and endless legs.*
*G for Guidance*

Op een vrijdag zit Lili op een terras met Viktor en nadat ze allebei een slaatje hebben besteld, buigt Lili zich voorover om hem een zoen te geven. Viktor deinst achteruit en kijkt om zich heen.

'Wat is er?'

'Niets, ik moet gewoon een beetje oppassen wat ik doe in het openbaar. Dat weet je toch? Mensen kennen mij en voor je het weet wordt er weer van alles verteld.'

'Wat maakt dat nu uit? Tenzij je iets te verbergen hebt natuurlijk.'

Viktors gezicht betrekt even en hij begint snel over iets anders. 'Spreken we zondag af? Ik wil je graag zondag zien.'

Zondag stuurt Lili Viktor een sms: Hoe laat en waar?

Hij antwoordt: Vandaag niet lieverd. Ik ga fietsen. X

## 21

## Nieuwe liefde voor Viktor Vaerewijck

*Het hart is een beest dat je moet wantrouwen.*
*De intelligentie is er ook een, maar die heeft het nooit over de liefde.*
GRAHAM GREENE

Op haar bureau ligt een roddelblaadje wanneer Lili 's morgens binnen-komt. Ze ziet een foto van Viktor op de cover en leest: 'Nieuwe liefde voor Viktor Vaerewijck.'

Viktor heeft haar hier niets over gezegd en ze krijgt het warm.

Verschillende collega's zitten grinnikend naar haar te kijken. Ze legt het blaadje aan de kant en begint te werken. In haar pauze doet ze het open en leest dat hij iemand heeft ontmoet met wie het goed klikt en dat ze het rustig aan doen. Dat ze elkaar via de media hebben ontmoet maar dat hij niet kwijt wil of ze in de media werkt of niet. Dat hij niet valt voor borsten of billen maar voor de buik van een vrouw. Dat laatste vindt ze lief.

Dag Li,
Ze willen een foto van jou voor in de krant.
Kus,
V

**Re:**
Dat dacht ik niet!
xL

**Re:**
Oké dan. Kom je in dat geval vanavond bij me eten? Ik heb zin om voor je te koken.
Xxx

's Avonds hebben ze het niet over de bewuste krant. Zoals altijd zijn er te veel dingen die ze moeten bespreken en maken ze geen enkel onderwerp af omdat er dan alweer drie nieuwe zijn aangesneden.

Op zijn laptop laat Viktor haar foto's zien van zijn dochter en terwijl hij door zijn archief scrollt, ziet Lili een foto van Caroline wanneer hij even halt houdt.

'Hé, die ken ik ook!'

'Zullen we het daar een andere keer over hebben?'

Hij laat haar een filmpje zien van zijn dochter in Venetië en ze ziet een klein meisje met lange blonde haren door de straten dansen en af en toe omkijken naar de camera.

Later in bed vraagt Viktor aan Lili of ze ooit nog kinderen wil en ze zegt dat ze dat niet weet.

'Het klinkt misschien egoïstisch, maar ik wil er geen meer.'

'Dan moet je dat ook niet doen.'

'En als je nu per ongeluk zwanger zou worden?'

'Mocht ik per ongeluk zwanger worden, zou ik het kind houden. Dan moet dat blijkbaar zo zijn.'

'Zou je het niet zien zitten om de pil te slikken? Dan zijn we van dat gedoe af met die condooms. Daar heb ik echt een hekel aan.'

Lili denkt even na. 'Ik wil die alleen slikken als iemand exclusief voor mij is. En dan bedoel ik dat hij niet met andere vrouwen naar bed gaat zonder iets te gebruiken.'

'Is dat een slinkse vrouwenmanier om erachter te komen of iemand trouw aan haar is?'

'Eerlijk gezegd ga ik ervan uit dat jij niet de meest trouwe man bent. Ik zie jou en dan zie ik een kleine jongen in een snoepwinkel met alles voor het grijpen. En je kunt niet zo goed kiezen omdat je vindt dat al die snoepjes er zo lekker uitzien.'

'Maar jij bent wel het bijzonderste snoepje.'

'Als je dat maar weet.'

'Vind je dan niet dat je trouw moet zijn aan elkaar?'

'Ik geloof niet dat je dat kunt afdwingen van iemand anders.'

Ze stopt even met praten en kust zijn buik.

'Maar ik vind wel dat de rechten die je jezelf toeëigent ook voor iemand anders gelden.'

'Hoe bedoel je?'

'Als je kiest om niet trouw te zijn, dan moet je de andere persoon dezelfde keuze geven.'

'Ik weet niet zo goed wat ik daarmee moet, trouw zijn.'

'Beginnen met trouw zijn aan jezelf.'

'En wat moet ik met jou doen dan?'

'Veel van mij houden.'

'Dat doe ik al.'

'Goed zo.'

Vóór de verjaardag van Wolf gaat Viktor nog een week skiën met zijn dochter. Verder zegt hij nog iets vaags over een paar dagen Spanje daarna, maar ook dat hij nog niet weet of hij dat wel gaat doen omdat hij er niet zoveel zin in heeft. Tijdens zijn skivakantie wordt Lili opnieuw gebombardeerd met berichtjes. Ze heeft nog steeds veel werk en tussen de bedrijven door leest ze euforische berichten over een man die eindelijk weet wat hij wil en voelt dat hij stappen gaat zetten, met haar.

'Wat zit jij stom te grijnzen?'

Lisa loopt geënerveerd langs en roept naar een collega dat hij onmiddellijk zijn werk moet laten vallen om haar te helpen. En niet zometeen.

'Niks. Viktor.'

Haar gsm piept opnieuw: Ik hou van jou. Soms moet je me gewoon even laten gaan maar dan kom ik vanzelf weer terug. X

Ze stuurt: Doe wat je moet doen en maak dan dat je hier bent. Xje terug

Na zijn skivakantie heeft hij blijkbaar beslist toch naar Spanje te gaan en de avond tussen de twee vakanties zien ze elkaar bij Lili thuis. Viktor heeft een jodelende koe voor haar meegebracht en Lili drukt steeds opnieuw op de buik van het speelgoedbeestje om te luisteren naar het hemeltergende gejodel. Viktor kan niet lang blijven want hij moet de babysit gaan aflossen. Ze vrijen op de sofa en tijdens het vrijen zegt Viktor ineens ontroerd: 'Kijk nou naar jou.'

Later verontschuldigt hij zich meer dan eens dat hij niet kan blijven slapen.

'Doe niet zo raar. Ik wist toch dat de babysit wacht? Ga.'

'Ik wil je zo niet achterlaten. Ik lijk wel een getrouwde man die even snel naar zijn minnares komt en dan weer meteen weg moet.'

'Het is een schande!'

'Ik mis je nu al.'

Lili gaat naar bed en zet haar koe op het nachtkastje. Ze laat 'm nog een keer jodelen voor ze gaat slapen.

De dagen daarna hoort Lili weinig van Viktor. Ze ging er steeds vanuit dat hij weg zou gaan met vrienden, maar na de tweede dag krijgt ze er een raar gevoel bij en belt naar Wolf.

'Nou moet je eens goed naar mij luisteren, schat. Je zegt eerst tegen die gast dat hij trouw moet zijn aan zichzelf en nu ga je je zorgen lopen maken dat hij even weg is met je-weet-niet-wie. Laat hem dan maar doen wat hij moet doen. Hij komt wel weer terug.'

'Dat is waar, maar ik ben er ineens nogal zeker van dat hij daar naartoe is met een of andere dame. Of ga je met een neukvriendinnetje ook al op reis tegenwoordig?'

'Alles wat je kunt bedenken, gebeurt. Ergens ter wereld. Dus misschien heb je gelijk en misschien ook niet.'

Wanneer ze een keer door de stad loopt, komt ze Tracey tegen. Lili zegt hallo terwijl ze elkaar voorbijlopen maar Tracey lijkt haar niet te herkennen.

'Nou,' zegt Wolf later. 'Dan weet je in ieder geval dat hij niet met haar in Alicante zit. Haha!'

De dag voor hij weer naar huis komt, stuurt Victor: Bijna weer bij jou! Eindelijk. X

'Li, ik zit met iets in mijn hoofd en ik wist niet of ik je dit moest vertellen of niet.'

Het is maandagochtend en Lisa hangt al zeker vijf minuten rond het bureau van Lili, die het op haar zenuwen begint te krijgen.

'Dat klinkt niet goed. Vertel.'

'Sarah, die bij management zit, was dit weekend in Alicante en is Viktor tegengekomen.'

'Dat kan. Hij was daar ook.'

'Hij was daar met een andere vrouw.'

Lili doet alsof ze dat al wist en misschien is dat ook zo.

Tijdens haar lunch belt Viktor. 'Ik wil je snel zien. Kun je vanavond?'

'Het is nogal druk, maar ik bel je straks. Goed?'

'Je klinkt nogal koel. Alles goed met jou?'

'Ja hoor.'

Zodra ze bij Viktor thuis binnenkomt, voelt ze dat hij niet op zijn gemak is. Hij kijkt niet in haar ogen en Lili neemt het glas wijn aan dat hij haar geeft. Ze gaan in de tuin zitten.

'Hoe was Alicante?'

'Gaat wel. Lekker weer en lekker eten. Alleen was het gezelschap niet zo leuk, dus ik ben blij dat ik weer thuis ben.'

'Wat was er mis met het gezelschap dan?'

'Het was gewoon niet zo gezellig. Ik was daar met een vriendin en we hadden dit al een hele tijd geleden afgesproken, dus kon ik er moeilijk onderuit.'

Lili drinkt van haar wijn.

'Ze had examens gehad en ik had haar beloofd dat we zouden gaan als ze was geslaagd. En ze was geslaagd.'

Lili staat op en pakt de hand van Viktor. 'Kom.'

Ze neemt hem mee naar de slaapkamer.

Later die week is Viktor uren te laat wanneer ze 's avonds bij Lili thuis hebben afgesproken. Lili kan hem niet bereiken en ziet doemscenario's voor zich van wrakken in de vangrail en ziekenwagens, of erger. Pas na middernacht gaat de bel en komt Viktor stomdronken binnen. Hij wil Lili een kus geven maar ze ontwijkt hem en gaat een glas water halen.

'Klootzak.'

Hij stoot meteen het glas om dat ze voor hem neerzet.

'Jij moet lief zijn voor mij.'

Lili is een handdoek gaan halen en is in de weer om de nattigheid op te vegen.

'Als je het niet erg vindt ben ik eerst even de rotzooi aan het opruimen.'

'Jij bent helemaal niet lief.'

'Godverdomme, natuurlijk ben ik niet lief. Ik loop hier gek te worden omdat ik denk dat jij in een vangrail ligt met je dronken hoofd.'

'Maar ik hou van jou.'

'En ik van jou.'

'Ik was nog even iets gaan drinken en Sarah was daar ook. Van het bureau.'

'O.'

'Ze was de hele tijd over mijn been aan het wrijven. Ik snap vrouwen niet.'

'Sommige vrouwen zijn zo en andere vrouwen zijn anders,' zegt Lili terwijl ze zijn schoenen uitdoet.

'Ik weet gewoon niet of ik dit kan. Jij bent de eerste in drie jaar waar ik een relatie mee wil, maar als je te dichtbij komt, loop ik weg.'

'Er is maar één manier om daar achter te komen en dat is doen. Als het niet lukt, merk je het vanzelf.'

'Ik weet het niet.'

Lili beseft dat dit geen zin heeft en sleurt Viktor naar de slaapkamer. Ze kleedt hem uit en duwt hem in bed.

'Als je niet lief bent, ga ik naar huis.'

'Ik dacht het niet. Slaap eerst je roes maar uit.'

Binnen een paar seconden is Viktor vertrokken en Lili gaat naast hem liggen. Het duurt een hele tijd voor ook zij inslaapt.

## Praatjesmakers & cloaca's

'Li, ik heb alweer een heel weekend lopen tobben over jou.'

'Wat nu weer?'

Lisa en Lili zitten op een terras tijdens hun lunchpauze.

'Sarah kwam weer naar mij en nu vertelde ze ook met welke vrouw Viktor in Alicante was.'

'Heeft die Sarah eigenlijk niks beters te doen? En wil ik dit weten?'

'Nee. Ik lig er al twee dagen van wakker. Maar ik vind dat ik het toch moet zeggen.'

Lili voelt zich warm en koud tegelijk worden maar blijft rechtop zitten en luistert.

'Hij was daar met die Caroline. Blijkbaar hebben die twee nog steeds iets.'

Lili krijgt tranen in haar ogen en zet haar zonnebril op.

'Gaat het een beetje? Sorry, ik vond dat je dat moest weten.'

'Laat me maar even.'

Ze blijven zwijgend zitten en drinken hun koffie.

Lili kijkt naar de voorbijgangers en bedenkt dat al die mensen elke ochtend moeten opstaan om iets te gaan doen, ergens. Dat alle mensen op de hele wereld elke ochtend moeten opstaan om dingen te gaan doen. Zich moeten wassen, eten, gaan werken, naar school. Naar de wc moeten als ze die hebben, en anders ook. En dat al die mensen maar naar één ding op zoek zijn. De liefde die ze misschien nooit gaan tegenkomen. En toch staan ze elke dag weer op en gaan ze weer verder, een heel leven lang. Ze vraagt zich af hoe het verder moet als je dat ineens zat bent en daar allemaal niet meer aan mee wil doen.

Diezelfde middag krijgt Lisa telefoon dat een ex-liefje zelfmoord heeft gepleegd en gaat ze vroeg naar huis. Ze vraagt Lili of ze later op de avond langs wil komen, en wanneer Lili onderweg is in de auto, gaat haar telefoon.

'Schatje, hoe gaat het met jou?'

Viktor klinkt opgeruimd.

'Dat is al veel beter geweest.'

'Wat is er dan?'

'Misschien weet jij dat beter dan ik.'

'Wat dan?'

'Dat jij naar Alicante gaat met die Caroline en dat je er blijkbaar twee relaties op na houdt.'

'Wie heeft je dat verteld?'

'Wat maakt dat uit? Ik vraag me vooral af waar jij mee bezig bent.'

Het is even stil.

'Zullen we vanavond niet nog even afspreken dan? Dan kunnen we erover babbelen.'

'Ik ben onderweg naar Lisa, dus nu heb ik geen tijd.'

'Bel me daarna.'

Lili zet thee voor Lisa die verdoofd op een stoel zit en zich afvraagt of ze iets had kunnen doen voor de jongen zich gisteren onder een trein gooide. Hij had haar ooit nog eens gebeld om te praten, maar daar had Lisa zich toen niet klaar voor gevoeld. Lili zegt dat ze er niets aan kan doen en schenkt meer thee in terwijl Lisa huilt. Om elf uur gaat Lisa slapen en Lili naar haar auto.

In de auto belt ze naar Viktor.

'Ik ga nu naar huis. Het was een stomme dag.'

'Ik zou heel blij zijn als je toch komt.'

Versuft rijdt Lili naar het huis van Viktor.

'Ik weet niet zo goed waar ik moet beginnen, maar ik wil dat je weet dat ik veel om je geef en dat ik je niet kwijt wil.'

Lili kijkt Viktor aan, maar er komt geen tekst.

'Caroline en ik. Hoe moet ik dat uitleggen? We zien elkaar al drie jaar af en aan, en natuurlijk mag ik haar. Ook al wist ik vanaf het begin dat er geen toekomst in zit. Het was gewoon gemakkelijk. Ze doet alles voor mij en ik wilde me niet binden. Ze is er steeds geweest en ze heeft nooit moeilijk gedaan, daarom mocht ze blijven. Als ik haar wilde zien, hoefde ik maar te bellen en als ik geen zin had, liet ik haar links liggen. Ik heb altijd geweten dat ik er vroeg of laat mee moest stoppen. Maar ik deed het nooit.'

'Iemand die al drie jaar in je leven is, dan kun je wel spreken van een relatie. Dus heb je er eigenlijk twee.'

'Daar ben ik niet slim genoeg voor. Dat is veel te ingewikkeld. Nee, een relatie zou ik dat niet noemen met haar.'

'En ondertussen waren er anderen?'

Lili kent de rest van het verhaal al maar vraagt het toch.

'Ja, dat gebeurde. Maar die gingen vroeg of laat dingen vragen en eisen en dan was ik weer weg.'

'Zoals de verhalen de ronde doen.'

'Begin nou niet weer over die reputatie. Ik wilde mij niet binden. En bij haar kon dat.'

'Omdat dat is wat ze wil?'

'Nee, ze heeft dromen en plannen. Ze wil trouwen, kinderen. Alles erop en eraan. Maar ik ben eerlijk tegen haar en zij neemt daar genoegen mee.'

'Weet ze dat ik besta?'

'Nee.'

'Lekker eerlijk.'

'Je hebt tegen mij gezegd dat je wist dat ik niet de meest trouwe man ben.'

'Toen had ik het over seks. Niet over een andere relatie of iemand waar je mee op vakantie gaat terwijl je mij sms'jes stuurt dat je voor me kiest.'

'Het is geen echte relatie en dat is het nooit geweest. Het stelt echt niks voor, dus maak het alsjeblieft niet groter dan het is. Ik had haar een hele tijd geleden beloofd dat we zouden gaan als ze haar examens haalde. Ze doet die studie speciaal voor mij, ook al zeg ik haar dat ze het voor zichzelf moet doen. Maar ze wil zich graag bewijzen en laten zien dat ze iets kan.'

'Waar studeert ze voor?'

'Advocaat. Ze was eerst serveerster.'

'En waarom ga je er toch mee verder als het niks voorstelt?'

'Omdat... het is een beetje ingewikkeld. Ze kent ook Kato en die mag haar graag.'

'En daarom mag ik je dochter nooit zien en ben ik niet welkom in het weekend?'

Langzaam voelt Lili de gebalde vuist opkomen die haar hart in de houdgreep neemt. Ze wil roepen of huilen, maar in plaats daarvan neemt ze een sigaret en steekt die op.

'Ik wil mijn kind niet voortdurend aan iemand anders voorstellen. Kinderen hechten zich aan mensen.'

'En wat vond ze van het artikel in dat blaadje laatst?'

'Ze dacht dat het over haar ging. Het was niet makkelijk om ervoor te zorgen dat het over jullie allebei had kunnen gaan.'

Lili blijft nog steeds onbewogen zitten terwijl ze het gevoel heeft dat ze net een stomp in haar buik heeft gekregen.

'Besef je dan niet dat je met mensen aan het spelen bent?'

'Zo is het niet. Ik hou van jou.'

'Misschien ben je wel gewoon een praatjesmaker.'

'Denk je dat nu echt? Dat ik een praatjesmaker ben?'

Hij wil haar zoenen, maar Lili ontwijkt hem en zijn mond belandt ergens bij haar rechteroor.

'Volgend weekend is het feest van Wolf in Boedapest.'

'Is dat volgende week al?'

'Omdat ik maar niets hoorde heb ik twee tickets besteld. Ook een voor jou.'

'Dat is zo lief. Ik ga zorgen dat ik me vrij kan maken.'

Lili wil naar huis gaan, maar Viktor zegt dat het te laat is en dat ze beter kan blijven slapen. Ze is moe.

De volgende dag krijgt ze een mail van Viktor.

**Subject:** ik ben geen praatjesmaker! xV.

In attachment zit een foto van een uil.

David: Dit klopt niet meer helemaal. Hij zal wel een keuze moeten maken als hij je niet wil verliezen.
Lisa: Wat een eikel. Ik dacht steeds dat die Caroline verleden tijd was en hij op z'n minst eerlijk tegen je zou zijn.
Wolf: (in gesprek)
Thomas: Kan ik toch nog één keer een gesprek met je hebben? X
Lisa: Jezus Christus, wanneer stopt die man?

Op kantoor gonst het van de geruchten dat Viktor met een andere vrouw op vakantie is gegaan en Lili van niets wist. Lili merkt dat gesprekken stil-vallen wanneer ze in de lift stapt en dat sommige collega's niet weten wat ze moeten zeggen en haar daarom mijden. Weer anderen vragen bezorgd hoe het met haar gaat en leggen dan een hand op haar arm.

Lili haat het allemaal.

Pas op donderdag besluit ze dat Viktor mee mag naar Boedapest. Ze wil hem twee dagen voor zich alleen hebben en dan een beslissing nemen. Want hoewel Viktor doet alsof er niets is veranderd, is voor haar alles anders nu.

De nacht voor hun vertrek heeft ze een nachtmerrie. Ze bevindt zich in een groot, leeg hotel en is op de vlucht. Ze rent door de gangen en opent verschillende deuren. Achter elke deur die ze opendoet, staat Caroline haar op te wachten met een mes. Lili sluit de deuren steeds zo snel als ze kan en rent dan verder door de gangen. Ze blijft lopen tot ze uitgeput is en wanhopig wordt. Caroline blijft maar opduiken en Lili weet niet meer waar ze naartoe moet. Dan voelt ze een hand op haar arm die haar meetrekt naar een deur die ze nog niet had gezien. Lili kijkt opzij. Het is haar moeder.

'Kom jij eens hier,' zegt Maria en neemt haar dochter mee in een kamer met roze behang.

'Nu is het goed geweest.'

Maria sluit de deur achter hen.

Lili wordt wakker en kijkt op de wekker. Het is halfvier.

Vrijdagmiddag komt Viktor haar ophalen en drinken ze opnieuw champagne op de luchthaven. Lisa is niet meegekomen omdat ze de volgende dag naar de begrafenis van haar ex gaat.

'Heb je dat gezien?' vraagt Viktor wanneer ze in het vliegtuig zitten. 'Helga gaat ook mee!'

Lili kijkt opzij en schuin achter hen ziet ze Helga, de strenge stewardess die op hun vlucht van Lissabon naar huis steeds zorgde dat ze elkaars hand niet konden vasthouden. Vandaag is Helga niet in uniform, maar reist ze mee als passagier.

'Ja,' zegt Lili. 'Ik denk dat ze ons schaduwt. Of is dat je vrouw, die je ook al die tijd voor mij hebt verzwegen?'

'Ik moest je dat eigenlijk nog steeds vertellen. Je vindt het toch niet erg dat ze meekomt dit weekend?'

'Als ze maar op haar eigen kamer blijft dan.'

'Uiteraard.'

Ze komen laat aan en nemen een taxi naar het hotel dat Wolf heeft geregeld. Na het inchecken lopen ze weer naar buiten om nog iets te gaan drinken, maar vinden ze alleen stripbars, waar er blijkbaar veel van zijn in Boedapest.

Omdat ze hebben gehoord dat de vrouwen in Boedapest tot de mooisten van Europa behoren, gaan ze ergens naar binnen. Er is maar één andere klant en de oudere zakenman zit gebiologeerd te kijken naar de meisjes die verveeld aan een paal staan te dansen. Viktor en Lili bestellen vodka en geven commentaar op de meisjes. Eentje heeft mooie borsten maar geen billen. Een andere heeft een prachtig lichaam maar een chagrijnig hoofd. Een derde heeft een mooi gezichtje maar is nauwelijks anderhalve meter groot. Met hakken.

De zakenman verdwijnt naar boven met een van de meisjes en ondertussen duikt er aan hun tafel nog een nieuw meisje op. Ze maakt aanstalten om aan de kant van Viktor bij te schuiven op de pluchen bank maar Viktor gebaart dat het niet hoeft. Verward kijkt het meisje naar hen en probeert het dan aan de kant van Lili. Lili zegt ook dat het niet nodig is en het meisje verwijnt weer terwijl ze haar schouders ophaalt naar haar collega achter de bar.

De volgende dag lopen ze hand in hand langs de Donau. Ze hebben Wolf nog niet gezien, want die heeft het te druk met de voorbereidingen van het feest. Hij belt ieder uur om te zeggen dat het fantástisch wordt en Viktor en Lili gaan iets drinken op een boot op de rivier waar Viktor Lili vertelt dat hij zich zeldzaam thuis voelt bij haar.

'En ik vind jou zo lief. Jij bent zo lief.'

'Dat valt soms ook wel mee.'

'Nee, het is zo. En wat ook raar is, is dat ik me bij jou nog nooit aan iets heb gestoord. Nog niet één keer. Dat maak ik anders nooit mee.'

'Misschien komt dat nog wel.'

'Nee, want dan was het al lang gebeurd.'

Viktor neemt de laatste slok van zijn schuimwijn en gebaart dan naar de ober dat hij nog een fles wil bestellen. Zijn laatste sigaret is nog niet gedoofd of hij pakt alweer een nieuwe.

'Jij bent altijd zo gulzig in alles wat je doet. Alsof je nooit genoeg krijgt van drinken, eten, plezier, seks, het leven.'

'Hoe zou dat komen?'

'Ik weet het niet. Meestal vind ik het wel grappig en in bed zelfs erg leuk. Ik vraag me alleen af of je bang bent dat je nooit genoeg zal krijgen.'

'Dat vraag ik me ook wel eens af.'

's Avonds gaan ze terug naar het hotel om zich om te kleden voor het feest en wanneer Lili uit de badkamer komt, zegt Viktor dat ze er geweldig uitziet. Ze heeft nieuwe zilveren hakken aan die haar een fortuin hebben gekost. Aan de receptie bestellen ze een taxi die hen naar het appartement van Wolf en zijn vriend Gabor zal brengen. Gabor komt onmiddellijk naar Lili gesneld en zegt dat hij zich al weken verheugt om haar eindelijk te ontmoeten en dat hij veel over haar heeft gehoord. Lili vindt hem knap en charmant en knikt goedkeurend naar Wolf, die verderop staat te glunderen.

Op het feest kent ze verschillende mensen van thuis die ook zijn overgevlogen voor het weekend. Viktor raakt in gesprek met een vrouw die hem niet meer met rust laat en Lili wordt voorgesteld aan de buurvrouw van Wolf en Gabor over wie Wolf haar al uitvoerig verteld heeft tijdens het skypen.

Marianna is paaldanseres en heeft dijspieren van staal. Voor de rest ziet ze er tenger uit en haar roodgeverfde haren draagt ze strak naar achteren in een lange staart. Zoals alle vrouwen in Boedapest draagt ze ladingen make-up en Lili is een beetje bang voor haar.

Wolf heeft haar verteld dat hij eens bij haar op bezoek was en toen de fles wijn op was, pakte Marianna haar telefoon en sprak kort in het Hongaars tegen iemand aan de andere kant van de lijn. Even later ging de bel en stond er een nieuwe fles wijn op de stoep. Wolf had verbaasd gevraagd of er een soort wijndeliveryservice bestond in Boedapest en Marianna had hem uitgelegd dat haar slaaf de wijn had gebracht. Welke slaaf? wilde Wolf weten en Marianna vertelde over de oudere man met wie ze al jaren een sm-relatie had, tot hij iemand anders over hun relatie vertelde. Dat was tegen de regels en nu mocht haar slaaf haar nooit meer zien. Hij bleef wel haar slaaf en af en toe belde ze hem op met een opdracht.

Wolf had Lili ook laten weten dat Marianna een ingebeeld kind heeft, maar dat het taboe is om daar iets over te zeggen. Ze rijdt al jaren rond met een leeg babyzitje achter in haar auto en met Kerstmis koopt ze een cadeautje voor haar denkbeeldige baby. Lili blijft op veilig terrein en heeft het met Marianna over de stripbar waar ze werkt. Daarna gaat ze alleen dansen in de omgebouwde woonkamer, waar Wolf haar komt ontvoeren. Hij neemt haar mee naar de badkamer, waar ze verhoord wordt over de stand van zaken met Eddy Plastic en in het kort legt Lili de situatie uit. Ze ziet dat Wolf tranen in zijn ogen krijgt.

'Wat krijg jij nou ineens?'

'Het doet me pijn. Die man is zoals ik.'

'Hoe bedoel je?'

'Dat het een man is die nooit tevreden kan zijn met één persoon en die altijd meer en anders wil.'

'Dan hoeft het nog geen slechte man te zijn. Wij zijn toch ook beste vrienden?'

'Juist daarom. Ik wil dit niet voor jou. Ik wil dat er iemand is die goed is voor jou.'

'En wie zegt dat hij niet goed is voor mij? Misschien moeten wij onze weg nog zoeken en vinden we wel een evenwicht.'

Wolf kijkt haar verdrietig aan, maar zegt niets meer.

Innig gearmd lopen ze naar het terras, waar Viktor nog steeds met dezelfde vrouw staat te praten.

'En wat doet hij trouwens heel de tijd bij dat mens?' sist Wolf vals.

Lili gaat naar Viktor en de vrouw, die net haar buik voor hem ontbloot, en onderschept Viktor.

'Kom, ik moet je iets laten zien.'

Ze gaan naar de hal en nemen de lift naar de bovenste verdieping. Wolf heeft haar verteld over het dakterras en het adembenemende uitzicht vanop de heuvels van Buda over de Donau en Pest aan de overkant van de rivier.

Vanuit de ligstoelen die op het terras staan, kijken ze naar de lichtjes in de verte.

'Ik weet niet meer zo goed wat ik hier allemaal mee moet,' begint Lili.

'Ik wil het nog steeds proberen.'

'Proberen is misschien niet genoeg.'

Viktor trekt aan zijn sigaret. 'Ik ben dol op jou, dat weet je al. Maar ik ben misschien ook niet zo heel erg verliefd.'

Lili kijkt voor zich uit en neemt in zich op wat ze te horen krijgt. Ze weet dat dit niet goed genoeg is. Viktor trekt haar bij zich op schoot.

Lili slikt een paar keer om haar tranen te bedwingen en in stilte neemt ze afscheid terwijl Viktor haar vasthoudt.

'Kom,' zegt ze even later. 'Terug naar het feest.'

Ze trekt hem overeind en weer beneden gaat ze nog een mojito halen en danst ze alleen rond tussen de andere mensen in de woonkamer. Wanneer later op de avond een collega van Gabor met Lili staat te flirten, komt Viktor naast Lili staan en wijkt de rest van de avond niet meer van haar zijde. Tegen de ochtend staat de vrouw met wie Viktor eerder praatte plots te zoenen met een andere man, terwijl haar vriend ernaast staat toe te kijken.

'Heb je dat gezien?' vraagt Viktor geschrokken. 'Haar vriend staat er gewoon naast.'

'Ja, dat zie ik,' zegt Lili en draait zich weer om.

Ze delen een taxi met de zoenende vrouw en haar vriend en onderweg naar het hotel entertaint Viktor het gezelschap met luid gezang en verhalen over Stalin en Lenin. Lili probeert hem het zwijgen op te leggen omdat ze denkt dat de taxichauffeur hen anders onderweg ergens zal achterlaten, maar ze krijgt hem niet stil. Wanneer ze aankomen bij het hotel zegt de vriend van de zoenende vrouw: 'Jullie zijn een fantastisch koppel.'

'Ja,' zegt Lili. 'En het mooiste is dat we helemaal geen koppel zijn!'

Voor er nog iemand iets kan zeggen, trekt ze Viktor mee naar de kamer, waar hij zich meteen op het bed laat vallen en begint te snurken.

's Morgens praten ze in bed na over het feest, cloaca's en hoe vogels seks hebben. Dat intrigeert Lili en Viktor blijkt er alles vanaf te weten. Ze vrijen en gaan dan ontbijten voor ze weer naar de luchthaven moeten vertrekken. Terwijl Boedapest aan hen voorbijtrekt tijdens de taxirit, plaagt Lili Viktor dat ze toch een mooi afscheid hebben gevierd samen. Viktor kijkt haar geschrokken aan.

'Meen je dat nou?'

'Tja, er zit niet veel anders op als jij niet wil inzien dat ik de ware ben. Dan moet ik dat maar gewoon accepteren en verdergaan.'

Viktor bekijkt Lili alsof hij niet weet of ze het nu meent of niet. Ze weet het zelf ook niet. Zodra ze op de luchthaven in zijn auto stappen, gaat zijn gsm en ziet ze Viktor kijken wie er belt en dan de telefoon wegleggen zonder op te nemen.

Later op de avond, wanneer ze weer alleen thuis is, stuurt ze een sms: Hoe graag ik het ook zou willen, ik kan dit niet. Ik heb het gevoel dat ik al heel lang mijn adem aan het inhouden ben en ik heb dringend lucht nodig. Daarom laat ik je gaan. Ik hou van jou. X

Daarna slaapt ze dertien uur aan een stuk.

De volgende dag pas ziet ze zijn antwoord: Ik kan hier nu niet meteen op antwoorden. X

David: Sommige mannen zijn echt heel hardnekkig in die dingen.

Lisa: Wat een eikel.

Wolf: Laten vallen als een baksteen en meteen een andere zoeken! Of twee. Of drie!

Thomas: Ik vind dit niet leuk meer! X
Lisa: Ja, zeg!

## 23

## De anale fase

*Het is met de liefde net als met het eten van paddestoelen. Je weet pas of ze eetbaar zijn als het te laat is.*
NANA MOUSKOURI

Drie dagen na Boedapest moet Lili voor haar werk naar een diner waar Viktor ook zal zijn. Het is aan de andere kant van het land, en wanneer ze in de auto zit, stuurt hij haar een bericht: Alles goed met jou? Ik vind de weg niet en hopeloos te laat.

Ze stuurt: Zoals altijd, dus niks aan de hand.

Bij het diner zitten ze recht tegenover elkaar maar praten ze alleen met de mensen die links en rechts van hen zitten. Lili schiet uit met haar mes en een stuk vlees belandt op het bord van haar buurvrouw. Na het hoofdgerecht piept haar gsm in haar handtas.

Een bericht van Viktor: Ik hou van jou!

Lili kijkt naar hem maar hij is druk in gesprek en ze legt haar gsm weer weg.

Bij de koffie typt ze zelf een bericht: En ik van jou. Wat zijn we dan aan het doen?

Ze gaan samen een sigaret roken buiten. Viktor vraagt Lili of ze niet bij hem wil blijven vannacht. Hij heeft een hotel geboekt en zo kunnen ze nog iets gaan drinken na het diner. Lili zegt dat ze erover zal nadenken.

Die avond belandt ze op zijn hotelkamer en wanneer ze 's morgens wakker wordt, is Viktor alweer weg voor een vergadering. Lili heeft vrij omdat het een feestdag is en rijdt naar huis. Onderweg belt ze David.

'Li, wat ben je toch aan het doen? Mannen hebben een beetje duidelijkheid nodig in die dingen. Op den duur snapt hij er ook niks meer van.'

'Alsof ik het allemaal snap. Die man wil niet, maar toch wel, of niet, of wel, of niet. Ik word hier gek van!'

'Als hij het niet zeker weet, is dat dus eigenlijk niet. Zo simpel is dat.'

'Je hebt gelijk.'

'Dus, wat ga je doen?'

'Doorzetten en niet opnieuw beginnen.'

'Goed zo.'

Met een kater en een dekentje ligt ze thuis op de sofa wanneer Lisa langskomt.

'Wat is er met jou gebeurd? Ben je gisteren nog gaan doorzakken of zo?'

'Ja, met Viktor.'

'Dus dat verhaal is nog niet afgelopen?'

'Toch wel. Dat moet. Het is goed geweest.'

'Ja, tot hij je wil zien.'

Nog voor ze uitgesproken is, gaat de gsm van Lili. De telefoon ligt tussen Lili en Lisa in en allebei buigen ze zich voorover om te kijken wie er belt. Viktor.

'Daar krijg je het al. Ga je opnemen?'

'Nee.'

'Weet je het zeker?'

'Ja.'

De telefoon stopt met rinkelen en begint meteen daarna opnieuw. Tot vijf keer toe probeert Viktor Lili te bereiken en zitten Lisa en zij naar de telefoon tussen hen in te staren. Daarna is het stil.

'Als ik hier nu niet was geweest, had je dan wel opgepakt?'

'Ik denk het niet.'

Lisa gaat weer weg en Lili stuurt een bericht naar Viktor: Vannacht was fijn maar er is niets veranderd. X

Een week nadat ze elkaar voor het laatst hebben gezien, zit Lili aan haar bureau wanneer ze een stekende buikpijn krijgt. Ze gaat naar het toilet en dubbelgebogen van de pijn blijft ze daar meer dan een half uur zitten. Het wordt steeds erger en Lili kan niet meer rechtop lopen omdat dat te veel zeer doet. Voorovergebogen schuifelt ze naar haar bureau om haar spullen te pakken en zegt tegen een collega dat ze naar de spoedafdeling gaat omdat ze niet weet wat er met haar aan de hand is. Haar collega vraagt bezorgd of hij haar moet brengen, maar dat wil ze niet.

Kermend gaat ze in haar auto zitten en rijdt naar het ziekenhuis. Op de spoed moet ze eerst nog drie kwartier wachten, maar uiteindelijk mag ze binnengaan bij een jonge dokter. Ze legt uit wat er aan de hand is en hij voelt aan haar buik. Daarna vraagt hij of ze eventueel zwanger zou kunnen zijn.

'Ik dacht van niet.'

'Dan beginnen we toch met een zwangerschapstest.'

Op het toilet gaat ze plassen in het potje en daarna moet ze weer wachten in de kamer. Terwijl ze de minuten voorbij ziet tikken op een grote klok aan de muur, gaat ze de mogelijkheden af als de test positief zal zijn. De test is negatief.

Vervolgens opteert de jonge arts voor een darmonderzoek en zegt tegen Lili dat ze op haar zij moet gaan liggen, terwijl hij een doek onder haar schuift.

'Dit is mijn eerste anale onderzoek. Wat moet ik doen?'

'Gewoon ontspannen.'

Lili kijkt naar de muur en voelt een latex vinger van de dokter naar binnen gaan en voorzichtig voelen.

'Ik voel geen stop aan het uiteinde. We zullen dan toch maar foto's laten maken.'

Weer buiten zet Lili haar gsm aan en ziet ze dat ze een bericht van Viktor heeft: Iedereen is naar je op zoek. Wat is er aan de hand? Bel mij even als je kunt.

Ze belt hem op.

'Waar zat jij? Ik kreeg telefoon van een collega die vroeg of ik al nieuws had omdat je naar het ziekenhuis was gegaan.'

Die collega was blijkbaar niet op de hoogte van de laatste stand van zaken.

'Ik zat in de spoed voor wat onderzoeken omdat ik zo'n buikpijn had.'

'En gaat het een beetje met je?'

'De buikpijn is al beter en verder ben ik anaal genomen door een dokter.'

'Toch geen grote neger hoop ik?'

'Nee hoor. Geen grote neger.'

'Je bent toch niet zwanger?'

'Ik heb een darmobstructie in de grote darm, als je dat graag wil weten.'

'Jakkes. En wat moet je daarmee doen?'

'Een lavement. Waarom ben jij trouwens ineens zo bezorgd?'

'Omdat ik om je geef. Ik zou graag nog eens met je willen praten.'

'Waarover dan?'

'Over ons.'

'Ik denk niet dat dat zin heeft.'

'Jezelf ziek maken wel?'

Een paar dagen later staan ze per ongeluk samen in de lift wanneer Lili naar huis wil gaan. Er wordt niets gezegd en wanneer de liftdeuren weer opengaan, zegt Viktor: 'Nou, dat was al een van de betere liftgesprekken die ik ooit heb gehad.'

'Ja.'

Ze blijven allebei staan aan de buitendeur.

'Wil je echt niet nog eens afspreken? Er zijn toch wat dingen die me niet helemaal zo duidelijk zijn en jou misschien ook niet. Denk er eens over na.'

Hij geeft haar snel een zoen op de mond en is verdwenen voor Lili iets kan zeggen. Ze draait zich om om naar haar auto te lopen en staat ineens oog in oog met Steven, die net het gebouw wil binnenlopen.

'Wat doe jij hier?'

Duidelijk geschrokken kijkt Steven haar aan. 'Ik kom solliciteren bij de afdeling Evenementen.'

Geweldig, dat ontbrak er nog aan. Lili heeft zin om het op een gillen te zetten.

'En wist je al dat ik hier ook werk?'

'Dat had ik gehoord. Ik wilde je eigenlijk nog bellen om te vragen of dat goed zou zijn voor jou, als ik hier ook kom werken.'

'En wanneer ging je dan bellen? Nadat je was aangenomen?'

Lili kijkt Steven strak aan terwijl hij zijn ogen neerslaat.

'Ik wilde eerder bellen, maar ik durfde niet goed.'

'Niet durven bellen, maar wel durven solliciteren. Ik vind dit heel bijzonder.'

'Als je wil dat ik het afblaas, ga ik dat nu binnen zeggen.'

'Doe vooral wat je moet doen. Het is jouw leven dus ik hou je niet tegen. Maar ik mag hopen dat je me nooit iets in de weg legt want dat vergeef ik je nooit.'

'Natuurlijk leg ik je nooit iets in de weg.'

'Nou, succes dan maar.'

Op zondagmorgen zit Lili in bad. Ze heeft de dag ervoor van 's morgens tot 's avonds op het toilet gezeten na het nemen van een zoutoplossing van de dokter. Er leek geen einde aan te komen en zodra ze van het toilet kwam, moest ze alweer terug. Tussen het leeglopen door zat ze afwisselend aan de telefoon met haar moeder, Wolf en Lisa, maar moest ze de gesprekken steeds voortijdig beëindigen om weer naar de wc te sprinten.

Haar moeder had eerst goed naar haar verhaal geluisterd.

'Dus eigenlijk heb je na dat weekend je conclusies getrokken zonder er nog met hem over te praten?'

'We hadden al zoveel gepraat en hij heeft de hele tijd gezwegen over iemand anders in zijn leven. Dat schiet niet op.'

'Maar je hebt hem daarna, toen het uitkwam, geen tijd meer gegeven?'

'Toch wel, een week. Trouwens, ik vind het ook erg vervelend dat ik het op mijn werk moet horen dat hij met zijn andere vriendin op vakantie is geweest. Iedereen kletst daarover en ik moet elke dag maar aan mijn bureautje gaan zitten en doen of er niks aan de hand is.'

'Misschien moet je toch ook nog eens naar zijn verhaal luisteren voor je je conclusies trekt.'

'Mam, ik moet ophangen. Ik moet weer.'

Ook Lisa was kritisch: 'Eigenlijk dump je hem gewoon via een sms. Twee keer in één week. Daar kan zo'n man ook niet mee lachen.'

'Zo had ik er nog niet over nagedacht, maar ja, dat heb ik inderdaad gedaan. Ik denk gewoon dat als ik met hem afspreek, ik me meteen weer laat inpakken met mooie woorden en dat wil ik niet.'

'Maar geef je iemand dan wel een kans?'

'Het duurt al bijna zeven maanden. Is dat niet lang genoeg? Hij wacht rustig af tot andere mensen mij komen vertellen wat er aan de hand is. Dat is niet oprecht.'

'Toch vind ik dat je moeder gelijk heeft. Je zou op z'n minst nog eens kunnen luisteren.'

'Daar gaan we weer. Darmprikkel! Doei!'

Als laatste hoorde ze Wolf.

'Je hebt groot gelijk. Wat denkt hij nou? Als die gast niet ziet hoe geweldig jij bent, dan gaat 'ie maar met z'n serveerster naar Alicante.'

'Ze studeert voor advocaat.'

'Nou en? Eens een serveerster, altijd een serveerster.'

'Ik ben ook serveerster geweest.'

'Dat is anders, omdat jij het bent.'

'Wolf, ik moet weer lopen.'

'Ga je weer ontploffen in de pot? Dag lieve schat.'

Nu ligt Lili in bad met een brandend achterste en voelt ze zich letterlijk en figuurlijk leeg. Ze probeert een boekje te lezen maar dat lukt niet. Daarna zingt ze een liedje maar dat helpt ook niet.

Ze mist Viktor.

Er rolt een traan over haar wang en Lili denkt aan haar dappere missie, die nu ver zoek lijkt. Ze droogt zich af en gaat naar haar balkon voor wat frisse lucht. Onder zich hoort ze een hels kabaal op het balkon van de buren en ze buigt zich voorover om te zien wat daar gebeurt. Twee duiven lijken in een ernstig gevecht verwikkeld te zijn. Onder luid gefladder vallen de duiven elkaar aan met hun snavel tot de ene duif op de andere kruipt en ze al fladderend met hun vleugels op elkaar blijven zitten. Gebiologeerd kijkt Lili toe hoe vogels seks hebben.

Ze stuurt Viktor een bericht: Net gezien bij 2 duiven hoe dat werkt met die cloaca's. Het ziet eruit als een hels gevecht. Mis je. X

Dezelfde week gaan ze samen eten.

Lili laat haar sushi bijna onaangeroerd terwijl Viktor, gulzig als altijd, ook haar eten opeet. Ze wil veel zeggen, maar blijft onbeweeglijk zitten en kijkt toe hoe hij een sushi in de sojasaus met gember doopt. Tussen twee tonijnsashimi's door zegt Viktor: 'Ik ben zo blij dat ik je weer zie. Hoe gaat het?'

'Het gaat wel.'

'Dat klinkt niet zo geweldig.'

Lili wil zeggen dat ze zich hartstikke slecht voelt, hem mist en daar ziek van wordt. De woorden komen niet en als Viktor nog eens vraagt hoe ze zich voelt, is ze bang dat ze weer gaat huilen. Dat wil ze in geen geval.

'Zit je je weer veel te veel zorgen te maken en ben je bezig met duizend-en-een analyses? Dat is niet gezond, dat weet je toch?'

'Dat kun jij makkelijk zeggen. Misschien maak ik te veel analyses maar misschien zou je er beter zelf eens eentje maken.'

'Dat is ook waar. Ik weet dat ik soms een beetje een struisvogel ben, maar ik heb ook niet zo'n zin om overal een probleem van te maken. Dat belemmert je om te leven.'

'Problemen die je voor je uit schuift lossen zich ook niet vanzelf op. Dus op den duur wordt dat dan wel een grote berg.'

'Vertel mij eens. Hoe doe jij dat dan? Er is een probleem, dat geef ik toe. Ik zeg dat ik daaraan wil werken en het eerste wat jij doet is al je deuren dichtgooien en dan niks meer.'

Viktor legt zijn chopsticks neer en kijkt Lili lang aan.

'Jij moet eens meer je plek opeisen.'

'Hoe kan ik mijn plek opeisen als ik de situatie niet ken?'

'Dat kun je niet. Maar nu ken je de situatie en loop je weg. Is dat een soort zelfbescherming of zo?'

'Ik hoopte dat jij mij die plek zelf zou geven.'

Viktor buigt zich voorover en kust haar.

'Niet doen.'

Hij kust haar opnieuw.

'Misschien ben ik wel gewoon een bange man die stomme dingen doet en misschien moet je mij gewoon tot de orde roepen en je plek opeisen en misschien loop ik dan helemaal niet weg.'

'Wat zou jij in mijn plaats doen?'

'De eer aan mijzelf houden en mij dumpen.'

'Dat heb ik gedaan.'

'Inderdaad. Maar als je me wat tijd geeft, kom ik er wel uit. Weet jij wel hoe uitzonderlijk het is om iemand tegen te komen met wie het klikt op alle vlakken?'

'Weet jij dat ook?'

'Wat zou je het liefst van alles willen?'

'Jou liefhebben en jij mij.'

'Dat doe ik toch al. Je hebt geen idee hoeveel pijn je mij hebt gedaan met je sms'jes.'

'Jij doet mij ook pijn.'

Die nacht blijft Viktor bij Lili en hij slaapt nog wanneer Lili 's morgens al een tijdje het plafond ligt te bestuderen. Zodra ze op de wekker ziet dat het bijna tijd is om op te staan, maakt ze hem voorzichtig wakker. Ze masseert zijn schedel en kroelt door zijn haar.

'Ik heb eens nagedacht.'

'Nog meer analyses?'

Zijn ogen blijven nog dicht en hij bromt even wanneer haar vingers stoppen met masseren.

'Nee, gewoon een logische conclusie.'

'Wat dan?'

'Ik heb geprobeerd om je niet meer te zien en daar werd ik ziek van.'

'Mm.'

'Dus wil ik het wel proberen om je toch te blijven zien. Maar ik heb wel evenwicht nodig.'

'Mm.'

'Dus als jij niet trouw aan mij bent, ben ik ook niet meer trouw aan jou. Dat is de enige oplossing.'

Viktor opent zijn ogen en kijkt Lili verbaasd aan.

'Zeg, ik ben nog niet eens wakker en dan kom jij daarmee.'

Wanneer hij Lili een week later komt ophalen om naar een receptie te gaan, is Viktor druk aan het sms'en. Haar gsm piept en Viktor schrikt.

'Sorry, die was niet voor jou. Die moet je deleten.'

Lili pakt haar gsm en leest: Nu niet. Ik moet nu werken popje. X

Ze delete de sms.

Viktor mompelt iets over een vrouw die hem maar blijft lastigvallen en kijkt dan opzij naar Lili.

'O jee, en nu denk jij dat ik naar iedereen van die sms'jes stuur met koosnaampjes en zo.'

'Hoeveel relaties heb jij nu eigenlijk?'

'Twee. En jij?'

'Geen een als ik er zo over nadenk.'

David: Ik weet het niet hoor. Volgens mij gaat dit alweer de verkeerde kant uit.

Lisa: Ik heb hier niet zo'n goed gevoel over.

Wolf: Als je hem dan toch zo nodig wil blijven zien, pak er dan nú een ander bij. Of nog liever twee! Of drie! Of vier!

Thomas: Kan ik je dan op zijn minst nog één keer zien? De man die echt iets om je geeft. X

Lili: Woensdag?

`

## 24

## Griekse tragedie in Alicante

*Liefdeswaanzin! Pleonasme!*
*Liefde is toch reeds waanzin!*
HEINRICH HEINE

'Dus je hebt dat gewoon gedaan?'

Lisa staart Lili aan over de rand van haar zonnebril. Het is warm en ze liggen languit in het park onder hun favoriete boom, een grote eik.

'Wat?'

'Thomas laten komen en seks met hem gehad?'

'Ja.'

'En hoe was dat dan?'

'Dat viel best mee. Het was gewoon seks. En we kennen elkaar al, dat scheelt ook.'

'Vroeg hij niet waarom je hem zolang niet wilde zien? Wilde hij geen ingewikkelde gesprekken voeren?'

'Nee. Dat zou ook een beetje raar zijn, dat ik me moet verantwoorden. Hij is getrouwd, weet je nog?'

'En voelde je je schuldig tegenover Viktor?'

'Ik doe het om Viktor te kunnen blijven zien. Dorst?'

Lili reikt Lisa een fles water aan en Lisa neemt een slok.

'Ik vind het sterk van je. Echt waar. Maar ik snap niet dat je zover wil gaan voor een man.'

'Liefde is toch onvoorwaardelijk? Weet je wat het is? Ik zie heus wel hoe Viktor met vrouwen omgaat. De grote show die hij vaak opvoert. Maar ik hou van die man en wanneer we samen zijn kloppen de dingen gewoon. Of klink ik nu toch als een zwakzinnig liefdesslachtoffer?'

'Weet ik niet.'

Lisa kijkt Lili fronsend aan.

'Zelfs wanneer ik razend ben, hou ik van hem. Er is geen ontkennen aan. Als je mij de situatie van tevoren had geschetst, had ik zeker feestelijk bedankt. Maar nu kan ik niet meer weg want, fout of niet, ik vrees dat dit 'm is. Dus ga ik niet meer weglopen, maar zorgen dat ik zelf in evenwicht blijf. Enter Thomas. Voilà.'

'En waar stopt dat dan? Onvoorwaardelijke liefde?'

'De vraag is of dat stopt. Nee toch?'

'Ik heb ook iemand ontmoet.'

Lisa neemt nog een slok water en geeft de fles weer aan Lili.

'En dat zeg je nu pas? Hoe, wie, wanneer, hoe lang?'

'Het is een beetje een vreemd verhaal. Ik heb hem ontmoet op die begrafenis laatst. Hij was daar ook en we kenden elkaar nog van vroeger.'

'Romantiek op een begrafenis!'

'Is dat heel erg luguber? Ja, hè? Ik durfde het gewoon nog tegen niemand te zeggen.'

'Helemaal niet. Ik vind het geweldig. Misschien is het wel een heel mooi afscheidscadeau van je ex. Dat kan zomaar.'

'Dat zei Ernst ook al.'

'Ernst. Dat klinkt ernstig.'

'Zo voelt het ook. Hij is zo anders dan James. Niks rock-'n-roll, maar heel gewoon en heel fijn. Ik heb namelijk ontdekt dat rock-'n-roll meestal niets meer is dan een zielig excuus om je te behandelen als een idioot en het zegt me niets meer. Ernst houdt van samen boodschappen doen en daarna een dvd'tje kijken. Gewone, saaie dingen. En weet je wat? Ik ook.'

**Subject:** alweer een première!

Snoes (eindelijk heb ik de juiste naam voor je gevonden!),

Ga je zaterdagmiddag mee met mij en Kato naar de Shrek-première? Daarna kunnen we iets gaan eten samen.

Xxx,

V

Wanneer Lili het portier van de auto opendoet, zit Kato al nieuwsgierig klaar tussen de twee voorste stoelen.

'Ben jij al ooit in het Atomium geweest?'

'Ja, maar dat is al heel lang geleden.'

'Zie je wel. Ik wist het!'

Triomfantelijk kijkt ze naar haar vader in de achteruitkijkspiegel.

Wanneer ze de bioscoop binnenwandelen, staan er verschillende fotografen te wachten en trots pakt Kato Viktor bij de hand om te poseren. Lili loopt een stukje verder en kijkt naar de affiches aan de muur. De fotograaf kijkt even naar Lili en dan weer naar Viktor.

'Daar is het misschien nog een beetje te vroeg voor,' zegt Viktor en poseert samen met zijn dochter. Bij de ingang van de zaal komt er opnieuw een fotograaf naar hen toe. Hij vraagt of hij een foto van haar mag maken, met Viktor.

Lili schudt haar hoofd en loopt verder.

Tijdens de film lachen Viktor en Lili het hardst met de sterfscène-zonder-einde van de kikkerkoning. Kato vindt het grappiger dat de ezel en de kat van staart wisselen en dat niet door hebben. Achteraf gaan ze lunchen op een terras en wanneer ze klaar is met haar frietjes gaat Kato spelen en blijven Viktor en Lili op het terras zitten met een nieuwe fles wijn.

'Dat moet nu ook weer net lukken, dat ik jou hier tegenkom.'

Er staat een grote, blonde vrouw naast de tafel op Viktor en Lili neer te kijken.

'Ja,' mompelt Viktor. Hij kijkt de vrouw nauwelijks aan en Lili ziet dat de vrouw zwanger is.

'Ik zal dan maar aan de andere kant van het terras gaan zitten,' zegt ze en loopt weer weg.

'Een vrouw uit het verleden.'

'Dat dacht ik al.'


Op het werk is iedereen al weken bezig met een aankomend bedrijfsweekend naar Alicante. Lili bemoeit zich er niet mee. Ze heeft slechte herinneringen aan Alicante, ook al is ze daar nog nooit geweest. Bovendien valt het weekend midden in haar vakantie en heeft ze de tweede week al een reis naar Kreta geboekt met Lisa.

Viktor gaat ook mee op weekend en Lisa zegt dat het misschien een goed idee is om juist daar samen naartoe te gaan. De plaats des onheils. Misschien kunnen Viktor en Lili daar wel schoon schip maken, zegt ze.

Intussen is Steven aangenomen en ziet Lili hem bijna elke dag op kantoor. In de mate van het mogelijke probeert hij haar te ontlopen en Lili doet ook geen enkele moeite om hem op zijn gemak te stellen.

Het weekend vóór de Alicantetrip gaat ze met Lisa naar een feestje. Lili kent er niet zoveel mensen en belandt aan de bar, waar ze wordt aangesproken door een man die eruitziet alsof hij zich ieder moment van de eerste de beste brug gaat werpen. Even later ziet ze Tracey binnenkomen in een oogverblindende Marilyn Monroe-jurk. Ondertussen vertelt de man naast

Lili dat hij zijn ex nog elke dag mist, ook al maakte hij het zelf uit omdat hij zijn vrijheid nodig had. Lili knikt begrijpend. Met haar neus in de lucht schrijdt Tracey voorbij, maar komt daarna meteen naar Lili en vraagt of ze een sigaret voor haar heeft. Lili geeft Tracey een sigaret.

'Wij hebben elkaar al eens eerder ontmoet. Ik ben Lili.'

'Ah, ik dacht al even dat ik je gezicht ergens van kende, maar ik had echt geen idee meer wie jij was.'

Tracey blijft staan nadat ze haar sigaret heeft opgestoken en zegt dat Viktor afgelopen week bij haar is komen eten om haar nieuwe huis eens te zien.

'Ja, dat vertelde hij mij.'

Tracey kijkt haar verrast aan. 'O. Nou, het was zo leuk om hem nog eens in huis te hebben. Je kent hem, hè? Hij komt uren te laat en als hij er dan is, is ineens je huis te klein en de plafonds zijn erg laag waar ik nu woon, dus dat maakt het alleen nog maar erger. En mijn zoon is ook zo gek op hem. Altijd geweest. Dus die wilde maar niet naar bed en ik wilde graag Viktor nog eens alleen spreken. Maar dat kwam daarna wel goed en ik heb hem dan gisterenavond alweer gezien na die presentatie die hij moest doen.'

Viktor had Lili daarover ook iets verteld en gezegd dat het beter was als ze niet zou langskomen, omdat hij het te druk zou hebben.

'Ja, erg leuk was dat en ook dat ik hem ineens twee keer in één week zag. Wat ook zo leuk is aan hem is dat hij net is als ik. Hij is eigenlijk de mannelijke versie van mezelf. Ook altijd op zoek en met verschillende dingen bezig en nooit rust. Ja, Viktor is de mannelijke versie van mijzelf. Wij kunnen ons niet binden. Hij heeft er ook geen enkel probleem mee dat ik ook andere mannen zie en zo. Zoals hijzelf ook andere vrouwen ziet. Wij begrijpen dat van elkaar.'

Lili vraagt zich af waarom Tracey in tegenwoordige tijd spreekt, maar heeft geen zin om de vraag hardop te stellen. Ze geeft Tracey nog een sigaret en keert zich opnieuw naar de man die zijn ex mist.

In de auto naar huis vraagt Lisa: 'Wie was die griet waarmee jij zat te praten? Wat een vreselijke uitstraling!'

De avond voor ze naar Alicante vertrekken, gaat Lili bij Viktor slapen. Ze zitten tot laat in de tuin en Viktor masseert de voeten van Lili terwijl hij vertelt over het vriendje van Kato, Gunter.

'Laatst vroeg ik haar wanneer ze voor het laatst samen hadden gespeeld en toen zei ze dat ze hem buiten school al een tijdje niet meer had gezien. Ik vroeg hoe dat kwam en ze zei dat hij ook andere vriendinnetjes had waar hij moest gaan spelen op woensdagmiddag. Ik zei: 'Hoezo, andere vriendinnetjes? Hij is toch jouw vriendje?' En weet je wat ze toen zei?'

'Nee.'

'Papa, een jongen mag toch meer vriendinnetjes hebben?'

'Van wie zou ze dat hebben, denk je?'

'Ik heb dat nooit tegen haar gezegd.'

'Zulke dingen hoef je niet te zeggen. Zij ziet dat zelf ook wel.'

'Maar ik wil niet dat zij dat normaal vindt.'

Wanneer Lili aanstalten maakt om te gaan slapen, tilt Viktor haar op en legt haar op de grote eettafel in de woonkamer. Hij kleedt haar uit en ze vrijen op de tafel terwijl Lili naar Viktor en zichzelf kijkt in de grote spiegel die aan de muur hangt.

Lili heeft altijd een grondige hekel gehad aan groepsreizen en staat de volgende ochtend ostentatief te zuchten tussen haar collega's aan de in-checkbalie. Viktor zegt dat ze zich moet gedragen. Ze checken samen in en de grondstewardess kijkt Viktor lachend aan.

'Meneer Vaerewijck, alweer naar Alicante?'

In het vliegtuig valt Viktor meteen in slaap en Lili voert hem hapjes van haar lunch terwijl zijn ogen gesloten blijven.

Het hotel is een lelijke mastodont op het strand, ver van de stad. Lili deelt een kamer met Viktor en 's middags hangen ze met verschillende collega's rond aan het zwembad van het hotel. Wanneer Lili daar genoeg van heeft, loopt ze naar het strand en zoekt een rustig plekje uit. Ze pakt haar boek uit haar tas en begint te lezen. Viktor komt naast haar liggen en vraagt wat ze zou doen als hij morgen ineens hulpbehoevend zou zijn. Hij demonstreert een interpretatie van hoe dat eruit zou zien en Lili aait over zijn wang.

'Dan zou ik voor je zorgen.'

Viktor maakt de zaken nog erger en geeft nu een vertolking van een verlamde zwakzinnige. Hij kijkt haar vragend aan.

'Ik zou nog steeds voor je zorgen.'

'En als ik ook geen enkele mannelijke daad meer zou kunnen stellen. Zou je me dan in de steek laten?'

'Nee. Ik zou voor je zorgen en je veel liefde geven. Maar daarnaast zou ik natuurlijk wel een minnaar zoeken voor mijzelf.'

'Zou het niet veel eenvoudiger zijn als ik volledig hulpbehoevend zou zijn en niet in staat om verdere mannenstreken uit te halen?'

'Misschien wel.'

's Avonds eten ze met de hele groep in het hotel en gaat iedereen vroeg slapen. Viktor en Lili proberen nieuwe standjes uit op hun kamer en proberen niet te veel lawaai te maken, omdat de muren flinterdun zijn en hun buren haar collega's. Na de seks vallen ze in elkaars armen in slaap.

De tweede dag trekken ze in kleinere groepjes (die Lili nog steeds te groot vindt) naar de stad. Tijdens de lunch drinkt Viktor te veel en begint hij Lili uit te dagen. Ze doet of ze hem negeert maar hoort hoe hij flirt met een paar collega's en een actrice die ook is meegekomen. Wanneer ze na de lunch gaan winkelen, loopt Lili een boetiek binnen en blijft Viktor buiten staan om een sigaret te roken. Ze gaat door de verschillende rekken en wanneer ze bij een rek aankomt dat voor de vitrine staat, ziet ze door het raam Sarah in de armen van Viktor vliegen. Lili kijkt toe hoe ze elkaar uitgebreid staan te bepotelen.

Tijdens het wandelen pakt Viktor de hand van Lili vast, maar na een paar minuten laat hij die weer los.

'Ik heb daar zo'n hekel aan, om hand in hand te lopen met je lief.'

'Je pakte anders zelf mijn hand.'

'Volgens mij deed jij dat.'

Een paar minuten later pakt hij opnieuw haar hand en Lili wijst hem er lachend op.

Samen kiezen ze een cadeau uit voor Kato en Viktor koopt een aansteker voor Lili. Een paar keer piept zijn gsm en loopt hij weg om buiten haar gezichtsveld terug te sms'en. Lili weet dat het Caroline is naar wie hij berichten staat te sturen terwijl zij het cadeautje voor Kato laat inpakken.

Na het winkelen gaan ze nog even aan het zwembad van het hotel zitten en drinkt Viktor nog meer. Lili ziet hoe Viktor de andere vrouwen in badpak en bikini keurt en zegt dat ze naar de kamer gaat om zich te douchen voor het avondeten. Viktor zegt dat hij geen zin heeft in douchen en dat hij alvast naar de bar gaat. Lili neemt de winkeltassen mee naar boven en neemt een douche. Ze voelt zich misselijk.

Wanneer ze in het restaurant komt, zit Viktor al aan een tafel met Steven en een paar andere mannen en heeft hij een plaats voor haar vrijgehouden. Viktor maakt een paar keer grapjes ten koste van haar, maar Lili verroert geen spier tot hij luid roept dat ze al minstens drie keer met hem op de cover van het grootste roddelblad had kunnen staan. Lili vraagt of ze daar veel geld voor kan krijgen en daar moet Steven om lachen.

Er is een tombola georganiseerd na het eten waarbij iedereen in de prijzen valt en Viktor wint een hotelovernachting. Naar de actrice die net voorbijloopt, roept hij: 'Wil jij met mij naar dat hotel gaan? Dan kunnen we eindelijk wilde seks hebben. Ik heb jou altijd zo'n lekker wijf gevonden.'

Ondertussen stopt hij Lili het lotje toe en vraagt of ze dat voor hem wil bewaren. Lili schuift het lotje terug naar hem.

'Echt, vroeger keek ik naar je op tv en dacht ik al: wat een geweldig stuk!'

Viktor schuift het lotje nog eens naar Lili.

'Hou jij dit bij? Anders verlies ik het toch.'

Lili schuift het lotje nog eens terug. 'Bewaar het zelf maar.'

Ze staat op en loopt naar het strand, waar iemand een kampvuur heeft gemaakt. Viktor loopt achter haar aan.

'Wat is er, snoes? Ben je jaloers?'

Lili draait zich om. 'Nee, ik ben niet jaloers. Misschien moet jij een beetje oppassen dat je niet een situatie creëert die je zelf niet aankunt.'

Viktor blijft staan en kijkt haar geschrokken aan. 'Misschien heb je daar wel gelijk in,' zegt hij zacht.

'Ik héb daar gelijk in. En misschien kan ik die situatie wel beter aan dan jij, dus doe maar voorzichtig.'

'Ik heb nog nooit zo'n vuur in je ogen gezien.'

Lili draait zich om en loopt verder naar het kampvuur. Er staan verschillende groepjes rond het vuur en ze sluit ergens aan. Viktor verliest ze uit het oog, maar wanneer ze even alleen naar de zee staat te kijken, duikt hij weer op.

'Ik zie jou echt graag.'

'Dat weet ik.'

'Maar heel dat trouw zijn, ik vrees dat dat mijn ding niet is.'

'Dat wist ik ook al. En ik heb je gezegd wat ik daarmee zou doen.'

'Wat bedoel je?'

'Dat we dit gesprek al hebben gevoerd en dat je me hebt verteld dat je een probleem hebt met trouw zijn. En toen heb ik jou verteld dat als wij elkaar blijven zien, ik maar één oplossing kon bedenken.'

'Heb je dat al gedaan dan?'

'Wat denk je zelf?'

'Toch niet met die getrouwde vent?'

'Wat maakt het uit met wie?'

Voordat Lili met haar ogen kan knipperen, is Viktor weer spoorloos verdwenen. Ze gaat in het zand zitten en drinkt haar cava uit een plastic bekertje. Ze trekt haar schoenen uit en pakt haar laatste sigaret uit het pakje. Daarna kijkt ze naar de sterren. Achter zich hoort ze commotie aan het kampvuur, maar ze kijkt niet om. De sterren zijn prachtig. Even later komen verschillende mensen aan haar vragen of alles goed is met haar en Lili vraagt zich af waarom iedereen zo bezorgd is. Ook Lisa komt bij haar zitten.

'Li, ik weet niet wat er aan de hand is, maar Viktor is rare dingen aan het doen. Gaat het een beetje met jou?'

Lili zegt dat het gaat en vraagt of er niemand een sigaret heeft omdat die van haar op zijn. Haar baas snelt weg en komt terug met een brandende sigaret.

'Dank je.'

Lili rookt en kijkt opnieuw naar de sterren. Ze vraagt zich af of niemand anders ziet hoe prachtig die zijn vandaag, maar dat lijkt ongepast nu er verschillende mensen om haar heen zitten die haar allemaal bezorgd aanstaren. Ze weet achteraf niet meer precies hoe lang ze daar zitten, maar op een bepaald moment komt ook Sarah naar Lili toe. Met haar haren vol zand begint ze een relaas waar Lili niets van snapt.

'Het was echt niet mijn bedoeling. Hij kwam uit het niets op me afgestormd en stortte zich op mij en toen lagen we in het zand en ik denk dat die gast een kilo of honderd weegt en toen kon ik geen kant meer op. Ik kon er echt niks aan doen en toen lagen we daar en probeerde hij mij te kussen. En ik kon niet weg.'

Lili neemt een slok van een nieuw bekertje cava dat iemand haar heeft aangereikt. Ze weet niet meer wie.

'Wat wil je mij nu eigenlijk vertellen?'

'Dat ik er niks aan kon doen en ik stond daar gewoon te dansen bij het kampvuur en ineens was hij daar en voor ik het wist, lag ik in het zand. En hij erbovenop.'

'Dat snap ik. Maar wat kom je me nu eigenlijk vertellen?'

Op dat moment verschijnt Viktor weer. Hij ziet er verwilderd uit en alle mensen die rond Lili zitten, verdwijnen als sneeuw voor de zon.

'Dat je dat gedaan hebt. Dat je dat doet. Hoe kun je dat doen? Ik hou van jou!'

Lili staat wankel op.

'En ik hou ook van jou. Dat wisten we al. Ik heb je toch verteld dat ik een beetje evenwicht nodig heb?'

'Ja. Maar dat je het dan ook nog doet!'

'Natuurlijk doe ik dat dan. Ik heb je de kans gegeven om in te grijpen als je dat wilde. Maar je greep niet in, dus heb ik gedaan wat ik zei dat ik zou doen.'

'Maar ik hou van jou!'

'Jij hebt toch al heel de tijd iemand anders? Zonder dat je mij dat hebt verteld. Ik snap het probleem niet. Je kiest voor trouw of niet en jij koos van niet en je vertelde mij er niet eens iets over.'

'Je snapt het niet. Dit doet pijn! Ik haat jou! Hoe kun je? Ik hou van jou en jij gaat gewoon met een andere kerel naar bed! Wat wil je dan van mij? Dat ik definitief voor je kies? Dat ik voor je ga zorgen? Wil je dat ik voor je zorg? Ik wil voor jou zorgen! Maar ik haat je!'

Lili voelt dat haar gezicht nat is en legt haar hand op haar wang. 'Je hebt me aan het huilen gemaakt.'

'Ik moet ook huilen. Dit doet zo'n pijn. En nu moet ik stoppen met jou want jij bent niet trouw aan mij.'

Viktor blijft maar roepen dat hij van haar houdt, haar haat, haar nooit meer wil zien, voor altijd voor haar wil zorgen, en wanneer hij klaar is begint hij weer van voor af aan. En nog eens.

Wanneer Lili om zich heen kijkt, ziet ze dat iedereen van het strand is verdwenen. Ze heeft geen idee hoe lang ze hier al staan en trekt aan de arm van Viktor. 'We gaan naar de kamer.'

'Hoe kan ik ooit nog met jou in één bed gaan liggen? Je hebt mij verraden!'

'Doe normaal. Kom, we gaan slapen.'

Lili doet haar schoenen weer aan en loopt naar het hotel. Al roepend komt Viktor achter haar aan. Het hek van het strand naar het hotel blijkt gesloten en zonder haar zilveren hakken uit te doen, klimt Lili over de tralies die minstens drie meter hoog zijn met grote pinnen erbovenop. Viktor klimt achter haar aan en dan ze staan op de binnenplaats waar ook het zwembad is. Viktor wil in het water duiken en Lili probeert hem tegen te houden, tevergeefs. Pas als er een bewaker met een zaklantaarn verschijnt die roept dat er 's nachts niet mag worden gezwommen, komt Viktor uit het zwembad en kan Lili hem meesleuren naar hun kamer. Met soppende kleren loopt Viktor achter haar door de gangen en blijft roepen dat ze hem heeft verraden en dat hij nu nooit meer van haar kan houden maar dat hij van haar houdt en dat hij haar haat en dat nu alles voorbij is.

Uiteindelijk krijgt Lili hem op hun kamer en helpt hem bij het uitkleden. Ze gooit de natte kleren op de grond en ondertussen blijft Viktor tegen haar roepen en tieren. Wanneer ook zij in bed ligt en Viktor net even zijn mond houdt, zegt ze: 'Snap je dan niet dat ik dat voor jou heb gedaan?'

'Ga je nu nog beweren dat je het uit liefde hebt gedaan?'

'Ja, dat zeg ik. Maar blijkbaar hou ik meer van jou dan jij van mij, want ik heb het jou al lang vergeven. Hou je mij nu even vast?'

'Ben je gek? Ik hou jou nooit meer vast! Hoe kan ik jou vasthouden als jij mij bedriegt? Ik raak je nooit meer aan.'

Lili is moe en dronken. Ze zet haar wekker want ze moet in de ochtend een eerdere vlucht nemen dan Viktor en binnen een paar uur alweer op.

'Dan niet. We moeten nu slapen.'

Het eerstvolgende dat tot haar doordringt is de telefoon aan de kant van Viktor die maar blijft rinkelen. Ze heeft geen idee hoe laat het is en kijkt op haar gsm. Die staat op snooze. Ze kruipt over Viktor heen om de telefoon op te nemen.

'Ja.'

'Eindelijk, je bent wakker. De bus vertrekt nu en we kunnen niet meer op je wachten.'

Lisa klinkt bezorgd.

'Hoe laat is het dan?'

'Laat. We hebben op je gewacht maar niemand nam de telefoon op en nu kunnen we niet meer wachten. Je moet maar een taxi bestellen.'

Lili hangt op en vloekt. Haar gezicht is nog stijf van de tranen en langzaam dringt de realiteit van de avond ervoor tot haar door. Ze staat op en begint in het wilde weg de spullen die in de kamer rondslingeren in haar koffer te smijten, struikelt over de natte kleren van Viktor die midden in de kamer liggen en schopt ertegen. Viktor wordt wakker en kijkt met één oog naar haar.

'Help me dan. Ik ga mijn vliegtuig missen en dat komt allemaal door jou, godverdomme!'

'Wat moet ik doen?'

'Dat weet ik niet. Iets! Bel een taxi. Help me mijn spullen in te pakken. Doe iets.'

Viktor pakt de telefoon en belt de receptie voor een taxi.

Lili poetst snel haar tanden en gooit wat water in haar gezicht. Ze trekt de eerste de beste kleren aan die ze tegenkomt. Ondertussen smijt ze nog wat dingen waarvan ze denkt dat die van haar zijn in de koffer en roept tegen Viktor dat het allemaal zijn schuld is. Vijf minuten later sluit ze haar koffer en bedenkt dat ze helemaal geen geld heeft voor een taxi. Ze begint te huilen.

'Wat moet ik nu doen? Ik heb geen geld en ik moet nu gaan en ik ga dat vliegtuig missen en ik moet nu naar huis want morgen heb ik weer een vliegtuig naar Kreta!'

Viktor pakt geld uit zijn portemonnee en geeft het aan Lili zonder haar aan te kijken. Lili grist het geld uit zijn hand en stormt naar buiten.

De taxi staat al klaar en als een furie werpt Lili haar koffer in de kofferbak en rukt ze het portier open.

'Aéroporto. Rapido!'

De taxichauffeur knikt en met gierende banden vertrekken ze.

Lili pakt haar gsm en belt naar Viktor.

'Wat?'

'Het klopt niet. Er klopt niks meer van.'

'Waarom laat je me niet met rust? Je hebt mij verraden en ik wil dat je mij met rust laat. Ik moet nog verder slapen.'

'Maar het klopt niet.'

Viktor roept nog meer beschuldigingen en Lili roept opnieuw naar de taxichauffeur: 'Mas rapido por favor!'

De chauffeur lacht naar haar in zijn achteruitkijkspiegel en drukt zijn gaspedaal nog verder in. Ze rijden 160 kilometer per uur door de bergen en Lili vraagt zich af of het niet sneller kan. In een tunnel verliest ze de verbinding met Viktor.

Ze krijgt een sms: Als jij de minnares wil gaan uithangen, moet je dat maar doen!

Ze stuurt: Bij hem weet ik tenminste dat ik een minnares ben. Bij jou wist ik het niet eens!

Viktor: Doe maar zo verder. Speel maar met vuur. Ik hoef jou nooit meer te zien!

Lili huilt en zet haar zonnebril op. De taxichauffeur kijkt opnieuw even in zijn achteruitkijkspiegel en knikt haar bemoedigend toe terwijl hij nog harder gaat rijden.

'Gracias.'

Er komen nog meer berichtjes binnen van Viktor die zegt dat alles nu over en uit is en dat ze de boel mooi heeft verpest.

Op de luchthaven staat Lisa haar op te wachten en kan ze nog net inchecken.

'Gaat het?'

'Niet zo goed, geloof ik.'

Bij de gate gaat Lili alleen op een stoel zitten en houdt haar zonnebril op terwijl ze haar collega's negeert.

'Hier, pak een slok cola.'

Steven is naast haar komen staan en reikt haar een flesje cola aan.

Wanneer ze na aankomst op haar bagage zit te wachten en haar ogen even sluit, voelt ze een hand op haar rug.

'Ik vind het zo erg voor je.'

Lili doet haar ogen weer open en ziet Sarah naast haar zitten.

'Als je het niet erg vindt, wil ik hier niet met jou over praten.'

'Ik wil dat je weet dat ik er niks aan kon doen. Hij was daar ineens, ging boven op mij liggen en begon me te zoenen.'

Lili ziet haar koffer op de band verschijnen en staat op, maar Sarah loopt achter haar aan.

'Echt, ik kon er niks aan doen en ik vind het zo erg voor jou dat iedereen stond toe te kijken.'

Lili pakt haar koffer en draait zich om. 'Ik heb geen zin om het hierover te hebben met jou.'

Ze loopt naar de uitgang maar Sarah blijft achter haar aan lopen.

'Ik wil niet dat je kwaad bent op mij. Het was niet mijn schuld. Ik vind dit zo erg voor jou.'

Lili draait zich om. 'Een mens maakt mee wat hij aankan, dus ik kan het wel aan. Laat je me nu met rust?'

'Maar ik wil gewoon niet dat je denkt...'

'Ik denk niks, maar laten we eerlijk zijn: jij vindt dit ook een leuk spelletje om te spelen, dus ik heb even niet zo'n zin om het hier nu met jou over te hebben.'

Sarah begint te huilen. 'Je snapt het niet. Het is gewoon een klootzak en hij zal nooit veranderen. Ik ben zo blij dat ik straks naar mijn eigen vriend ga die gewoon van mij houdt en dat alles dan goed is.'

'Fijn. Kan ik nu gaan?'

Thuis belt ze naar David en probeert ze verslag uit te brengen. Bij het begin van haar verhaal is Lili nog steeds in shock maar tegen het einde krijgen ze allebei de slappe lach.

'Dus eigenlijk ben je in een soort Almodóvar-film beland en heb je als een vrouw op de rand van een zenuwinzinking een taxichauffeur jullie leven in gevaar laten brengen terwijl jij en Viktor elkaar verrot aan het schelden waren aan de telefoon en vond die arme man dat allemaal normaal?'

'Nou ja, het is een Spanjaard. Die is die toestanden waarschijnlijk gewend.'

'Zo ken ik jou helemaal niet.'

'Ik vrees dat ik me een beetje heb laten meeslepen.'

'En nu?'

'Dat weet ik ook niet. Hij is nog onderweg en ik vertrek morgen met Lisa naar Kreta.'

'Jullie hebben niets meer afgesproken?'

'Ben je gek? We hebben alleen maar hysterisch tegen elkaar lopen doen. Laat staan dat we bezig waren met praktische afspraken.'

Wanneer ze weer ophangen, ziet Lili dat ze een bericht heeft.

Viktor: Je bent me hier wel een behoorlijk lesje aan het leren.

Lili: Ik wil je zien voor ik op reis vertrek. Zonder al mijn collega's of mijn baas erbij en zonder alcohol. Kan dat vanavond?

Viktor: Oké.

Lili doet haar koffer open en ziet dat alles onder de zonneolie zit, die is uitgelopen. Ze stopt de kleren die ze de volgende dag weer moet meenemen in de wasmachine en gaat in bed liggen. Dan slaapt ze tot de bel gaat.

Met een gekweld gezicht gaat Viktor op de sofa zitten en Lili in haar nachthemd op de grond voor hem.

'Ik wist niet dat dit zo'n pijn deed.'

Viktor krijgt tranen in zijn ogen en wrijft over zijn gezicht. 'Ik heb het nog nooit meegemaakt dat iemand mij heeft bedrogen.'

'Dan weet je ook eens hoe dat voelt.'

'Het is goed. Je hebt je punt bewezen.'

'Daarom heb ik het niet gedaan. Ik was op zoek naar een balans in deze chaos.'

'Het positieve hieraan is dat ik nu pas besef hoe belangrijk je voor mij bent. Ik moet maar eens echt voor jou kiezen of niet. Wanneer vertrek jij?'

'Morgenmiddag.'

'Wanneer ben je weer terug?'

'Volgende week.'

Lili kruipt bij Viktor op schoot en hij streelt haar blote benen.

'Ik had trouwens geen idee dat jij zo'n dramaqueen was. Ik schrok me een ongeluk daar op dat stomme strand.' Viktor moet lachen.

'Ja, ik ben nogal expressief in die dingen. Dat is een familietrekje.'
'En ik wil nooit meer van mijn leven naar Alicante. Ik haat Alicante.'

## 25

## Viktor neemt een beslissing

*Liefde is tijdelijke blindheid voor de bekoorlijkheden van andere vrouwen.*
MARCELLO MASTROIANNI

Lisa en Lili gaan naar Matala. Dat heeft Lili voorgesteld omdat ze weet dat ze daar tot rust kan komen. Lisa heeft vooral zin om helemaal niets te doen.

De mensen die ze het jaar daarvoor heeft leren kennen, noemen Lili nog steeds '*the girl with the book*' en zelfs Casanova heet hen welkom. Michalis blijkt er ook te zijn en omdat hij de volgende dag alweer zal vertrekken, hebben ze afgesproken om de eerste avond met hem en nog een paar andere vrienden te gaan eten in een dorpje in de buurt. Lili gaat achterop bij Michalis en de rest van het gezelschap gaat met de auto.

Wanneer ze weer onder de sterrenhemel zoeven, sluit Lili haar ogen. De wind op haar gezicht. Ze heeft Michalis stevig vast rond zijn middel en vraagt zich af wat er gebeurd zou zijn als alles anders was gelopen bij zijn noodlottige bezoek vorig jaar. Ze weet dat hij het zich ook afvraagt. Onderweg stopt Michalis om te vragen hoe het met haar gaat. Lili zegt dat ze dat later wel zal uitleggen. Ze is nog herstellende van de Griekse tragedie die twee dagen eerder op een Spaans strand plaatsvond en weet niet of het zo'n goed idee is hem dit nu te vertellen. Na het eten doet ze het toch.

'Hoe kun je nu in zo'n situatie verzeild raken?'

Hij klinkt streng en Lili schrikt van zijn reactie.

'Wat bedoel je?'

'Hoe kun je het toelaten dat iemand zo met je omgaat?'

'Ik denk dat hij zelf ook nogal in de war is.'

'Natuurlijk weet zo'n man donders goed waar hij mee bezig is. Daar moet je niet zo goedgelovig in zijn. Ik snap niet dat jij daarin trapt.'

'Ik vroeg niet om jouw oordeel. Je mag het best stom van mij vinden maar misschien is het ook mooi om iemand een kans te geven.'

'Sommige mannen hebben een behoorlijke schop nodig voordat ze wakker worden.'

'Ik vrees dat ik nu wel een schop heb uitgedeeld.'

'Des te beter.'

De rest van de week brengen Lisa en Lili door met boeken lezen onder een parasol op het strand en frappés drinken op de trappen van Zafiria. Op een avond zit Lili met Kostas van de juwelierswinkel champagne-voor-de-arme-mensen (witte wijn met spuitwater) te drinken terwijl ze samen naar de film kijken van voorbijtrekkende mensen, scooters en vrolijke hondjes die blaffend achter een auto aan rennen. Lisa is al gaan douchen in de hotelkamer.

Kostas vraagt Lili hoe het met haar liefdesleven zit en Lili legt het hem kort uit.

'Dat is wel een moeilijk gegeven voor een man.'

'Wat dan?'

'Mannen zeggen dat nooit hardop maar de meesten vinden dat het hun geboorterecht is om niet trouw te zijn, maar omgekeerd is het een heel ander verhaal.'

'Dat is toch niet eerlijk?'

'Het gaat niet over eerlijk. Het gaat over mannen.'


Wanneer ze op het einde van de week weer op de luchthaven van Heraklion staan aan te schuiven, stuurt ze een sms naar Viktor over het fenomeen van toeristen met oranje kleren, shorts, koffers, rugzakken en petjes. Ze heeft een hekel aan oranje.


Viktor antwoordt: Mensen in oranje zijn allemaal sukkels. Wanneer kom je nu eindelijk naar huis. Ik wil je zien! X

Lili: Nu aan het inchecken en laat thuis. Morgen?

Viktor: Morgen moet! Overmorgen met Kato naar Frankrijk voor een week. X


Lili vraagt zich af of het altijd zo zal zijn dat ze elkaar op momenten als deze steeds tussen twee reizen in moeten zien en waarom dat zo is.


'Dag snoes, je bent er!'

Kato ligt al in bed en Viktor laat haar een boek zien waarin een foto van zijn vader als kind staat, op bezoek bij de koning. Hij heeft het boek teruggevonden bij het opruimen want hij is de hele week bezig geweest met het op orde stellen van zijn huis. Daarna toont hij haar al zijn kasten en waar anders schoenen, jassen en kleren op een grote hoop liggen, hangt, staat en ligt nu alles overzichtelijk naast elkaar.

Hij kookt voor haar en Lili gaat op een barkruk bij hem in de keuken zitten.

'Papa, wie is daar? Ik hoor stemmen.'

Kato is wakker geworden en piept om het hoekje van de deur.

'Lili is hier. Kom maar even dag zeggen. Wil je wat water?'

Kato drinkt water en gaat weer slapen.

Na het eten zegt Viktor: 'Wie eerst, jij of ik?'

'Jij.'

'Oké dan. Ik heb veel nagedacht deze week tijdens het opruimen en ik ben naar Caroline gegaan en heb haar alles opgebiecht.'

'En toen?'

'Toen ging ze heel hard en heel kort huilen en zei daarna dat ik jou niet meer mocht zien. Dat ik moest stoppen met jou. Ik heb haar toen gezegd dat het anders zat en dat ik ging stoppen met haar. Omdat ik met jou verder wil. Ik wil het echt proberen.'

Viktor wacht even voor hij verder gaat.

'Als jij dat nog wil, tenminste.'

Lili loopt naar hem toe en slaat haar armen rond zijn hals.

'Je moet niet zo hard knijpen want dan stik ik.'

'Sorry.'

Hij kust haar en vraagt of ze wil blijven slapen.

'Kan dat wel? Kato is hier toch?'

'We zullen morgen opstaan voor ze wakker wordt.'

De wekker gaat vroeg omdat Viktor de laatste dingen nog moet inpakken en Lili kleedt zich aan. Ze wil meteen vertrekken, maar Viktor heeft koffie voor haar gezet en zegt dat ze nog niet hoeft te gaan. Wanneer Kato even later de keuken binnenkomt, kijkt ze Lili verbaasd aan. Lili zit op dezelfde kruk als de avond ervoor en haar vader staat op dezelfde plaats aan het gasvuur, in zijn onderbroek.

'Zitten jullie hier nog steeds?'

Viktor zegt: 'Ja, we hadden zoveel te vertellen dat we de hele nacht zijn wakker gebleven.'

Het kleine meisje haalt haar schouders op en gaat dan op zoek naar haar speelgoed dat ook in de koffer moet.

'Ik vrees dat ze het alweer doorheeft.'

'Ik vrees het ook.'

'Wil je niet mee? Ga mee!'

'Dat kan ik niet maken. Ik ben net een paar weken weggeweest.'

'Volgende keer wil ik met jou op vakantie.'

Na Frankrijk zal Viktor het grootste deel van de zomer op locatie zitten voor opnamen en na zijn eerste draaidag rijdt Lili naar hem toe. Ze vertrekken te voet vanuit het hotel waar hij logeert naar een restaurant en Viktor stopt zijn sleutels en portemonnee in haar handtas. Dat doet hij vaker, maar zijn gsm houdt hij altijd in zijn zak.

In het restaurant vertelt Viktor dat Caroline in alle staten is en hem de hele week gestalkt heeft met telefoontjes en sms'en.

'Ik hoop dat je duidelijk tegen haar bent. Dan duurt de pijn het kortst.'

'Ik ben heel duidelijk tegen haar geweest.'

Tijdens het eten piept de gsm nog steeds onophoudelijk en Viktor zet hem af.

'Sorry. Nog steeds Caroline. Ze zegt dat ze alles zal doen om jou van haar pad te ruimen en dat ze je van de stoep zal rijden als ze je ooit tegenkomt.'

'Zoals in mijn droom.'

'Welke droom?'

Lili vertelt haar droom over Caroline in het hotel en haar moeder die haar kwam weghalen.

'Lieverd, waarom heb je me dat toen niet verteld?'

'Het was maar een droom.'

Viktor wil iets zeggen, maar bedenkt zich.

'Wat?'

'Niks. Het is niet leuk om hierover te praten.'

'Zeg het maar gewoon.'

'Ze zei ook dat je veel te mager bent en dat je waarschijnlijk niet eens tieten hebt.'

'Wanneer zei ze dat?'

'Toen we samen naar foto's van Alicante zaten te kijken.'

'En wat zeg jij daar dan op?'

'Niets. Ik vind dat je een mooi lijf hebt. En ook mooie borsten.'

'En wat zegt ze nog meer?'

'Dat ik het niet kan maken om haar weg te houden van Kato. Maar ik laat me niet chanteren. Ze mag mijn kind niet gebruiken om mij te dwingen haar te blijven zien. Dat pik ik niet.'

Ze eten verder en Lili zegt dat ze daarna graag naar het hotel wil gaan omdat ze moe is.

'Dat is goed, want gisteravond was het ook al zo laat en ik was kapot op de eerste draaidag want...'

Hij stopt even met praten.

'Want morgen beginnen we ook weer op tijd.'

Lili heeft kaarsjes, champagne en muziek mee omdat ze hotelkamers altijd veel te ongezellig vindt. Uit de gang slepen ze samen een sofa naar binnen die ze voor de tv installeren en ze gooit een rood sjaaltje over de staande lamp. Viktor kleedt Lili uit en na het vrijen ligt Lili dwars over Viktor heen en streelt hij haar haren.

'Kijk nou naar jou. Hoe kan ik anders dan van je houden?'

'Mm.'

'Jij en ik. Ik ben eens heel benieuwd wat dat gaat geven.'

'Hoe bedoel je?'

Lili tilt haar hoofd op en kijkt hem vragend aan.

'Ik denk dat we allebei nog wat gaan beleven. Ik ben misschien niet de meest eenvoudige man, maar jij bent ook een exemplaar.'

Voor dag en dauw staat Lili op om naar haar werk te rijden en zit daarna hopeloos vast in een monsterfile. Het is noodweer en er zijn verschillende ongelukken gebeurd op de weg. Ze belt Lisa om te zeggen dat ze veel te laat zal zijn en luistert naar de radio terwijl ze nadenkt over de dingen die Viktor over Caroline heeft verteld.

Dan trekt ze wit weg.

Ze legt de puzzelstukjes samen van de dingen die Caroline over haar heeft gezegd en concludeert dat dat wel veel informatie is om in een berichtje te proppen, de foto's die ze heeft gezien, Viktor die zich versprak over de avond ervoor.

Stom! zegt ze tegen zichzelf. Hoe kan ik nou zo stom zijn? Godverdomme.

Op dat moment gaat de telefoon.

'Hallo.'

Haar stem beeft.

'Schatje, mijn sleutels zitten nog in je tas en ik heb die straks nodig. Kun je nog terugkomen?'

'Ik zit muurvast in de file. Er zijn allemaal ongelukken gebeurd in beide richtingen en ik kom nu al veel te laat.'

'Shit. Ik heb ze echt nodig.'

'Ik zal een koerier sturen zodra ik op kantoor ben.'

'En hoe lang duurt dat dan?'

'Dat weet ik niet.'

'Hou je me op de hoogte?'

Ze hangen op en Lili houdt haar stuur stevig vast omdat haar handen intussen ook beven. Door de zwiepende ruitenwissers kijkt ze naar de regen die blijft neergutsen alsof het nooit meer zal stoppen en vloekt ze hardop: 'Godverdomme, godverdomme, godverdomme!'

Zodra ze op kantoor is, regelt ze een koerier en stuurt Viktor een sms: Koerier onderweg en ik weet dat je Caroline weer ziet. X

Ze start haar computer op en kijkt in haar agenda.

Haar telefoon gaat.

Lili begint met het beantwoorden van haar mails en negeert de telefoon en ook de blikken van een paar collega's die geënerveerd opkijken waarom ze niet opneemt. Wanneer de telefoon voor de zesde keer gaat, staat Lisa naast haar.

'Li, je telefoon gaat net tig keer af. Waarom neem je niet op?'

'Daarom. Ik heb het druk want ik was veel te laat en ik moet nog een hoop doen.'

Weer gaat de telefoon en Lisa buigt zich over Lili heen om op het schermpje te kijken. 'Het is Viktor.'

'Dat weet ik.'

'En waarom neem je niet op om te zeggen dat je nu geen tijd hebt?'

'Omdat ik hem niet wil horen nu.'

'En waarom wil je hem niet horen?'

'Dat wil jij niet weten.'

Ze krijgt een bericht: Ik wilde gewoon even horen hoe laat die koerier is vertrokken.

Ze stuurt: 10 minuten geleden.

Viktor: Waarom neem je de telefoon niet op?

Ze negeert het bericht en gaat koffie halen.

Viktor: Ik ben inderdaad vrijdag met Caroline gaan eten. Wat is daar mis mee?

Lili: Dat je erover liegt. En je bent een slechte leugenaar.

Viktor: Ik ben geen leugenaar. Als ik jou was zou ik maar een beetje opletten voor mijn baan.

Lili: Professioneel dreigen is ONAANVAARDBAAR!

Viktor: Moet nu gaan opnemen en kan mijn tekst niet meer onthouden. Bedankt. Ook voor de koerier.

David: Het spijt me heel erg voor je Li, maar ik geloof niet meer in die vent. Laten vallen en pak een ander die wel normaal doet.

Lisa: Je hebt groot gelijk. Dat mens wil hem kost wat kost terug en mannen zijn zo'n sukkels in die dingen. Die lopen daar dan met open ogen in en janken achteraf dat ze het niet expres hebben gedaan.

Wolf: Dit begint op een slechte film te lijken. Een hele slechte film. Doei!

Gabriel: *Angel, When will Barcelona see you again? G for Guidance.*

## 26

## Het ultimatum

*In het zuiden is het dikwijls warmer dan in de liefde.*

REMCO CAMPERT

Viktor zegt later dat hij nooit meer leugens in zijn leven wil en vertelt Lili dat Tracey op bezoek is geweest toen hij met Kato in Frankrijk was. Verder is hij met Caroline gaan eten omdat zij hem nog één keer wilde spreken. Caroline had hem gezegd dat hij in therapie moest en dat hij een klootzak was om haar vlak voor haar verjaardag en komende examens te laten zitten. Verder had ze geëist dat ze op zijn steun zou kunnen rekenen voor die gebeurtenissen.

Lili ziet Viktor daarna weinig omdat hij meestal op locatie zit en vaak klaagt hij dan dat hij nergens tijd voor heeft. Dat hij moe is en dat hij vindt dat iedereen zo'n druk op hem uitoefent.

Lili kan niet meer zo goed eten. Ze valt af en heeft last van duizelingen. Wanneer ze Viktor wil zien, rijdt ze na haar werk naar hem toe en haast zich 's morgens in alle vroegte weer terug. Bij hem thuis ziet ze een keer een doosje tampax op het toilet staan. Lili gebruikt geen tampax en later op de avond is het doosje weer verdwenen. Ze is die avond al bijna in slaap gevallen wanneer Viktor zegt dat ze misschien toch beter een soort open relatie kunnen hebben samen.

'Kunnen we niet gewoon elkaars nummer 1 zijn?'

Het dringt maar half tot Lili door wat hij zegt en ze geeft geen antwoord.

Viktor: Dag snoes, zondag heb ik de hele dag vrij! Kom je naar het hotel en gaan we dan allemaal leuke dingen doen samen? Xxx
Lili: Al met Lisa afgesproken. Kan wel zaterdagavond. Zoen
Viktor: Zaterdag moet ik naar een feest waar jij beter niet naartoe kunt gaan ☺ Kun je echt niet zondag? Xje
Lili: Ik kan me geen feest inbeelden van mij waar jij niet welkom zou zijn.

X
Viktor: Dat is lief maar je snapt zelf wel dat dat nu niet kan. Caroline is jarig. X
Lili: Ben je daar dan als haar vriend?
Viktor: Geen zin in discussie. Ik word daar een beetje moe van. Laat je me nog iets weten over zondag? X

Lili belt haar moeder op.
'Ik weet het allemaal niet meer. Ik ben zo moe. Waar is de grens tussen de dingen een kans geven en simpelweg ongelukkig zijn?'
'Waarom stel je niet je eigen ultimatum?'
'Ik geloof er niet in om mensen onder druk te zetten.'
'Je moet hém ook geen ultimatum geven. Je moet jezélf een ultimatum geven.'
'En hoe lang duurt zo'n ultimatum dan?'
'Niet te kort en niet te lang. En hou je daar dan aan.'
'Dan geef ik hem nog vier weken.'
'Vier weken lijkt me heel goed.'
'Ik ga hangen, mammie. Ik moet nog eten.'
'Goed schat. Je eet toch wel goed? Kook je verse groenten?'
'Ja hoor. Ik kook voor mezelf.'
Ze hangen op en Lili gooit een groenteburger in de pan, die ze daarna half laat staan.
Ze kijkt in haar agenda en telt vier weken vanaf vandaag. Dan is het 16 augustus. De sterfdag van Elvis.

Als kind droomde Lili vaak dat ze kon vliegen. Vrij en opgetogen zoefde ze dan door de lucht, over de dakpannen, bomen en meren op plaatsen waar ze nog nooit was geweest. Ze denkt er wel eens aan dat ze als volwassene nooit meer van die gelukkige dromen heeft en vaak niets meer weet of zwetend wakker wordt van een of andere bloedstollende nachtmerrie.
Zaterdagnacht droomt ze dat ze op volle zee zit op een gigantische, doorzichtige opblaasbare stoel. In haar megafauteuil zeilt ze over een tropische blauwgroene zee die zo glad is als een spiegel. Het is alsof ze net boven het water zweeft.
Onder zich kan ze honderden meters diep kijken en ziet ze vissen in alle kleuren en maten onder zich door glijden. Wanneer ze even pauze houdt,

komt er een grote walvis voorbij en Lili kijkt stil toe terwijl hij vlak naast haar even naar boven komt en dan weer onderduikt en wegzwemt.

Een paar weken later zit Lili in een vergadering. Ze zijn op zoek naar een coach voor een jonge actrice die binnenkort een grote rol krijgt en de naam Viktor Vaerewijck valt.

'Heeft hij dat niet al vaker gedaan, mensen gecoacht?' vraagt een collega.

'Ja,' zegt een andere collega.

'En dat doet hij goed. Alleen moet je bij hem altijd oppassen dat hij niet ook meteen je actrice in bed coacht en in die toestanden heb ik niet zo'n zin.'

Op dat moment kijkt ze net naar Lili en Lili ziet dat ze schrikt van haar eigen woorden. Ze herstelt zich snel.

'Ja, sorry hoor. Ik ben gewoon mijn werk aan het doen en ik kan dan niet op mijn woorden gaan zitten letten. Iedereen kent hem.'

Buiten Lisa weet niemand op het werk hoe het nu eigenlijk zit tussen Lili en Viktor. Lili weet het zelf ook niet precies. Ze is nog een paar keer naar Viktor op locatie gereden en een van die keren heeft ze hem gevraagd hoe het verjaardagsfeestje was geweest.

'Gewoon rustig. Het was thuis met familie en zo.'

Viktor was even stil geweest.

'En je had gelijk. Niemand wist dat we geen koppel meer waren en het was blijkbaar de bedoeling dat iedereen dacht dat alles nog goed was tussen Caroline en mij.'

'Al goed dat jij een acteur bent en perfect aan zo'n theater kunt deelnemen.'

Daarna besloot Lili dat ze er niet meer op terug zou komen. Ze besloot dat ze helemaal nergens meer op zou terugkomen en af zou wachten wat er de volgende weken zou gebeuren.

Na de vergadering vertrekt Lili meteen naar een afspraak en in de auto wordt ze gebeld door Lisa.

'Dag Li. Ik had je vandaag nog helemaal niet gesproken, dus ik belde even om te horen hoe het gaat.'

'Het gaat wel. Hoezo?'

'Heb je Viktor nog gezien?'

'Dat is al een week geleden. Hij heeft het erg druk, dus op dit moment is het een beetje moeilijk. Hoezo?'

'Omdat ik gisteren ging eten met een paar mensen en hij zat in hetzelfde restaurant. Die Italiaan buiten het centrum. Met Caroline. En ik vind het zo lullig dat ik je steeds die dingen moet zeggen.'

'Daar kun jij niks aan doen.'

'Nee, maar ik vind het toch lullig. Ze zaten aan een tafel vlak voor ons maar ik denk dat hij mij niet eens heeft gezien en toen heb ik ook maar niks gezegd.'

'Lisa, ik ben net onderweg naar een afspraak en ik ben er bijna. Is het goed als ik je later terugbel?'

'Zie maar. Je mag altijd bellen.'

Lili is helemaal nog niet op haar afspraak en parkeert haar auto op een parkeerplaats langs de snelweg. Haar ribben lijken ineens te klein geworden en ze krijgt geen lucht meer, ook al zuigt ze haar longen vol. Ze durft niet verder te rijden en wandelt een paar rondjes op de parkeerplaats. Gisteravond had ze Viktor nog aan de lijn gehad. Hij zat in de auto en zei dat hij van de dokter kwam.

Midden in hun gesprek moest hij ophangen omdat hij was aangekomen op een volgende afspraak.

Vanochtend had hij haar opnieuw gebeld en klonk hij teneergeslagen. Hij zei dat hij het erg moeilijk had met de druk die hij nog steeds van alle kanten voelde. Lili had zich afgevraagd van wie.

Ze stapt weer in de auto en rijdt verder. Het is 3 augustus.

*Dear Angel,*
*I wonder how things are in heaven.*
*How is the love-bubble?*
*Kiss,*
*Gabriel*

Re:
*Hey you,*
*Love sucks!*
*xL*

Re:
*No it doesn't.*
*Why don't you get your angel-ass over here. I think you need some time to*
*relax and listen to music. No expectations, no sex. Just nothing.*

*Barcelona is waiting.*
*ARE YOU COMING?*
*G*


Re:
*Do you own a castle yet to receive me in with open arms?*


Re:
*Don't own any castle because I belong nowhere and I also can't treat you*
*like shit but the feeling I get with you is relaxed. Nothing spectacular. Just*
*warmth and contentment.*
*I have no fancy words, just my hands, my eyes, my quirky smile and an ear*
*to listen to your voice.*
*I told you I loved you because it's true and I will for as long as I can. You*
*don't need to love me back, you can shit on me, shout, or hit me. It will not*
*change the way I feel.*
*Something changed me last year, I saw you watching me but I could never*
*let you see me watching you. I watched and gazed at you when you were*
*asleep, and my heart thumped at the thought of you opening your eyes, you*
*looking at me, smile then fall back to sleep. It is what I've dreamt about*
*for years, a life!*
*I have my engagements but I will NEVER stop loving you, even if you tell me*
*I'm a poor evasive runaway lover.*
*I will probably grow old with you. I like and appreciate other women, but*
*I long for the moment where 'Faithfull' will mean something. Even if you*
*are not, I will be in my soul, to you.*
*It all sounds stupid, but that's the way I feel.*
*You made me feel complete.*
*G*


's Avonds boekt ze een ticket via internet voor het weekend daarna.

Op vrijdag, de dag dat Lili naar Barcelona vertrekt, komt ze Viktor
toevallig tegen op een casting.

'Wat doe jij hier?'

'Werken.'

'Zie ik je dit weekend?' Hij neemt haar even apart, drukt haar tegen de
muur en kust haar op de mond. 'Kapoen.'

'Ik kan dit weekend niet.'

'Hoezo niet?'

'Ik ga naar Barcelona tot zondag.'

'Naar die kunstenaar?'

'Ik ga Gabriel bezoeken, ja.'

'Neem je dan mooie tekeningen van jezelf mee om mijn muren mee te behangen?'

Gabriel komt haar ophalen en ze gaan meteen naar het atelier van zijn vriend. Hij geeft haar wijn en eten en zet muziek voor haar op. Lili ligt languit op de sofa terwijl Gabriel voor haar zorgt.

'Als jij een man was, zou je waarschijnlijk met je hand in je broek voor de televisie liggen en je laten verzorgen door je toegewijde vrouw.'

Gabriel geeft haar nog een stukje kaas en een olijf.

'Dat lijkt me niet eens zo'n slecht idee.'

Ze gaan laat slapen en Lili wordt pas na de middag wakker, wanneer Gabriel haar ontbijt op bed komt brengen. Ze eet in bed terwijl hij naar haar kijkt en valt daarna opnieuw in slaap. Terwijl Lili slaapt, tekent Gabriel haar gezicht.

Wanneer ze weer wakker wordt, herkent Lili zichzelf niet op het papier en Gabriel zegt dat dat komt doordat haar ogen gesloten zijn. Hij masseert haar voeten en daarna slaapt ze weer verder.

Pas tegen de avond heeft ze het gevoel dat ze een beetje is uitgerust en staat ze op om zich aan te kleden. Ze gaan eten in de stad.

Onderweg kibbelen ze omdat Gabriel een sigaret geeft aan iedere zwerver die dat vraagt en dan zelf zonder zit. Ze deelt haar sigaretten met hem en tijdens het eten praat ze over Viktor. Gabriel zegt dat mensen die in de schijnwerpers staan erg kwetsbaar en onzeker zijn. Lili zegt dat zij ook kwetsbaar en onzeker is.

Daarna hebben ze het over de terreur van het sms'en en hoe mensen hun gsm gebruiken alsof het een afstandsbediening is om anderen te sturen. Ze proberen zich te herinneren hoe je elkaar vroeger manipuleerde, voor het sms-tijdperk, maar dat weten ze allebei niet meer. Lili vertelt van de boze sms'jes die ze eens naar een vriendje stuurde die drie weken in de lucht waren blijven hangen en toen pas aankwamen. Hun ruzie was inmiddels al lang bijgelegd maar begon weer helemaal opnieuw omdat het vriendje niet wilde geloven dat ze ze drie weken eerder had verstuurd. Het werd een dramatisch einde van een relatie. Gabriel en Lili besluiten dat sms'en met betrekking tot liefdeszaken levensgevaarlijk is.

In bed valt Lili meteen weer in slaap terwijl Gabriel nog bezig is in het atelier, en 's morgens sluipt ze van de mezzanine naar beneden om hem niet wakker te maken. Ze heeft een bericht van Viktor: Ik hoor niks, dus waarschijnlijk alles goed daar? Veel plezier dan. X

Ze geeft geen antwoord. Eén weekend rust, dat heeft ze zichzelf beloofd. Ze leest in haar boek tot Gabriel wakker wordt en daarna zwerven ze door de straten en drinken koffie en wijn op verschillende terrassen. Ze kibbelen opnieuw omdat Gabriel steeds zijn arm om haar stoel slaat. Lili vindt dat hij daarmee wil tonen dat ze zijn bezit is en Gabriel vindt dat grappig.

Net voor ze afscheid nemen op de luchthaven en Lili hem wil omhelzen, pakt hij haar arm en dwingt haar in zijn ogen te kijken. 'Betekent dit dat wij nooit samen oud zullen worden, jij en ik?'

'Ik denk het niet.'

'*I love you anyway, angel.*'

'*Bye Gabriel.*'


Hallo snoes,

Alles oké met je?

Ik heb me dit weekend toch wat vraagjes gesteld. Het leek alsof je plots verdwenen was en dat ook zo wilde. Het kan zijn dat ik er totaal naast zit maar het voelde een beetje vreemd.

En ik ging me ook allerlei existentiële vragen stellen. Is dit nu waar ik goed mee bezig ben? Is de kleine voldoening die ik uit deze manier van leven haal echt wel de moeite?

Pas op, ik sta niet op een dak naar beneden te kijken maar het lijkt plots allemaal niet zo te kloppen. Ik moet er eens mee aan de slag maar doe het niet. Waarom laat ik het altijd zover komen tot de boel ontploft? Hechting, onthechting.

Ach ja, de vaagheid zal me wel parten spelen

ONDUIDELIJKHEID=STRESS.

Hoe gaat het met jou, Snoes?

V xxxxx


*Hi angel,*

*Glad to have seen you and your long legs again. Shame there was no steamy session but I suppose you were in love.*

*I think that because you are a girl and me a boy, that we felt obliged to*

*do the physical thing before, as you do have all the necessary factors, but*
*in fact, it's not what we need. It is more of a spiritual thing and I just love*
*your way, you're special.*
*You are quite good company when relaxed and feeling safe, maybe that's*
*what I love.*
*Have a song, me thinking of you.*
*I greet you with a flap of my wings!!*
*G*

13 augustus.

Lili gaat 's avonds eten met Viktor. Eerst drinken ze bij hem thuis een glas wijn in de tuin. Daarna rijden ze naar een restaurant in de stad. Onderweg in de auto zingt Jamie Cullum op de radio.

Voor ze het restaurant binnengaan, zegt Viktor uit het niets: 'Ik ben eigenlijk een hele gewone jongen. Misschien zelfs een beetje saai.'

'Nou en? Ik ben ook heel saai.'

Daarna zegt Viktor dat hij haar heeft gemist.

'En wat hebben jullie allemaal gedaan?'

'Niet zoveel. Ik was erg moe, dus ik heb veel geslapen en verder hebben we wat rondgehangen in de stad.'

'En verder?'

'Verder wat?'

'Hoe was het dan verder?'

'Wat wil je weten? Of we ook seks hebben gehad?'

'Ik ga ervan uit dat dat sowieso zo is.'

'Dat is niet zo. Ik ging daar naartoe omdat ik rust nodig had en hij nodigde mij uit. We hebben geen seks gehad, maar ik weet wel dat jij en Caroline al een tijdje opnieuw bezig zijn.'

Viktor schrikt en vergeet het te ontkennen. 'Ik weet niet meer zo goed waar ik mee bezig ben. Ik wilde wel eerlijk zijn maar ik durfde dat niet.'

'Waarom niet?'

'Omdat ik bang was dat ik je dan kwijt zou zijn en ik kan niet meer zonder jou.'

Viktor krijgt tranen in zijn ogen en vraagt of ze bij hem thuis verder kunnen praten omdat hij dit gesprek niet in het restaurant wil voeren. Ze gaan naar zijn huis.

'Ik moest steeds denken aan wat je ooit tegen me zei. Dat ik trouw moet zijn aan mezelf en vanaf mijn beslissing... vanaf dat ik voor jou koos, kreeg ik het meteen weer zo benauwd en het voelde verstikkend. En jij deed niets verkeerd want je liet me de hele tijd los. Ik weet het allemaal niet meer. Wat ik wel weet is dat ik jou waanzinnig aantrekkelijk en sexy vind en dat mannen van die enorme neukbeesten zijn.'

'Heb je het nu over jezelf?'

Lili wil opstaan en weggaan. In haar hoofd herhaalt ze een mantra: Elvis is nog niet dood, Elvis is nog niet dood, Elvis...

'Zo bedoel ik het niet. Het is gewoon... Caroline kent Kato ook goed en ik kan dat zomaar niet afbreken.'

'Kato heeft toch al een vader en een moeder?'

'Zo simpel is het niet.'

'Als er iemand weet hoe verkeerd het is dat mensen samen blijven voor de kinderen, ben ik het wel. Dat is op den duur nefast voor iedereen.'

'Maar ze kent ook de rest van mijn familie en mijn ouders en...'

'Je zegt eerst dat het niets betekent en dat er nooit sprake is geweest van een relatie. Nu kent ze ineens ook je hele familie. Ik snap er eerlijk gezegd nog maar weinig van. Wat is nu eigenlijk de waarheid?'

'Zou het kunnen dat Caroline mij warmte geeft en dat jij dat de laatste tijd niet meer doet?'

Lili voelt haar maag omkeren.

'Zou het kunnen dat ik niet zoveel warmte meer te geven heb omdat jij mij in de kou laat staan?'

Viktor draait zich om en haalt een foto van Kato van de deur van de ijskast. Hij legt de foto voor haar neer. 'Dat is het enige dat telt voor mij. Mijn kind. Daar moet ik voor zorgen.'

'Natuurlijk, maar wat heeft dat hiermee te maken?'

'Ik weet het. Ik maak er een boeltje van, maar ik wil niet dat je weggaat.'

Hij krijgt opnieuw tranen in zijn ogen.

'Wij zijn tegenpolen maar toch zitten we op dezelfde golflengte. Dat trekt me aan en dat maakt me bang. Ik wil wel maar om een of andere reden blijf ik me gedragen als een puber. Ik wil mijn moeder, maar dan honderd jaar jonger. En nu moet ik slapen.'

Hij gaat naar de slaapkamer en kleedt zich uit. Lili blijft zitten en wacht tot hij weer terugkomt. Ze is nog klaarwakker. Wanneer hij even later naakt voor haar staat, zegt Lili: 'Jij wil mij helemaal niet.'

'Je hebt me al lang. Maar je hebt het niet eens door. Zie dan. Ik sta voor jou zonder enige bescherming en jij zit daar met je kleren aan.'

'Wil je dat ik ze ook uitdoe?'
'Ja.'
Lili kleedt zich uit en naakt staan ze tegenover elkaar.
In bed kust ze hem eerst op de mond en gaat dan langzaam naar beneden. Wanneer haar mond bij zijn navel aankomt, ziet ze een beeld van Viktor en Caroline voor zich. Ze stopt en gaat naast hem liggen.
'Wat is er?'
'Niets.'

's Ochtends zet Viktor koffie voor Lili.
'Alleen melk was het toch?'
'Dat zal je andere lief zijn. Alleen suiker voor mij.'
'Ik heb geen ander lief. En ik ken geen andere vrouwen die koffie drinken.'
Wanneer ze moet vertrekken en hem wil zoenen, moet ze kokhalzen wanneer ze haar lippen op de zijne drukt.
'Wat was dat? Moet jij overgeven als je mij zoent?'
'Dat komt van de koffie, denk ik.'
Ze zegt niet dat ze al weken loopt te kokhalzen en dat ze op het werk soms naar het toilet moet lopen omdat ze het niet kan tegenhouden.
Ze kust hem nog een keer en loopt naar de voordeur.
'Ik hou van jou.'
Hij zegt niets terug.


15 augustus
Lili: Ik wil je morgen zien. Kan dat? X
Viktor: Wil je mij iets vertellen of wil je me graag zien? X
Lili: Ik zie jou graag. Hoe laat?

## Elvis is dood

Het is 16 augustus. De sterfdag van Elvis. De dag die al vier weken omcirkeld staat in de agenda van Lili.

's Avonds rijdt ze naar het hotel van Viktor. Viktor is nog aan het werk maar heeft de sleutel van de hotelkamer voor haar achtergelaten aan de receptie. Hij heeft 's middags gevraagd of hij een massage voor haar op de kamer moet regelen omdat hij denkt dat ze rust en verzorging nodig heeft. Hij klonk bezorgd. Lili heeft gezegd dat dat niet nodig is.

Op de kamer, die roze muren heeft, bestelt ze roomservice en eet het vispannetje maar half op, terwijl ze in haar ondergoed op bed ligt en tv kijkt. Eerst is er een documentaire op over pubers die zo bezig zijn met sms'en en chatten dat ze niets meer van spelling of grammatica kennen. Daarna kijkt ze naar een reportage van mensen die een nieuw leven beginnen in het zuiden van Europa nadat ze daar jaren van hebben gedroomd. Ze luistert naar de getuigenis van een man die een eigen zaak wilde beginnen en nu eieren staat te bakken in een derderangscafé in Spanje.

Viktor komt binnen en kust haar zacht.

'Hoe gaat het, snoes?'

'Het gaat wel.'

'Ik zou mijn computer nog moeten gaan ophalen. Die ligt op de redactie. Ga je even mee?'

Lili kleedt zich weer aan en met de auto rijden ze samen naar de redactie. Viktor gaat naar binnen en komt terug met zijn computer.

'Er zijn hier nog een paar mensen die vragen of we even mee gaan om iets te drinken. Goed voor jou?'

Lili heeft buikpijn en onderweg in de auto vraagt Viktor nog eens of het wel gaat met haar.

'Het gaat wel weer over.'

Zijn gsm gaat en nadat hij kijkt wie het is, legt hij hem weer weg. Daarna gaat zijn telefoon nog drie keer en negeert hij de oproepen. Het is half-twaalf 's avonds. Wanneer het rinkelen is gestopt, hoort ze verschillende sms'jes binnenkomen die hij ook negeert.

'Iemand heeft je dringend nodig.'

Hij geeft geen antwoord.

Omdat Lili geen geld op zak heeft, vraagt ze of ze even langs een geld-automaat kunnen gaan en terwijl ze aan de machine staat, ziet ze Viktor uit haar ooghoek een stukje verder lopen om een sms te versturen. De beslissing is gemaakt. Dit stopt nooit.

Ze gaan het café binnen en voegen zich bij een paar van zijn medeacteurs. Lili is stil. Haar buikpijn wordt steeds erger en ze zegt dat ze het niet te laat wil maken. Na het eerste drankje volgt er een tweede. Lili zegt nog eens dat ze zo wil gaan en Viktor zegt dat hij nog één laatste wil bestellen. Lili bestelt niets meer.

'Ik hoorde trouwens dat Sarah op jullie bureau drie maanden zwanger is,' zegt een van de mannen tegen Lili en Viktor.

'O', zegt Lili en ze ziet Viktor nadenkend naar het plafond kijken terwijl zijn mond geluidloos beweegt.

'Ben jij nu aan het tellen?' vraagt Lili.

'Natuurlijk niet, hoe kom je daar nu bij?'

Het gesprek gaat verder over hotels en wat je daar allemaal mee-maakt.

'Ja, ik had ook eens iets gênants,' vertelt Viktor. 'Ik was laat en dronken op een feestje beland met Esther. Je weet wel.' Hij kijkt veelbetekenend naar de andere mannen, die geen teken van herkenning geven. 'Nou, ik was toen met Esther en er waren daar allemaal prominente mensen en omdat het zo laat werd, sliepen we allemaal in hetzelfde hotel. Het was een sjieke boel met jacuzzi en zo, dus Esther en ik hebben ons nogal ge-amuseerd.' Viktor kijkt opnieuw veelbetekenend naar de andere mannen, die nog steeds niet reageren. 'En toen ik 's morgens aan het ontbijt kwam, zei een van die andere gasten tegen mij: "Dag buurman." Blijkbaar hadden we zoveel herrie gemaakt dat hij wist dat ik het was.'

Buiten Viktor zelf lacht er niemand om het verhaal en Lili zegt tegen Viktor dat ze nu echt graag naar de kamer wil gaan omdat haar buikpijn steeds erger wordt. Misschien ligt het aan het vispannetje.

Op de kamer gaat Viktor op bed liggen. Lili kleedt zich uit en gaat op zijn borst liggen.

'Wat is dat toch met jou en die buik van je? Ben je jezelf weer ziek aan het maken?'

'Poepie?'

'Ja?'

'Ik ga ermee stoppen.'

Stil kijkt hij haar aan en strijkt door haar haren.

'Het gaat zo niet meer.'

'Ik voel me zo leeg. Alles is zo leeg.'

Lili gaat naast hem liggen en Viktor streelt haar buik.

'Je bent zo zacht.'

'Ik vraag me wel eens af hoe je dat volhoudt, zo'n dubbelleven.'

'Ik hou dat niet vol. Ik ga er kapot aan.'

'Kan ik je ermee helpen?'

'Jij bent zo lief. Natuurlijk kan jij me niet helpen. Het gaat juist over jou.'

Lili sluit haar ogen en Viktor neemt haar in zijn armen.

Ze vallen in slaap en 's morgens draait Lili zich naar hem om wanneer de wekker gaat. Viktor wordt ook wakker en ze vrijen terwijl ze elkaar in de ogen kijken.

Zijn gsm gaat.

'O nee,' kreunt hij. 'Nu niet.'

Na het vrijen blijft Viktor in bed liggen en Lili staat op om te gaan douchen.

'Ik weet dat ik veel te lang heb lopen talmen en dat ik een beslissing heb genomen die ik niet heb waargemaakt. Maar ik ga er alles aan doen om dit weer goed te krijgen.'

'Waarom nu wel?'

'Omdat ik koppig ben in die dingen. Maar als ik iets echt wil, dan doe ik het. En ik wil dit echt.'

'Je hebt nog steeds je veiligheidszone en er zal wel iemand anders in mijn plaats komen en daarna weer iemand anders.'

'Ik wil dat niet meer. Ik ga zorgen dat er dingen veranderen. Maar eerst moet ik misschien maar eens wat alleen zijn. Blijkbaar kan ik me op dit moment niet engageren.'

Lili gaat douchen en laat het water daarna voor hem lopen. Terwijl ze haar tanden aan het poetsen is, reikt ze Viktor een handdoek aan.

Even later staan ze tegenover elkaar in de kamer.

'Dag.'

'Ik zie je toch nog? We spreken toch nog af samen?'

Lili schudt langzaam haar hoofd.

'Ik denk niet dat dat een goed idee is.'

Er trekt een schaduw over zijn gezicht en Lili loopt naar de deur. Ze heeft de deurknop al in haar hand wanneer ze omkijkt. Viktor staat verweesd midden in de grote kamer. Hij ziet er klein en verdrietig uit.

'Kijk niet zo. Daar kan ik niet tegen.'

Ze loopt terug en geeft hem nog een zoen op zijn mond. Dan gaat ze opnieuw naar de deur en loopt door de lange gang naar de liften.

In de auto krijgt ze een bericht: Het is lang geleden dat ik nog eens echt gehuild heb en dat doet goed. Bedankt om mijn ogen te openen. We zullen zien wat het leven verder brengt. Ik hou van jou. X

Ze stuurt: Ik ook van jou. X


'Wat zie jij er goed uit! Wat is er gebeurd? Alles opgelost met Viktor?'

Lisa komt op het bureau van Lili zitten en kijkt haar nieuwsgierig aan.

'Het is voorbij.'

'Hoe bedoel je? Het is voorbij en jij komt hier stralend binnenwandelen?'

'Ik zal later nog wel instorten, maar op dit moment ben ik blij dat het voorbij is. De stress, de leugens en die hele kutzomer.'


Viktor mailt haar om te zeggen dat zijn hart bloedt en om te vragen of ze toch niet een keer wil afspreken, als vrienden. Of broer en zus. Lili zegt dat dat niet gaat. Dat ze van hem houdt en dat broer en zus haar gestolen kunnen worden. Hij antwoordt dat ze alles veel te zwart-wit ziet en wil weten waarom ze altijd meteen al haar deuren sluit. Lili schrijft dat ze genoeg in zijn grijze zone heeft gezeten om te weten dat het nergens naartoe leidt. Hij antwoordt dat het best vervelend is dat hij net een paar interviews voor de nieuwe reeks moet geven en dat alle journalisten vragen wie nu eigenlijk die nieuwe vriendin is. Dat hij niet weet wat hij daarop moet zeggen.

**Re:**

Al een geluk dat je al die tijd een reservelief hebt gehad.

Die kun je nu naar voren schuiven als de enige echte. Niemand die het verschil merkt.

L

**Re:**
Jij bent stout.

**Re:**
Je bent zelf stout.

Ze spreekt een keer af met Thomas, die vraagt waarom er een foto van Viktor Vaerewijck op haar kast hangt. Wanneer hij na de seks weer naar huis is, mist ze Viktor nog meer.

Wolf komt logeren in de week dat Lili jarig is.
'Liefie, ik ben zo trots dat je die gast eindelijk hebt buitengegooid. Gaan we leuke dingen doen met je verjaardag? Was jij niet van plan om een feest te geven dit jaar?'
'Ja, dat was ik van plan, maar ik denk niet dat ik een feest aankan op dit moment.'
'Ook goed. Dan gaan we samen eten en jouw verdriet verzuipen. Wie nemen we nog mee?'
'Lisa.'
'Ik reserveer. Marokkaans goed?'
Op haar verjaardag neemt Lili 's middags vrij en loopt door de stad om een cadeau voor zichzelf te kopen. Ze komt Micky tegen.
'Lili! Dat is lang geleden. Hoe gaat het?'
'Dag Micky. Jij ziet er goed uit.'
'Ja, weet ik. Verliefd, je kent dat wel. En jij? Ik hoorde laatst iemand zeggen dat jij iets zou hebben met die Viktor Vaerewijck, van televisie. Ik wilde je nog bellen want dat lijkt me nou zo spannend, iets hebben met iemand die bekend is. Ga je dan ook naar al die feestjes en loopt het daar dan vol bekende mensen?'
'Dat zal een roddel geweest zijn dan. We kennen elkaar wel via het werk, maar we hebben niks samen.'
Micky kijkt teleurgesteld. 'Vreemd. Ik hoorde dat jullie ergens aan het eten waren en dat het er heel innig uitzag.'
Lili zegt dat het vast iemand anders was en belooft Micky dat ze binnenkort nog eens koffie komt drinken in de brasserie.
'En die getrouwde man. Zie je die nog?'
'Dat is lang geleden.'
Een uur later staat Lili in de supermarkt om een paar boodschappen te

doen en loopt ze tegen het rek met de roddelblaadjes. Ze ziet een foto van Viktor op een cover staan. 'Viktor Vaerewijck over zijn nieuwe vriendin.'

Ze loopt door, maar aan de kassa ziet ze hetzelfde blaadje weer in een rek liggen en wachtend in de rij leest ze het artikel.

'Ben je nou helemaal gek geworden?' zal Wolf later die avond zeggen. 'Wie leest die troep nou en wie gaat zichzelf een beetje onnodig lopen kwellen op haar verjaardag? Wat is er toch mis met jou?'

Het artikel lijkt voor een deel over haar te gaan, maar ze leest ook dat Viktors nieuwe vriendin het goed kan vinden met zijn dochter en ouders. In het stuk staat dat zijn nieuwe relatie nu bijna een jaar duurt en verder prijst hij een fitnesstoestel aan dat hij gratis van een sponsor heeft gekregen. Er staat een foto bij van Viktor op het toestel.

'Mediahoer,' zegt Wolf later.

's Avonds in het restaurant bestellen ze de duurste fles wijn die op de kaart staat en daarna bestellen ze er nog een. Na de Marokkaan gaan ze cava drinken in een café. Ze proosten op de liefde en op Lili en bij de tweede fles zegt Lili dat ze bijna naar huis moet. Het is halftwaalf en ze moet de volgende dag werken.

Op dat moment komt er een man binnen en roept Wolf: 'Dat is toevallig! Dat is Frederik. Die is ook jarig vandaag én zijn vriendin heeft hem net laten zitten.'

Lili kent hem vaag van zien en weet dat hij zanger van een band is. Volgens Wolf is Frederik rock-'n-roll pur sang en Lili ziet dat de lange zanger inderdaad het standaarduniform draagt: leren jack, afgedragen jeans en boots.

'Frederik, ik wil je voorstellen aan Lili. Zij is ook jarig vandaag en ze heeft ook een gebroken hart. Ik denk dus dat jullie maar eens even naast elkaar moeten gaan zitten.'

Frederik komt naast Lili zitten en Wolf bestelt nog een fles cava, terwijl Frederik en Lili elkaar feliciteren. Ondertussen legt Lisa Wolf uit dat het lichaam van een vrouw haar vreselijk begint te verraden vanaf haar vijfendertigste. Het begint met kleine dingen die aanvankelijk nog best grappig zijn. Maar al snel wordt de aftakeling grimmiger en onomkeerbaar en ze mag er niet aan denken waar dat zal eindigen. Wolf zegt dat ze nog meer cava moet drinken en dat dan alles beter zal gaan.

Frederik heeft een biertje besteld en Lili en hij proosten op elkaar. Dan vraagt hij wie er zal beginnen, zij of hij.

'Jij,' zegt Lili gedecideerd.

Ze luistert hoe de vriendin van Frederik er een paar weken eerder met een ander vandoor ging zonder voorafgaande waarschuwing. Wanneer Lili op de hoogte is van de belangrijke details, zegt hij: 'En nu jij.'

'Moet dat echt? Zometeen krijg ik hier een depressie en ik zit net op een goede golf.'

Het moet echt en ze vertelt hem over de man die bijna een jaar lang tegen haar riep: Ik wil, ik wil! maar ondertussen het grootste gedeelte van de tijd een andere vrouw vergat te vermelden. Voor ze het weet, vertelt ze ook over de supermarkt die middag. Ze heeft de naam van Viktor nog niet genoemd want ze is gewend om altijd discreet te zijn over hem.

'Hoezo staat hij op die covers. Wie is het dan?'

Lili twijfelt.

'Je mag het best zeggen, hoor. Ik heb ook al op die covers gestaan, dus ik weet hoe het voelt.'

Ze vertelt het hem en Frederik roept: 'Dat is toevallig! Ik zat vanavond met een vriend op een terras en toen zat hij naast ons.'

'Niet waar!'

'Echt waar. Ik kende hem alleen van tv en ik dacht nog dat hij er in het echt toch net iets minder glad uitziet. Maar ik vind het nog steeds een luchtbel.'

Lili moet lachen. 'Hij heeft ook wel een andere kant.'

'Nou, zo te horen niet.'

Ze gaat veel te laat slapen en verschijnt 's morgens met een katerig hoofd op haar werk.

'Ga jij morgenavond ook naar het feestje van Viktor?' vraagt een collega haar tijdens de lunch.

'Welk feestje?'

'O sorry. Ik dacht dat jij er ook zeker zou zijn. Hij geeft morgenavond een feest.'

'Nou,' zegt Lisa later, 'dat is ook fris. Jij kunt geen feest geven omdat je dat niet aankunt en meneer gaat lekker in jouw plaats zitten feesten.'

'Ach ja, daarvóór kon hij natuurlijk nooit een feest geven.'

'Hoezo dan?'

'Welke vriendin had hij dan moeten vragen? Dat is toch een probleem voor zo'n gelegenheid.'

'Denk je nu echt dat hij een feest geeft omdat hij van jou af is?'

'Ja, dat denk ik.'

'Jij bent ziek.'

Een week na hun eerste ontmoeting komt ze Frederik opnieuw tegen wanneer ze iets gaat drinken met Lisa. Lisa gaat op tijd naar huis en Lili blijft met Frederik achter aan de bar. Ze geven elkaar een update van hun wederzijds afscheidsproces en wisselen tips uit.

'Vorige week viel het allemaal best mee. Maar zondag was het helemaal mis. Ik wilde die gast vermoorden, dus ik moest echt iets doen. En snel.'

Frederik neemt nog een slok bier.

Lili steekt nog een sigaret op.

'Mijn zondag was ook niet zo best. Wat heb jij gedaan?'

'Ritueel een foto van mijn vriendin verbrand.'

'Dit begint griezelig te worden. Ik heb dat ook gedaan!'

Lili was zondag zo wanhopig geweest dat ze had bedacht dat ze een daad moest stellen. Ze wilde dat het gemis zou stoppen, dat ze geen liefde meer zou voelen en Viktor uit haar herinnering zou verdwijnen alsof hij nooit had bestaan. Ze had zijn foto van de kast gehaald waarop stond: Dag kleine kabouter, xxx

'Dag kleine kabouter,' had ze gezegd toen ze op het balkon de aansteker die ze in Alicante van hem had gekregen bij de foto hield. De aansteker weigerde dienst, maar Lili had zich niet laten ontmoedigen. Ze zou alles doen om niet meer verdrietig te zijn, al was het het laatste dat ze deed. Driftig zocht ze een andere aansteker in een la en deed een nieuwe poging. Dit keer lukte het wel. Zijn ogen bleven als laatste over en keken haar aan. Lili knipperde niet één keer en bleef terugkijken tot ze helemaal verdwenen waren. Daarna had ze zich toch zeker vijf minuten beter gevoeld. Toen had ze de jodelende koe gepakt die al een half jaar naast haar bed stond, maar toen ze bij de vuilnisbak stond om hem weg te gooien, kon ze het niet. Ze had hem verstopt in de kast.

'En het rare was, ik stond in de tuin en wilde die foto aansteken en toen deed de aansteker het niet. Die had ik van haar gekregen.'

'Natuurlijk.'

'Toen heb ik het met lucifers gedaan.'

'Hielp het een beetje?'

'Toch voor een minuut of vijf.'

Lili vertelt dat ze elke dag bijna een hele fles wijn leegdrinkt en toch ook wel één keer per dag Marco Borsato opzet.

'Ik haat Marco Borsato.'

'Je weet niet wat je zegt. Marco is een held.'

'Daarom haat ik hem. En omdat het niet bij mijn imago past.'

'Imago's zijn voor losers.'

'Ook waar. Losers zoals Viktor V. Die man is ook echt lelijk, was je dat ooit opgevallen?'

Lili moet lachen. Ze weet dat Frederik het zegt om haar op te beuren.

Ze worden samen dronken en er komen steeds meer vrienden van Frederik binnen die blijven trakteren wanneer Lili al lang is gestopt met drinken. Er staan drie volle glazen voor haar neus wanneer een vriend van de ex van Frederik binnenstapt. Frederik schiet in een kramp en zegt dat hij zin heeft om die gast eens te vertellen wat er op zijn maag ligt.

'Moet je doen!' zegt Lili. 'Hoe meer je je hart lucht, hoe beter. Anders blijft dat vergif in je lijf zitten.'

Frederik kijkt haar aan, pakt met twee handen haar gezicht vast en kust haar vol op de mond. Lili wordt duizelig en ze weet niet of het van de kus komt, die goed smaakt, of van de laatste cava.

'Voorzichtig. Zometeen lig ik hier tegen de grond.'

Frederik gaat naar de vriend en begint een lange monoloog terwijl de vriend beduusd staat te kijken. Lili wacht tot hij klaar is en vraagt daarna of het heeft geholpen.

'Een beetje.'

'Goed zo. En nu moet ik naar huis voordat ik rare dingen begin te doen. Ik heb echt te veel gedronken.'

Frederik brengt haar naar huis.

'Nu kunnen we drie dingen doen,' zegt hij bij de voordeur.

'Wat dan?'

'Jij gaat naar binnen en ik ga naar huis. Of we gaan samen naar binnen. Of je gaat mee met mij.'

'Dat tweede dan.'

'Dat is goed. Maar één ding: geen seks. Alsjeblieft geen seks!'

Lili is al naar binnen gelopen en kijkt om waar hij blijft.

'Sta niet zo te roepen op straat. Kom.'

Viktor: Hoe gaat het vandaag met de grappigste vrouw die ik ken? X

Lili: Van hysterische blijdschap naar diepe wanhoop. En terug. En nog eens. Heb ook een drankprobleem en haat het om een cliché te zijn! Wanneer word ik weer normaal?

Viktor: Kan ik iets voor je doen? X

Lili: Wat stel je voor?

Viktor: Een beetje voor je zorgen. X

Lili: Waarom?

Viktor: Omdat je diep in mijn hart zit. X

Lili: Vandaag misschien. Maar wat morgen? Ik ben geen interimkracht.

Viktor: Gaan we iets eten samen volgende week? X

Lili: Slecht idee denk ik.

Viktor: Wil je erover nadenken? X

Lili: Oké.

Viktor: Zal ik je elke dag bellen om te vragen of je het al weet? X

Lili: Ja.

Viktor: ☺ Ik bel je volgende week. X

De week daarop hoort ze niets meer van hem en op vrijdag krijgt Lili telefoon van verschillende mensen die vragen of ze die dag al in de krant heeft gekeken. Er staat een foto in van Viktor met Caroline op een of andere gelegenheid. Eronder staat: Viktor Vaerewijck en zijn nieuwe vriendin, Caroline.

Ze staan lachend op de foto en Viktor heeft zijn arm om de schouders van Caroline geslagen.

## 28

Lili op de rand van een zenuwinzinking

*Alleen de liefde kan je hart breken.*
NEIL YOUNG

Er breekt een storm los in Lili. Een storm van woeste razernij. Dat heeft ze nog nooit meegemaakt.

Ze belt naar Viktor. Die neemt niet op.

Ze belt haar moeder.

'Ik ben zo boos!'

'Wat is er dan?'

'Ik ben zo boos!'

Lili vertelt en Maria luistert.

'Ik ben zo boos! En ik wil dat kunnen zeggen tegen hem. Hoe boos ik ben.'

'Doe dat dan gewoon. Hij doet toch ook wat in hem opkomt?'

'Hij neemt de telefoon niet op.'

Ze probeert nog eens te bellen maar er wordt weer niet opgenomen. Lili schrijft de langste sms van haar leven:

Ik ben zo boos op mezelf dat ik heb gehouden van een man waarin ik echtheid vermoedde terwijl hij toch de lege praatjesmaker is waar iedereen het over heeft. Fijn dat je nu toch iemand hebt gevonden die wel het daglicht mag zien. En fijn dat jullie mij samen van jullie pad hebben geveegd. Je had dat meteen kunnen zeggen en mij een hoop tijd bespaard maar ach, jij speelt graag met mensen alsof het gebruiksvoorwerpen zijn. Je bent geen mooi mens en ik heb me nog nooit zo vergist. Stom.

Viktor: Li, beheers jezelf!

Lili: IK moet mij niet beheersen. JIJ!

Daarna skypt ze met Wolf, die weer naar Boedapest is vertrokken.

Voordat hij iets kan zeggen, begint Lili zo hard te huilen dat hij nauwelijks verstaat wat ze allemaal zegt.

'Liefje, je moet iets minder hard huilen, ik begin hier ook al bijna te janken.'

Lili snuit haar neus en huilt verder, maar nu iets minder hard. Wolf probeert haar te troosten en zegt dat ze naar Boedapest moet komen.

'Dat gaat niet want daar zijn we samen geweest en dan word ik nog verdrietiger. En ik ga ook ander werk zoeken zodat ik hem nooit meer hoef te zien en ik kijk ook nooit meer televisie en hoe kan ik nou zo stom zijn. Ik vind het niet eens een goede acteur!'

Wolf begint te lachen maar dat maakt Lili alleen maar weer harder aan het huilen.

'Luister nou eens goed naar mij. Jij bent een wereldwijf en je gaat je toch niet slecht laten voelen door zo'n kind? Het is gewoon een AARDBEI.'

'Wat?' Lili stopt even met huilen en haalt haar neus op.

'Een AARDBEI!'

'Waarom? Ik vind hem helemaal geen aardbei.'

'Dat ga ik je vertellen.'

Ze ziet dat Wolf zich vorover buigt naar zijn webcam en een aardappelneus krijgt doordat hij veel te dicht bij de lens komt.

'Hij is een AARDBEI en daar ben jij allergisch voor. En wat jij doet, is steeds opnieuw van die aardbei eten. En dan word je ziek, lig je dagen in bed. Met uitslag. En zodra je beter bent, ga jij meteen weer naar de supermarkt om een nieuw bakje aardbeien te kopen, eet je er weer van en lig je daarna weer te klagen in bed dat je er ziek van wordt. Je moet gewoon stoppen met naar de supermarkt gaan en steeds een nieuw bakje aardbeien te kopen. Daar kun je niet tegen. En hij is een AARDBEI!'

Lili moet nu lachen en huilen tegelijk. Wolf buigt zich nog verder naar voren en ze ziet alleen nog zijn rechteroog dat haar aanstaart als het Grote Boze Oog.

'Dus als hij ooit nog iets laat horen, denk: aardbei!'

Lili wordt de volgende dag wakker met dikke ogen. Na de middag krijgt ze een bericht van Viktor: Was dat nu echt nodig gisteren?

Lili denkt: AARDBEI! en delete het bericht.

Ze slaapt nu nog hoogstens drie uur aan een stuk en wanneer ze probeert te eten, gooit ze daarna meer dan de helft van haar eten weer in de vuilnisbak. Bij het minste of geringste barst ze in tranen uit of wordt ze kwaad op onschuldige passanten.

In de supermarkt moet ze zich inhouden om niet iedereen die haar voor de voeten loopt omver te maaien met haar winkelkarretje en in de auto omklemt ze haar stuur met alle macht om te voorkomen dat ze bij een rood stoplicht uitstapt om sukkelaars op de weg eens flink de waarheid te gaan zeggen.

Op een maandagochtend stopt het lichaam van Lili met functioneren. Ze wil opstaan om naar haar werk te gaan maar haar lijf blijft liggen. Ze heeft ook buikpijn en is weer misselijk maar dat is ze intussen al gewend. Opnieuw probeert ze in beweging te komen zoals ze elke ochtend doet, maar het lukt niet. Ze slaapt nog een paar uur en belt dan naar de dokter.

Op consultatie vertelt ze dat ze al weken slecht eet en slaapt en dat deze morgen haar lijf niet meer wilde opstaan. Dat haar lijf eigenlijk helemaal niets meer wil. En zij ook niet. De dokter kijkt haar bezorgd aan. Lili komt er al jaren en de vrouwelijke arts kent haar goed.

'Dat is niks voor jou. Jij bent nooit ziek en zelfs als je ziek bent, ga je toch altijd werken.'

De dokter stelt haar nog een paar vragen en Lili geeft een korte samenvatting van de laatste maanden.

'Te veel stress, dat is duidelijk. Jij moet gewoon even thuisblijven.'

'Met welke reden dan?'

'Stress. Je kunt niet functioneren als je niet kunt slapen en eten. Eerst moet je rusten en dan komt de rest vanzelf weer in orde. We beginnen met twee weken en daarna zien we wel weer verder. En ik ga je ook homeopathie voorschrijven.'

'Waarvoor?'

'Voor je misselijkheid. En het helpt ook tegen liefdesverdriet.'

Medicatie tegen liefdesverdriet. Lili heeft er nog nooit van gehoord, maar het klinkt goed.

'Wat zou je het allerliefste willen?' vraagt de dokter.

'Hoe bedoelt u?'

'Wat zou je het allerliefste willen in je leven?'

Lili begint te huilen en de dokter reikt haar een doos kleenex aan.

'Van iemand houden die ook van mij houdt.'

Meteen na de dokter gaat ze naar de apotheek van Thomas en geeft hem het voorschrift. Thomas vraagt hoe het met haar gaat.

'Slecht.'

Hij vraagt niet verder, loopt naar achteren en komt weer terug met nog steeds alleen het voorschrift in zijn handen.

'Ik heb werkelijk alle homeopathie in huis maar hier heb ik nog nooit van gehoord. Ik heb het niet in voorraad.'

Typisch, denkt Lili.

Ze gaat naar een andere apotheek en gooit de kleine pilletjes in één keer onder haar tong zodra ze weer thuis is. Daarna smijt ze de jodelende koe al zingend in de vuilnisbak en sluit de deksel. Ze luistert naar het gedempte gejodel van het verdronken kalf. AARDBEI!

Vervolgens gaat ze in bed liggen en komt er drie dagen niet meer uit, behalve als ze naar de wc moet of om iets te eten of te drinken te halen. Dat neemt ze dan mee naar bed. Eén keer gaat ze voor sigaretten naar de nachtwinkel in haar pyjama met een jas erover en ze ziet in een winkelruit dat ze eruit ziet als de eerste de beste marginaal. Niet dat dat haar iets kan schelen.

De telefoon ligt naast haar bed voor als haar moeder belt. Maria belt elke dag en wanneer Lili vraagt hoe het nu verder moet met haar en een lichaam dat het niet meer doet, zegt ze: 'Gewoon doorademen.'

Verder vertelt ze Lili verhalen over onmogelijke liefdes die gewoon weer voorbijgingen en in een heel enkel geval mogelijk werden. Over gebroken harten die altijd weer helen en de donkerste nachten die uiteindelijk altijd weer dag worden.

Na zo'n verhaal kan Lili meestal een paar uur slapen.

Wanneer Lisa na drie dagen op de stoep staat, doet Lili met tegenzin open.

'Wat zie jij eruit! Hoe lang ben je de deur niet uit geweest?'

'Drie dagen.'

Lili sloft terug naar haar bed en gaat weer liggen.

'Doe dan nu maar kleren aan want wij gaan naar buiten.'

Lili trekt het dekbed over haar hoofd. 'Echt niet. Ik voel me stom, oud en lelijk. En mijn leven is de slechtste soap die ik ooit heb gezien.'

'Kom Li, het is genoeg geweest. Jij bent verdorie nog erger dan ik!'

'Het komt door de stress. Ik kan er niks aan doen. Mijn lijf doet het niet meer.'

'Natuurlijk wel. We gaan gewoon rustig op een terras zitten.'

Lili doet de lelijkste kleren aan die ze kan vinden en zonder in de spiegel te kijken, gaat ze met Lisa mee naar buiten. Met hun jassen aan gaan ze op een terras zitten waar de zon schijnt en Lili zet haar zonnebril op.

'Dat is toch lekker, een beetje zon op je gezicht?'

'Ik voel me net een sanatoriumpatiënt.'

'Twee cappuccino's alsjeblieft. Hoezo?'

'Zo stelde ik mij dat vroeger voor en het leek me altijd erg romantisch. Ziek en ingepakt in de bleke zon. En dan genezen maar.'

'Zie je wel dat het een goed idee was?'

'Mm. Hoe gaat het trouwens met jou en Ernst?'

'Ik durf het niet zo goed te zeggen, maar het gaat geweldig. Elke dag beter. Ik geloof dat ik klaar ben met zoeken.'

'En waarom durf je dat niet te zeggen?'

'Omdat ik het vervelend voor jou vind.'

'Het is het beste nieuws dat ik in tijden gehoord heb. Maar waar ik dan wel weer bloedlink van word, is luisteren naar de buren die urenlang luidruchtige seks hebben terwijl jij godbetert in je bed ligt dood te gaan van ellende. Gisteren ook weer. Tot drie uur vannacht!'

'Ook dat nog.'

'Ja, en dan moet je weten, die buurvrouw keft als een hondje en komt de hele tijd nét niet klaar. Gek word ik daarvan. En hij brult de hele tijd als een bronstige beer.'

'Asociaal.'

**Subject:**

Hallo Lili,

Hier een mail van een verschrikkelijke lege praatjesmaker. Een man zonder inhoud, zonder gevoel en zonder oprechtheid.

Je begint me verrot te schelden en uit je woede zonder fundament.

En dan de deur dicht.

Weet je nog dat jij een einde maakte aan onze tocht naar meer? 'Poepie, ik ga ermee stoppen...'

Weet je nog dat ik mijn hand uitstak om dit eens deftig uit te praten en te bekijken wat we ermee aankonden? Op al die zaken antwoordde jij zwart-wit of niet.

Ik geloof nogal in go-with-the-flow en niet in een dwangscenario. Liefde laat zich niet in zwart-wit-beslissingen vatten maar in een groeiend gevoel.

En ja, je hebt me eindeloos veel kansen gegeven en ik wou er nog meer. Die kreeg ik niet. Dat begrijp ik. Misschien was dat heel erg jammer.

Op zo'n manier kon ik niet anders dan een beslissing nemen (ik dacht dat jij die genomen had trouwens, lees hierboven).

Het was noodzakelijk voor mij om duidelijkheid te creëren. Dat heb ik gedaan.

Dit betekent niet dat ik je vergeten ben. Ik ben zwaar geraakt door je uitspraken over houden van een persoon die je niet kende, die zich anders voordeed, die mensen als gebruiksvoorwerpen gebruikt etc.

Ik heb me geen enkel moment anders voorgedaan dan ik was. Het enige zwaard dat vooral boven mijn hoofd hing was de twijfel, de angst, de tweede persoon...

De keuze die ik moest maken, die ik wou maken, die je me niet liet maken, ik had meer tijd nodig...

En ja, nu kom ik met iemand anders naar buiten.

Betekent dit dan dat ik niet om je geef? Betekent dit dat we plotseling andere mensen zijn? Betekent dit dat alles wat we hadden, probeerden... nooit bestond?

Is de oplossing ervan weglopen en is dit voor jezelf zorgen??? Ik weet het niet, hoor. Ik denk het niet.

Een liefdesrelatie is onwaarschijnlijk geworden maar ik mis je wel... in mijn leven...

Een jongen die het nooit slecht bedoeld heeft.

Xxx

V.

(zo'n lege mail heb je waarschijnlijk nog nooit gehad)

**Re:**
Antwoorden in jouw mail.
L

Hallo Lili,

Hier een mail van een verschrikkelijke lege praatjesmaker. Een man zonder inhoud, zonder gevoel en zonder oprechtheid.

Je begint me verrot te schelden en uit je woede zonder fundament.

*LILI: Je verzwijgt iemand anders een half jaar lang, vertelt me dan dat het niets voorstelt en nu is het ineens je nieuwe liefde. Hallo?*

En dan de deur dicht.

*LILI: Jouw deur is nooit open geweest. Dat heeft me veel verdriet gedaan. Voor het grootste gedeelte van de tijd stond de mijne wagenwijd open en zag ik je alleen maar vluchten.*

Weet je nog dat jij een einde maakte aan onze tocht naar meer? 'Poepie, ik ga ermee stoppen...'

*LILI: De tocht naar meer bestond uit jij die geen tijd had en bij je andere lief zat. Ik ben niet achterlijk.*

Weet je nog dat ik mijn hand uitstak om dit eens deftig uit te praten en te bekijken wat we ermee aankonden? Op al die zaken antwoordde jij zwart-wit of niet.

*LILI: Ik heb bijna een jaar gepraat tot ik BLAUW zag en ik kan blijven praten tot ik PAARS zie maar daardoor gebeurt er nog niets. Waarom zou ik daar nog energie in steken? Je vindt het zelf niet eens de moeite. De wereld of zelfs een mensenleven is nog nooit veranderd door woorden. Enkel door de dingen die je doet.*

Ik geloof nogal in go-with-the-flow en niet in een dwangscenario. Liefde laat zich niet in zwart-wit-beslissingen vatten maar in een groeiend gevoel.

*LILI: Dwangscenario, my ass! Ik heb jou nooit gedwongen of gechanteerd (in tegenstelling tot anderen, of was dat ook niet waar?).*

En ja, je hebt me eindeloos veel kansen gegeven en ik wou er nog meer. Die kreeg ik niet. Dat begrijp ik. Misschien was dat heel erg jammer.

*LILI: Terwijl ik jou kansen gaf zat jij go-with-the-flow die tijd te gebruiken met iemand anders en wist je het maanden later nog niet. Zo heb je je eigen tijd én die van mij verprutst. Heb jij mij één kans gegeven?*

Op zo'n manier kon ik niet anders dan een beslissing nemen (ik dacht dat jij die genomen had trouwens, lees hierboven).

*LILI: Je hebt een onhoudbare situatie gecreëerd en die koppig verdergezet zodat ik niet anders kon dan weggaan.*

Het was noodzakelijk voor mij om duidelijkheid te creëren. Dat heb ik gedaan.

*LILI: Je hebt mij de knoop laten doorhakken en bent dan teruggeslopen naar iemand die alles van je pikt en waar je mee kunt doen wat je wil (als dat stuk waar is wat je me hebt verteld). Is dat liefde?*

Dit betekent niet dat ik je vergeten ben. Ik ben zwaar geraakt door je uitspraken over houden van een persoon die je niet kende, die zich anders voordeed, die mensen als gebruiksvoorwerpen gebruikt etc.

*LILI: Je gebruikt vrouwen en geeft hen niet dezelfde keuze omdat ze van niets weten. Mooi is dat! Je hebt me meegesleept in een situatie waarover je gelogen hebt, dus ben je niet de persoon die ik dacht dat je was!*

Ik heb me geen enkel moment anders voorgedaan dan ik was. Het enige zwaard dat vooral boven mijn hoofd hing was de twijfel, de angst, de tweede persoon...

*LILI: Dat die tweede persoon blijkbaar wel iets betekent weet ik ook nu pas. Je liet me geloven dat het om vrijheid ging, maar het ging om iemand anders. Dat is onoprecht, laf en leeg. Je bent niet de persoon die ik dacht dat je was.*

De keuze die ik moest maken, die ik wou maken, die je me niet liet maken, ik had meer tijd nodig...

*LILI: Hoe meer tijd ik gaf, hoe meer je nodig had.*

En ja, nu kom ik met iemand anders naar buiten.

*LILI: Inderdaad. Ik ben blij dat ik eindelijk weet over wie die interviews nu eigenlijk gaan. Al een geluk dat ik bij premières aan de kant ga als er fotografen staan. Anders had je nu een probleem.*
*Wat pijn doet is dat je mij zei dat je er alles aan wilde doen om mij niet kwijt te raken maar mij in plaats daarvan snel en efficiënt vervangt met de persoon waarvan je me vertelt dat ze je chanteert en stalkt en dat je dat niet pikt.*

*Hopelijk hoeft zij zich nooit te schamen als ze je op een publieke plaats een zoen wil geven, zoals ik gedaan heb.*

Betekent dit dan dat ik niet om je geef? Betekent dit dat we plotseling andere mensen zijn? Betekent dit dat alles wat we hadden, probeerden... nooit bestond?

*LILI: Ik heb alles geprobeerd. Jij niet. Dat was een illusie van mij. Ik wilde met je naar Lissabon om te zien wat er onder het imago, de nood aan aandacht, verstrooiing en nooit genoeg, angst, weetikveel, schuilt en ik zag een fijne vent en voelde harmonie en liefde. Daarna heb ik die man nog maar weinig gezien en ik ben zo lang blijven zoeken als ik volhield. Nu weet ik niet meer of hij ooit wel bestond.*

Is de oplossing ervan weglopen en is dit voor jezelf zorgen??? Ik weet het niet, hoor. Ik denk het niet.

*LILI: Is blijven voor een man die mij go-with-the-flow negeert als het te ingewikkeld wordt voor mezelf zorgen? Ik denk het niet.*
*Ik was moeite voor jou aan het doen, stom kieken. En jij werd al moe van het niets doen.*

Een liefdesrelatie is onwaarschijnlijk geworden maar ik mis je wel... in mijn leven...

*LILI: Wat stel je voor? Dat ik bij jou en je nieuwe liefde op de koffie kom? Ik dacht het niet. Ik voel me misleid en verraden.*
*Ik wil aanvaarden dat je echt niet wil en omdat ik niet in dwangscenario's geloof (dat was die ander. Wanneer hou je ons eindelijk eens uit elkaar?), ga ik dan weg.*

Een jongen die het nooit slecht bedoeld heeft.

*LILI: Bush bedoelt het ook goed.*

Xxx
V.
(zo'n lege mail heb je waarschijnlijk nog nooit gehad)

De volgende avond heeft Lili met Frederik afgesproken. Terwijl Tania 's middags haar appartement aan het poetsen is, zit Lili op de rand van haar bed en belt naar Viktor.

'En? Mis je mij nog steeds?'

'Ik wil je tijd niet langer verprutsen.'

'Gelukkig maar.'

Lili wuift Tania weg die met de stofzuiger in de deuropening verschijnt.

'Doe eerst maar de keuken.'

'Li, ik vind het echt heel vervelend. Maar ik kan de dingen niet terugdraaien. Wat kan ik doen om het goed te maken?'

'Om te beginnen zou ik je zo hard in je ballen willen schoppen dat je een maand geen seks kunt hebben.'

'Een hele maand?'

'Minstens.'

'Ik ben over een uur bij jou.'

Omdat Tania nog bezig is met strijken, gaan ze iets drinken in een café. Viktor pikt Lili op.

'Graag een café waar ik niemand ken,' zegt Lili. 'Want ik wil nergens met jou worden gezien.'

Ze rijden naar een café waar ze nog nooit is geweest en bestellen twee mojito's.

'Ik ben zo blij dat ik je weer zie. Je ziet er geweldig uit.'

'Ik heb me anders al veel beter gevoeld.'

Wanneer de ober de drankjes komt brengen, wil Viktor meteen afrekenen, maar de ober gebaart dat dat ook later kan.

'Pas op, hoor,' roept Lili de ober na. 'Deze man kun je niet vertrouwen, dus misschien kun je beter meteen afrekenen!'

De ober kijkt verbaasd om en Viktor moet lachen.

'Je bent nog steeds de grappigste vrouw die ik ken.'

'En jij nog steeds het grootste kieken dat ik ken. Ik denk dat jij vrouwen gewoon haat.'

'Waarom haat ik vrouwen?'

'Omdat je ze afstraft als ze van je houden. Meedogenloos.'

Viktor vraagt waarom ze niet in zijn ogen kijkt en Lili moet huilen. Ook Viktor krijgt het moeilijk.

'Snoes, denk je dat het mij niets doet om jou weer te zien?'

Hij probeert haar arm vast te pakken maar Lili weert hem af.

'Niet doen. En ik ga ook niet zitten janken hier want ik heb geen water-proof mascara op. Straks zie ik eruit als een pandabeer.'

Viktor moet opnieuw lachen.

'Trouwens,' vervolgt ze. 'Ik heb altijd een hekel aan die naam gehad. Snoes. Het doet me denken aan smoes. Of snoeshaan. Of misschien doet het mij er vooral aan denken dat de leuke namen al bezet waren.'

Viktor kijkt haar verbaasd aan. 'Noem je mij nu een snoeshaan?'

'Weet je wat ik graag zou willen?' zegt Lili. 'Ik zou graag willen dat je nu in mijn ogen kijkt en zegt dat je nooit een relatie met mij wilde.'

'Ik wil nú geen relatie met jou.'

'En ik wil ook dat je in mijn ogen kijkt en zegt dat je wel wil samen zijn met Caroline.'

'Ik heb een keuze gemaakt. En ik kan nu niet meteen terug.'

'En ik wil ook dat je zegt dat je daar gelukkig mee bent.'

'Ik ben niet ongelukkig.'

Viktor steekt een sigaret op.

'Al moet ik zeggen dat ik niet weet of ik het allemaal wel volhoud zonder jou. Met Caroline kan ik niet zo goed praten en als we praten heeft ze het steeds over jou. Soms heb ik het gevoel dat ik met mijn kind op stap ben in plaats van met mijn vriendin.'

'Ach ja, als de seks maar goed is.'

'Zo geweldig is dat nu ook weer niet. Het is gewoon een lief meisje dat goed voor mij zorgt. Ze doet zo haar best.'

'Heel mooi.'

'Soms denk ik dat ik maar moet stoppen met alles en eens wat alleen zijn. Weet je wat het ook is? Jij bent gewoon te ernstig.'

'Ik ben te ernstig?'

'Jij niet. Het gevoel dat ik bij jou heb. Dat is het gevoel dat ik bij mijn ex had. En dat is slecht afgelopen.'

'Dus kies je voor de angst?'

Viktors ogen vullen zich met tranen. Hij staat op en gaat naar het toilet.

Wanneer hij weer terug is, zegt hij: 'Jij bent de enige vrouw op wie ik de laatste drie jaar verliefd ben geworden. Ik vind dat wij geweldig goed bij elkaar passen.'

'O.'

'En ik denk dat het goed komt. Ooit. Het moment zal zichzelf wel kiezen En hou je dan maar vast voor wat er komen gaat.'

'Ik blijf het stom vinden. Twee mensen die van elkaar houden en daar dan tegen moeten vechten.'

'Je snapt het niet. Als we hieraan beginnen is dat voor heel lang. En dan kunnen we niet meer terug. Nooit meer.'

Onderweg naar de auto vraagt Viktor of ze nog plannen heeft vanavond.

'Ik heb afgesproken.'

'Met wie?'

'Dat zijn je zaken niet.'

In de auto zegt hij: 'Daar heb ik het wel lastig mee, maar dat is waarschijnlijk ongepast.'

Lili zegt niets.

'Zeg dat dat ongepast is.'

'Dat is ongepast.'

Voor haar deur blijft Lili nog even in de auto zitten. Ze heeft nog één vraag.

'Waarom?'

'Het is te vroeg om dat te zeggen.'

Hij geeft een kus op haar wang en Lili doet het portier open. Voor ze uitstapt kijkt ze nog een keer om en het volgende moment zijn ze aan het zoenen. Viktor kreunt zacht.

Lili denkt: AARDBEI! AARDBEI! AARDBEI!

Op dat moment gaat zijn gsm.

'Iemand heeft je nodig.'

## 29

## Sletten & prinsessen

*Liefde is dat jij het mes bent waarmee ik in mijzelf wroet.*
*(Liebe ist, dass du mir das Messer bist, mit dem ich in mir wühle.)*
Franz Kafka

Frederik heeft nog niet gegeten wanneer hij om negen uur 's avonds bij Lili aanbelt en ze bakt eieren op toast voor hem die hij verslindt terwijl zij toekijkt. Daarna drinken ze de fles champagne op die Lili in haar ijskast heeft staan en praten aan een stuk door tot vijf uur 's morgens.

Frederik vertelt haar dat hij van Bukowski houdt en dat hij soms niet meer zo goed weet waar hij zelf ophoudt en zijn imago begint. Dat hij alles doet wat dat imago voorschrijft: nachtleven, veel drank en wijven, cocaïne. Maar dat hij niet weet of hij dat nu is of dat het dat is wat je nu eenmaal moet doen als je op een podium staat.

'Een beetje zoals Viktor V.,' zegt Lili.

'Ja, een beetje zoals Viktor V. Daarom vind ik het zo'n luchtbel.'

Om vijf uur gaat Lili op schoot zitten bij Frederik. Ze kust hem.

Frederik blijft slapen en hoewel ze allebei hun best doen om er iets van te maken, komt er weinig van de seks. Om zes uur vallen ze in slaap en een paar uur later zitten ze alweer samen aan tafel. Frederik is al aangekleed omdat hij met zijn zoon naar het voetbal moet gaan en Lili heeft een pyjama aangetrokken. Ze heeft koffie gemaakt en een pak stroopwafels op tafel gezet omdat het brood op is.

'Ik moet je iets vertellen,' zegt Frederik.

'Op dit moment zou ik alles, ALLES, doen om mijn ex te vergeten. Dus de laatste weken neuk ik zo'n beetje iedereen die ik tegenkom. En dat gaat me best goed af.'

Hij pakt nog een stroopwafel en verslindt die in twee happen.

'Alleen helpt het niet. Hoe meer anderen, hoe meer ik haar mis.'

'Dat weet ik.'

'Jij hebt dat ook, hè?'

'Ja.'

'Gelukkig, dan hoef ik me daar al niet schuldig over te voelen. Maar weet je wat het ook is? Je hebt twee soorten vrouwen. Sletten en prinsessen. En met de sletten doe ik het zo, ook al helpt het niet. Het kost me geen enkele moeite. Maar jij bent geen slet. Jij bent een prinses. Jij bent iemand om verliefd op te worden. En daarom kan ik met jou niet zomaar gewoon seks hebben. Snap je?'

Lili schenkt meer koffie in en geeft hem nog een stroopwafel.

'Wat is dat toch met mannen die denken dat vrouwen het een of het ander zijn? Waarom mag een vrouw niet allebei zijn en jullie wel?'

'Dat weet ik ook niet.'

'Ik vind het in ieder geval typisch. Als Bukowski een boek volschrijft over zuipen en neuken, vinden jullie dat geweldig. Als een vrouw dat doet, is dat ranzig. Wat is het verschil?'

'Het past niet in de prinsessendroom.'

'Dat is ook maar een droom. Misschien is zo'n slet wel de grootste prinses die je ooit zal tegenkomen. Dat zou zomaar kunnen.'

'Ik ben soms bang dat het nooit meer overgaat, dat verdriet om haar.'

'Natuurlijk wel. Tenzij je dat zelf niet wil. Het is je eigen beslissing.'

'Ik heb wel al een andere beslissing genomen.'

'En dat is?'

'Dat ik een hele maand celibatair ga leven om te kijken wat er dan met mij gebeurt.'

'Een hele maand geen seks?'

'Ja. Als een monnik ga ik leven. En daarna ben ik vast weer klaar voor de volgende afwijzing.'

'Interessant. Ik had me net voorgenomen een hele maand als Bukowski te gaan leven. Het leven is al zo kort.'

'Het leven kan niet kort genoeg zijn.'

Frederik moet vertrekken en Lili gaat terug naar bed. Pas om drie uur 's middags wordt ze weer wakker. Luidkeels zingt ze mee met Elvis op de radio en danst ze als een wilde door de kamer. Daarna doet ze een polonaise in haar eentje.

Viktor: Godverdomme. Xxxxxxxxxx
Viktor: Ik weet dat ik geen recht van spreken heb maar mijn hart bloedt. Ik wist niet dat het gevoel nog zo diep zat. Heb ik een fout gemaakt? X

Viktor: Ga je nu dan voor tweede keus?

Viktor: Ik zou beter dood zijn. Ik maak toch alleen maar iedereen ongelukkig. X

Viktor: Heel de nacht niet geslapen. Het is toch niet Steven?

Viktor: Pijn

Viktor: Ik kan niet leven met de gedachte dat jij iemand anders hebt als ik alleen zou zijn. X

Viktor: Ik zou willen dat de wereld vergaat en dat alleen mijn kind en jij overblijven. X

Viktor: Hoe gaat dat in de liefde? Als er plaats is voor iemand anders is de liefde niet groot genoeg. X

Viktor: Wil je me alsjeblieft nog een keer zien deze week? Mis je. X

Lili: Ik ben tegenwoordig een wrak. Je bent nu vast veel beter af. Geloof me maar.

Viktor: Ik vrees ervoor. Sinds ik je gezien heb, ben je nog geen seconde uit mijn gedachten geweest. X

Onbekend nummer: Laat ons alsjeblieft met rust! Caroline

Wanneer Lili in haar pyjama naar de dvd van *Eternal Sunshine of the Spotless Mind* zit te kijken, krijgt ze telefoon van Frederik.

'Ik wilde gewoon even horen hoe het met je gaat.'

'Goed hoor. Ik denk dat ik genezen ben. Kan dat?'

'Echt? Wat ben je aan het doen?'

'Dvd'tje kijken. En jij?'

'Ik ga vanavond op kroegentocht met een vriend. Maar we hebben wel afgesproken dat we alleen maar watertjes gaan drinken. Al die drank.'

'En dat geloof je zelf.'

'Wat natuurlijk wel zou kunnen is dat ik dan om een uur of vier 's morgens met mijn gezicht in een gigantische berg coke ga vallen.'

'Dan kun je beter een biertje bestellen, denk ik. En waar kom jij zomaar een berg coke tegen?'

'De berg coke komt altijd naar mij! Dat is het erge. Ik moet trouwens hangen want daar belt hij al.'

'Wie?'

'De berg. Ik hoor je later!'

's Ochtends heeft Lili een bericht op haar voicemail. Het komt van hetzelfde onbekende nummer en ze hoort een vrouwenstem onverstaanbaar stamelen met op de achtergrond de stem van Viktor die ook iets zegt wat ze niet verstaat. Het bericht werd ingesproken om half vier 's nachts.

Caroline stuurt haar een berichtje over winnaars en verliezers dat Lili niet begrijpt. Het eindigt met: But I'm the champion after all!!!

Die week staat Viktor bij Lili op de stoep en hij vertelt haar dat er in het hele verhaal maar één constante is en dat dat zijn liefde voor Lili is. Over Caroline zegt hij dat ze nooit meer dan een projectje met twee tieten en één hersencel voor hem is geweest en dat ze het de avond ervoor hebben uitgemaakt. Dat hij haar heeft opgebiecht dat hij verliefd is op Lili en dat hij daar niet meer tegen gaat vechten. Hij wil dat Lili voor hem zorgt en hij voor Lili.

Daarna moet Viktor op tijd weer weg omdat Caroline zich slecht voelt en hij haar moet opvangen. Ze wil een einde maken aan haar leven en zit op hem te wachten.

Viktor (onderweg naar Caroline): Ik hou van jou! Voor altijd!

Caroline (iets later): Wil je nog steeds het tweederangsvriendinnetje zijn van...?

Lili: Dat was jij toch?

Viktor: (stilte)

'Pas op!' zegt Lisa. 'Dat is AARDBEIENjam.'

Het is zondagochtend en Lili en Lisa zitten te ontbijten. Lisa brengt haar op de hoogte van de laatste roddels op het werk. Ook die over Viktors Grote Vervangshow. Lili luistert maar met een half oor en smeert een dikke laag aardbeienjam op haar croissant. Ze denkt na terwijl ze aan het kauwen is, maar voor ze daarmee klaar is, gaat haar telefoon.

'Dag prinses.'

'Dag Frederik. Hoe gaat het met het celibataire leven?'

'Dat monnikenleven is een beetje moeilijker dan ik dacht.'

'O jee. Je hebt al gezondigd!'

'Eigenlijk wel. Ik ging dus op stap met mijn vriend en toen hebben we toch maar een beetje bier gedronken. Daarna kwam de berg coke langs en toen een groupie die al jaren achter mij aan loopt. Van het een kwam het ander en voor ik het wist stond ze mij te pijpen op het toilet.'

'Dus je hebt het niet eens één dag volgehouden?'

'Ik vrees van niet.'

'En het was geen prinses?'

Lisa bestelt nog koffie en kijkt Lili vragend aan.

'Nee, natuurlijk niet. Anders had ik dat niet gedaan. Groupies zijn per definitie sletjes.'

'Uiteraard.'

'Zeg, ik moet weer gaan want ik ga repeteren. Gaan we volgende week een keertje koffiedrinken?'

'Dat is goed. Dag, Frederik.'

'Is dat die Frederik van je verjaardag?' Lisa kijkt haar veelbetekenend aan.

'Ja. En nee, niet wat je denkt.'

'Ik denk helemaal niks. Wel een lekker ding anders.'

'Ja ja. Maar hij zit nu in een slettenfase en hij vindt dat ik een prinses ben. Trouwens, mijn hoofd staat er ook even niet naar nu.'

'Heb je Viktor nog gehoord?'

'Ja, ik heb gezegd dat hij het maar uitzoekt met zijn project. Ik wil even alleen dingen doen die goed voor me zijn. Gewone dingen. Zoals eten en slapen.'

'En wat zei hij toen?'

'Dat het erg pijnlijk is om vlak voor de eindmeet onderuit te gaan en dat ik hem mooi in de steek laat nu hij helemaal alleen is. Maar toen moest hij ophangen omdat Caroline onderweg was met eten. Want hij was niet zo lekker.'

Een dag later wandelt Lili de krantenwinkel binnen om een tijdschrift te kopen. Aan de kassa ziet ze Viktor en Caroline op verschillende covers staan. Ze pakt een van de blaadjes en leest de tekst onder de foto.

## Viktor Vaerewijck geeft nieuwe relatie een kans!

Binnenin kijkt ze naar de foto's en leest ze diagonaal:

Viktor: Ik voelde het laatste jaar dat ik Caroline steeds meer miste als ze niet bij me was, dus waarom nog twijfelen?

Viktor: Twee grotere tegenpolen zal je niet snel vinden. Dat maakt onze relatie zo boeiend.

Viktor: ... het laatste jaar is onze band steeds hechter geworden.

Caroline: Als je van iemand houdt, dan toon je je liefde veel meer door iemand te respecteren om zijn keuzes, dan door egoïstische dingen af te dwingen.

Viktor: Op een bepaald moment moet je keuzes maken.

Viktor: Caroline en mijn dochter kunnen heel goed met elkaar opschieten.

Caroline: Viktor heeft de voorbije maanden een grote rust gevonden. Hij heeft nu alles onder controle.

Viktor: Zelfs voor kinderen kun je niet samen blijven, want op de lange termijn is dat nefast voor iedereen.

Caroline: Ik ken niemand die zo oprecht liefdevol en eerlijk is. Ik vind het knap dat Viktor dat kan. Soms verwoordt hij zijn gevoelens op zo'n intense manier, dat ik even moet bekomen.

Caroline: Zijn ouders zijn zulke schatten. Ook mijn ouders kunnen het heel goed vinden met Viktor.

Viktor: Caroline is het liefste meisje dat je je kan voorstellen. Toen ik laatst ziek was, heeft ze geweldig goed voor mij gezorgd.

Viktor: Ja, wij zijn absoluut trouw aan elkaar!

'Gaat u dat kopen, mevrouw?' vraagt de man achter de toonbank ongeduldig.

'Toch maar niet.'

Lili legt het blaadje weer weg en pakt het tijdschrift waarvoor ze is gekomen.

'Deze wel, graag.'

Later die dag belt Wolf.

'Jezus, ik lees net dat artikel op internet. Die gast heeft ook de diepgang van een cloaca.'

'Het is grappig dat je dat zegt. Denk je dat een praatjesmaker ook een cloaca heeft?'

'Wat denk je zelf?'

**De cloaca** (Latijn: 'riool') *is de opening in het lichaam van sommige dieren waardoor zowel ontlasting, urine en genitale afscheidingen (zoals de eieren) worden uitgescheiden.*

## 30

## Droog brood & sushi

*Liefde is als een cryptogram: geef me de oplossing erbij en ik snap er nog niks van.*
THEO VAN GOGH

'Weet je wat het is met jullie singles?' David zet Sammie in zijn wandel-wagen en pakt zijn jas. 'Jullie hebben veel te veel tijd om na te denken en aan navelstaarderij te doen.'

Lili duwt het wagentje met Sam naar buiten en David sluit de deur. Ze wandelen naar het park. Het is al herfst maar vandaag is zo'n dag dat de zon nog net een beetje zomer weggeeft voordat het echt voorbij is.

'Dat is makkelijk gezegd,' zegt Lili terwijl ze Sam behendig van de stoep manoeuvreert, 'vanuit de veilige haven van een relatie. Jullie weten het vanuit jullie warme nest altijd beter dan ons, prutsers. Tot het moment dat je eigen vrouw ervandoor gaat. Wat dan? Als je alleen bent, heb je misschien te veel tijd om na te denken maar kun je je ook nergens achter verschuilen.'

Ze zijn in het park en Lili tilt Sam uit zijn wagentje en zet hem op het gras met zijn speelgoed. Lili en David gaan op een bankje zitten waar ze hem in de gaten kunnen houden.

'Een gezin maakt in ieder geval dat je 's morgens weet wat er moet gebeuren die dag. Wij moeten zelf maar iets verzinnen om de dag zinvol door te brengen. En daar heb je ook moed voor nodig.'

'Dat is waar,' zegt David en trekt rare bekken naar zijn zoon, die hem aankijkt alsof zijn vader gek is geworden en dan verdergaat met zijn speelgoedtractor.

'Ik las trouwens in de krant dat Viktor is opgepakt voor openbare dronkenschap.'

'Je moet niet alles geloven wat er geschreven wordt.'

'Ook waar. En hoe is het verder met jouw project?'

'Nou, ik heb ontdekt dat het allemaal niet aan mij ligt. Ik heb helemaal geen probleem. Het ligt aan al die anderen.'

David moet lachen.

'Serieus. Zeg eens eerlijk, want jij kan dat weten: vind jij mij een heel erg moeilijk mens?'

'Voor zover ik mij herinner, ben je het allemaal waard.'

'Dat is lief.'

'En ik meen het nog ook.'

'Dat verschil tussen seks en liefde, dat was uiteindelijk niet het echte probleem geloof ik.'

'Hoe is het dan afgelopen met die seks-liefde-piste?'

'Seks is niets meer dan een ordinaire behoefte, zoals eten en drinken, of slapen. Daar moet je gewoon aan voldoen zonder te veel gedoe. Maar liefde, liefde is een surplus. Een cadeau boven op de rest. Dat heb je zomaar niet voor het grijpen. En als het er is, moet je het ook beschouwen als een waardevol cadeau. Als je zou zeggen dat seks droog brood is, dan is liefde op zijn minst sushi. Iets bijzonders dat je niet zomaar eet om je maag te vullen maar iets wat zeldzaam lekker is. Dat is een vervullen van al je zinnen.'

'Ik lust helemaal geen sushi. En wat was dan het echte probleem?'

'Dat was het verschil tussen angst en liefde.'

David loopt naar Sammie, geeft hem een stukje appel en komt weer naast Lili zitten.

'Wat ik niet wist is dat liefde alleen niet genoeg is. Want als de angst de bovenhand haalt, sta je machteloos. Sommige mensen zeggen gewoon nee tegen hun cadeau.'

'En wat doe je er dan mee?'

'Niets. Dan accepteer je dat.'

'Dat is wel verdrietig.'

'Ja. Maar ook weer niet. Je kunt net zo goed blij zijn dat je in staat bent om lief te hebben. De rest heb je toch niet in de hand. Dus: ik ben blij dat ik liefheb!'

'Jij bent gek!'

'Sammie eet zijn appel van de grond. Is dat wel goed?'

'Ja hoor. Daar wordt hij sterk van.'

Sam trekt een vies gezicht nadat hij een hapje appel met zand heeft ingeslikt.

'Weet je wat? Iemand heeft mijn hart gebroken het afgelopen jaar. Een heel jaar lang. Stukje voor stukje. Langzaam maar zeker. En toen hij klaar was, zei hij publiekelijk dat ik nooit had bestaan. Maar hij had ongelijk, want ik besta toch. Misschien was hij bang en misschien ben ik toen ook bang geworden en gaan twijfelen. Dat kan best. Hoe dan ook, de dingen zijn zoals ze zijn.'

Sam rent op wankele beentjes naar twee zwanen in de verte en valt languit voorover. Hij staat weer op en rent terug naar David.

'En nu ga jij zeggen dat ik te veel tijd heb om na te denken.'

'Nee hoor. Ik heb altijd al geweten dat je knettergek bent.'

Er komt een zwerver aangelopen die een winkelwagentje vol rotzooi op drie piepende wielen vooruitduwt. Zonder op te kijken loopt hij hun bankje voorbij maar tien meter verder stopt hij abrupt en draait zich om. Hij laat zijn karretje staan en loopt recht op Lili en David af.

Vlak voor het bankje blijft hij staan en brult: 'WIST JE DAT AL?'

Sam begint te huilen en verstopt zich achter de rug van zijn vader.

'ELVIS LEEFT!'

*Het leven is kort. Een beetje liefde, een beetje droom, en dan: vaarwel.*
*(La vie est brève. Un peu d'amour, un peu de rêve, et puis bonjour.)*
ALPHONSE DE LAMARTINE

Viktor: Love you en mis je elke dag een beetje meer. Xxx